恒言

郭本恒 著

词薮

中西书局

图书在版编目（CIP）数据

恒言词薮 / 郭本恒著. -- 上海 ： 中西书局，2024.
12. -- ISBN 978-7-5475-2353-7

Ⅰ. I227.8

中国国家版本馆 CIP 数据核字第 2024QE7426 号

恒言词薮

郭本恒　著

责任编辑	唐少波
特约编辑	吴志刚
封面设计	梁业礼
责任印制	朱人杰

出版发行	上海世纪出版集团 ® 中西書局（www.zxpress.com.cn）
地　址	上海市闵行区号景路 159 弄 B 座（邮政编码：201101）
印　刷	启东市人民印刷有限公司
开　本	890 毫米×1240 毫米　1/32
印　张	10.375
字　数	300 000
版　次	2024 年 12 月第 1 版　2024 年 12 月第 1 次印刷
书　号	ISBN 978-7-5475-2353-7/I·269
定　价	80.00 元

本书如有质量问题，请与承印厂联系。电话：0513-83349365

目 录

【临江仙】

【江城子】

【南乡子】

【西江月】

其 他

后记

【行香子】

行香子 · 相逢

萍水春城①,连理桑中②。千年缘夙③两相逢。频叨絮语,屡对诗锋。正松间月,梅中雪,柳边风。 莫惜豆蔻④,只恋心声。人生有梦即千重。惠风⑤同沐,飙雨偕行⑥。自你中我,我中你,俩连肱⑦。

注 释

① 萍水:浮萍随水漂泊,聚散无定。故以喻人之偶然相遇。春城:指长春。按:凡下出现相同字词,异义注,同义不赘。

② 连理:两棵树的枝干连生在一起;比喻夫妻。桑中:指私奔幽会之处,桑树林里;泛指山林僻远之处。

③ 夙:早;素有的,旧有的。

④ 豆蔻:白豆蔻别称,或其果实和种子的俗称;也喻少女。

⑤ 惠风:柔和的风;比喻仁爱。

⑥ 飙:暴风,疾风。偕行:共存,并行。偕:一同,一起。

⑦ 肱:胳膊上从肩到肘的部分;也泛指胳膊。

行香子 · 唱和

棹尽溟昏①,踏遍芳林。人生不负四时春。频开怀抱,屡敞胸襟②。总秋时赋,冬时画,夏时吟。 思疏钟鼎③,难远红尘④。吾侪何处可栖身⑤? 敲残诗韵,掘罄词根⑥。自情中圣,俗中雅,梦中真。

注 释

① 棹:桨;划(船)。溟:海。

② 胸襟:抱负,气量;心胸,心怀。

③ 钟鼎:钟和鼎;喻富贵荣华。

④ 红尘:闹市的飞尘,指繁华之地或社会;佛教、道教等称人世。

⑤ 吾侪:我辈;我们这类人。栖身:寄生;暂住。栖:鸟在树枝或巢中停息;也泛指居住或停留。

⑥ 罄:完;尽。词根:语言学用语,指词的主要组成部分。

行香子·对酌

翠袖①飘云,不厌杯深。清宵把酒最销魂②。何曾我醉,只为君醺③。正一酡笑,两眉蹙,三娇嗔。④　　死生有命,荣辱关身。风轻云淡是谁人。莫辞五柳,岂忝清樽。⑤愿百晨寂,千夕静,四时春。

注 释

① 翠袖:青绿色衣袖,泛指女子的装束;指女子。

② 销魂:形容伤感或快乐到极点,若魂魄离开躯壳。

③ 醺:酒醉。

④ 酡:喝了酒脸色发红。蹙:急迫,紧迫;皱,收缩。娇嗔:女子撒娇,假装生气的样子。嗔:怒,生气;对人不满,怪罪。

⑤ 五柳:陶渊明(约365—427),名潜,字元亮,别号五柳先生,卒后私谥靖节,世称靖节先生。浔阳柴桑(今江西九江西南)人。东晋末到南朝宋初诗人、辞赋家、散文家,被誉为"隐逸诗人之宗""田园诗派之鼻祖"。曾任江州祭酒、镇军参军、彭泽县令等,后弃职归隐,绝意仕途。有《陶渊明集》。忝:辱;有愧于;常用作谦辞。清樽:亦作"清罇"。酒器;亦借指清酒。

行香子·赠内

　　美醑①频举,小菜时烹。卅年过,琴瑟②和鸣。恭迎雅客,笑对俗丁。自雪中炭,厨间手,巾帼③英。　　巧和诗赋,妙弄箫笙④。余生事,顺逆偕行。唯关明月,只计清风。总神仙侣,逍遥伴,宇穹星。⑤

注　释

　　① 醑(xǔ):经多次沉淀过滤的酒;美酒。

　　② 琴瑟:两种弦乐器,常用于合奏。比喻夫妻恩爱。

　　③ 巾帼:古代妇女的头巾和发饰;借指妇女。

　　④ 笙箫:笙和箫;泛指管乐器。

　　⑤ 逍遥:自由自在,不受拘束。宇穹:指天空。

行香子·移居吴中

　　千载吴中,一枕幽暝。①栖身何处最怡情②。园蔬自种,篱稷③亲耕。愿一溪月,一壶酒,一衿④风。　　畴昔⑤钟鼎,今日蓬瀛⑥。几阕诗赋践鸥盟⑦。黛眉⑧屡画,歌管频仍⑨。对云中侣,梦中女,醉中朋。

注　释

　　① 吴中:苏州的古称;亦泛指春秋时的吴地。此指上海。暝:天色昏暗;引申为日暮,夜晚。

　　② 怡情:怡悦心情。

　　③ 稷:一种粮食作物。但说法不一,一说为谷子,一说为高粱,一说为不黏的黍。

　　④ 衿:衣襟。

⑤ 畴昔：往昔，以前。

⑥ 蓬瀛：神山名，蓬莱和瀛洲，相传为仙人所居之处；亦泛指仙境。

⑦ 阕：此为量词。歌曲或词，一首为一阕；词的一段，亦称一阕。鸥盟：与鸥鸟为友；比喻隐退。

⑧ 黛眉：黛画之眉，特指女子之眉。亦以喻指美女。

⑨ 频仍：延续不断。

行香子·过巫峡①

两岸猿鸣，一叶舟轻。伴伊人、悄过巫峰。襄王梦断，神女情钟。②正江波逝，高峡寂，数峦青。　夕阳杳渺，皓月幽暝。③倩华胥④、几枕娉婷⑤。千年萍水，何日重逢。怅旦朝云⑥，暮行雨，有无中。

注　释

① 巫峡：自巫山东大宁河起，至巴东官渡口止，全长 46 千米，是三峡第二峡。绮丽幽深，以俊秀著称天下。奇峰突兀，层峦叠嶂，云腾雾绕，江流曲折，百转千回；船行其间，宛若进入奇丽的画廊，充满诗情画意。"万峰磅礴一江通，锁钥荆襄气势雄"是对其真实的写照。有汉代佚名诗曰："巴东三峡巫峡长，猿鸣三声泪沾裳。"

② "襄王"二句：战国楚宋玉《高唐赋》称楚怀王游高唐梦见神女愿荐枕席，神女临去时称自己"妾在巫山之阳，高丘之阻。旦为朝云，暮为行雨。朝朝暮暮，阳台之下"。《渚宫旧事》之三引《襄阳耆旧记》神女言："将抚君苗裔，藩乎江汉之间。"后宋玉《神女赋》叙楚襄王夜梦神女："上古既无，世所未见。瑰姿玮态，不可胜赞。"梦中，当襄王想有进一步的举动之时，神女却"颇薄怒以自持兮，曾不可乎犯干"。尽管求爱不得，襄王还是封瑶姬为楚国的"护国神女"。"巫山"原本是今湖北云梦的巫山，又称阳台山；魏晋之后，被张冠李戴到长江三峡。

③ 杳渺：悠远、渺茫貌。皓月：明月。

④ 倩(qìng)：请(别人代替自己做事)。华胥：传说是伏羲氏的母亲。

古代神话中无为而治的理想国家;梦境。

⑤ 娉婷:女子姿态美好的样子;亦借指美人。

⑥ 怅:失意,不痛快的样子。旦朝云:出自战国末期宋玉《高唐赋》,参见本词注释②。神女去后,楚王"旦朝视之,如言。故为立庙,号曰'朝云'"。

行乡子·偕登黄山

朝上天都①,暮陟芙蓉②。临仙境、何计遥程③。凌波霭霭,微步蒙蒙。④看岚⑤中日,云中鹤,雾中松。 游穷寂寥,踏遍寥峰。不思归、细数繁星。蓬瀛渺渺⑥,阆苑冥冥⑦。正戴着月,幽着梦,悟着空。

注 释

① 天都:指黄山天都峰。

② 陟:登高;上升。芙蓉:指莲花峰。

③ 遥程:遥远的路程。

④ "凌波"二句:出自三国魏曹植《洛神赋》:"凌波微步,罗袜生尘。"霭霭:云雾密集的样子。蒙蒙:迷茫貌;纷杂貌;浓盛貌。

⑤ 岚:山里的雾气。

⑥ 渺渺:形容悠远;久远。

⑦ 阆苑:传说中神仙居住的地方;常用来指宫苑。冥冥:谓渺茫,高远。

行香子·长白山

碧漾粼粼①,联袂遥岑②。轻岚袅③、满目氤氲④。峰崖留迹,瀑涘遗痕⑤。正寻幽境,览奇景,净尘身。 长白梦杳⑥,桑梓⑦谁亲。藉⑧何处、可寄离魂。胸中蕴月,眉上羁云⑨。愿一株草,一掬⑩水,总栖心。

注 释

① 碧漾:绿波荡漾貌。粼粼:水流清澈、闪亮貌。

② 联袂:手拉着手;衣袖相联。喻携手偕行。袂:衣袖,袖口。遥岑:远处陡峭的小山崖。岑:小而高的山;崖岸。

③ 岚:山里的雾气。袅:柔软细长的样子。

④ 氤氲:湿热飘荡的云气;烟云弥漫的样子。

⑤ 涘(sì):水边。

⑥ 杳:昏暗;引申为极远;又引申为寻不到踪影。

⑦ 桑梓:借指故乡。在古代,村落的房前屋后,遍植桑树、梓树,所以有"桑梓之地,父母之邦"的说法。久而久之,"桑梓"成了故乡、家乡的代名词。

⑧ 藉:衬;垫。乃枕藉之藉。

⑨ 蕴:积聚,蓄藏。羁:马笼头;束缚;(使)停留。

⑩ 掬:两手捧(东西)。

行香子·九寨沟①

身在蓬瀛,疑是梦中。人间幻境几溟蒙②。溪萦③碧树,瀑啸晴空。正芦飞絮,林嫣④紫,雁南行。 悠悠九寨,漠漠⑤风情。犹宜此际饮千钟。珍珠浣足⑥,诺日濯缨⑦。美⑧林间雀,云中鹤,宇边鹏。

注 释

① 九寨沟:胜迹名。在四川九寨沟县西南,是白水江上游的一条大支沟,平均海拔2 500米。沟内原有九个藏族村寨,故名。崇山峻岭中,风光极美。分布有108个海子(湖泊),其间多飞瀑。有大熊猫、金丝猴、羚羊等珍贵动物,为国家级自然保护区。与黄龙合为国家级风景名胜区,并列入《世界遗产名录》。

② 溟蒙：烟雾弥漫，景色模糊。

③ 萦：缭绕。

④ 嫣：鲜艳；美好。

⑤ 漠漠：寂静无声；紧密分布或大面积分布；迷茫。

⑥ 珍珠：指珍珠滩瀑布。浣：洗。

⑦ 诺日：指诺日朗瀑布。濯缨：洗濯冠缨；喻超脱世俗，操守高洁。

⑧ 羡：羡慕；有余，余剩。

行香子·黄龙①

峰雪犹存，黄龙羁春。无穷碧、一洗纤尘②。波澄绮③树，漾渡飞云。正百莺啭，千峦翠，万林荫④。　　钟鸣古寺，客梦佛魂⑤。人间境、羡果何因。天涯浪迹，海角逡巡。⑥愿俗中雅，喧中静，淡中真。

注　释

① 黄龙：胜迹名。在四川松潘县东北，为中国唯一保持完好的高原湿地。有建于明代的黄龙寺，海拔 3 500 米。又有黄龙沟，沟内水池上百，状若梯湖，五光十色，被誉为"人间瑶池"。再有瀑布、雪山，多大熊猫、羚羊，所获名号与九寨沟相同。

② 纤尘：微尘；喻微细污垢。

③ 绮：有花纹或图案的丝织品；美丽，美妙。

④ 啭：鸟婉转地鸣叫。荫：树荫；日影。

⑤ 客梦佛魂：犹梦魂，即梦中精魂之意。唐李白《长相思二首》其一："梦魂不到关山难。"

⑥ 浪迹：行踪无定，到处流浪。逡巡：徘徊不前；迟疑不决。

【浣溪沙】

浣溪沙·苏堤①

十里烟波锁六桥②,依依丝柳几妖娆③,长堤漫溯任轻篙④。

忽忆东坡浓淡句⑤,犹疑西子未穷娇⑥,绰约无限只春宵⑦。

注　释

① 苏堤:北宋元祐四年(1089年),苏轼任杭州知州,疏浚西湖,利用挖浚的淤泥构筑并历经后世演变而形成,为纪念其治理西湖的功绩,故名为"苏堤"。苏堤春晓为西湖十景之一。

② 六桥:苏堤六桥指的是映波桥、锁澜桥、望山桥、压堤桥、东浦桥和跨虹桥,位于西湖西部,南起南屏山下花港观鱼,北抵栖霞岭下曲院风荷和岳庙,全长约2.8千米,将西里湖同外西湖分割开来,苏堤和白堤、杨公堤并称"西湖三堤"。烟波:雾气迷茫的水波。

③ 依依:形容树枝柔弱,随风摇摆;形容留恋,不忍分离。妖娆:妩媚艳丽动人。

④ 漫溯:很随意地逆流而上;随心地向着水中某个目标前进。篙:撑船的竹竿或木杆。

⑤ 浓淡句:苏轼《饮湖上初晴后雨二首》其二:"欲把西湖比西子,淡妆浓抹总相宜。"

⑥ 西子:指西施。穷娇:穷尽娇柔。

⑦ 绰约:柔弱貌;形容女子姿态柔美的样子。春宵:春夜。

浣溪沙·龙井问茶①

素手②纤纤摘嫩芽,清香几缕落谁家?请君莫负好芳华③。

汲水瀹荈犹龙井④,漫倾杯盏倚烟霞⑤,何时阆苑话桑麻⑥。

注　释

① 龙井问茶:新西湖十景之一,是走访龙井茶文化的著名景观。西湖龙井茶主要产于龙井村,其茶不仅汇茶之色、香、味、形四绝于一身,且集名山、名寺、名湖、名泉和名茶五名于一体。冠名的西湖龙井茶有狮、龙、云、虎、梅之别,以狮峰龙井茶为最优,其中奥妙,唯有亲去龙井村品茗问茶方可悟出,因此就有了"龙井问茶"之趣说。龙井泉水清澈甘冽,龙井茶更负盛名,人们争先前来问询,构成了独特的龙井茶文化。

② 素手:洁白的手;多形容女子之手。犹言徒手,空手。

③ 芳华:亦作"芳花"。香花;美好的年华;茂美。

④ 汲水:从井里取水;亦泛指打水。瀹荈(yuèchuǎn):煮茶。瀹:浸渍;煮。荈:亦称茗,晚采之茶。泛指茶。龙井:指龙井茶。浙江特产,中国国家地理标志产品;特级龙井茶扁平光滑挺直,色泽嫩绿光润,香气鲜嫩清高,滋味鲜爽甘醇,叶底细嫩呈朵。

⑤ 倚:靠着;仗恃;偏,歪。烟霞:烟雾和云霞;也指山水胜景;引申义为红尘俗世。

⑥ 桑麻:桑与麻为农家养蚕、纺织所需。后借为农事之代称。

浣溪沙·平湖秋月①

百顷西湖漾②雾纱,青峰邈邈③几无涯,孤山和靖④鹤梅家。
寂寂南屏⑤钟报晚,一轮皓月正芳华,似宜此际乘仙槎⑥。

注　释

① 平湖秋月:西湖十景之一。南宋时,被列为西湖十景之三;元代又称之为"西湖夜月"而列入钱塘十景。每当清秋气爽,西湖湖面平静如镜,皎洁的秋月当空,月光与湖水交相辉映,颇有"一色湖光万顷秋"之感,故名"平湖秋月"。南宋时平湖秋月并无固定景址,以泛舟湖上浏览秋夜月景为胜。康熙三十八年(1699年),康熙巡视西湖,题书"平湖秋月"匾额,从此,

景址固定。现今平湖秋月景观位于白堤西端,背倚孤山,面临外湖。

② 漾:水面微微动荡;液体太满而向外流。

③ 邈邈:遥远的样子。

④ 和靖:林逋(967—1028),字君复,卒谥和靖先生、林和靖,钱塘(今浙江杭州)人,北宋隐逸诗人。性恬淡,隐居西湖孤山,终生不仕不娶,唯喜植梅养鹤,自谓"以梅为妻,以鹤为子",人称"梅妻鹤子"。有《林和靖诗集》。

⑤ 寂寂:寂静无声貌;孤单,冷落;犹悄悄。南屏:指南屏晚钟,西湖十景之一。西湖畔南屏山有净慈寺,明洪武年间铸一巨钟,每至日暮,钟声响起,声闻十里开外。清康熙帝南巡,在寺门外建碑亭,书"南屏晚钟"四字。

⑥ 仙槎:神话中能往来海上与天河之间的竹木筏。典出晋张华《博物志》卷三。后亦借称行人所乘之舟。槎:木筏。

浣溪沙·柳浪闻莺①

悄伴伊人湖畔行,烟波浩渺泛空蒙②,徘徊柳浪只闻莺③。

唯愿此生常信步④,悄偕明月踏清风,一穷南北与西东。

注 释

① 柳浪闻莺:西湖十景之一,位于西湖东南岸,清波门处。分友谊、闻莺、聚景、南园四个景区。柳丛衬托着紫楠、雪松、广玉兰、梅花等异木名花。南宋时,这里是京城最大的御花园,称聚景园。当时园内有会芳殿和三堂、九亭,以及柳浪桥和学士桥。清代恢复柳浪闻莺旧景,有柳洲之名。其间黄莺飞舞,竞相啼鸣,故有"柳浪闻莺"之称。

② 浩渺:形容水面辽阔。空蒙:细雨迷茫的样子。

③ 徘徊:在一个地方来回走动;喻犹豫不决;也喻事物在某个范围内来回波动、起伏。柳浪:指西湖十景之一"柳浪闻莺"。

④ 信步:漫步,随意行走。

浣溪沙·踏春

一树梨花压海棠①,绰约何止几春光,寻花问柳尽疏狂②。

欲与东君③拼一醉,清风明月未渠央④,觅穷缕缕芰荷⑤香。

注　释

① "一树"句:出自苏轼(或曰佚名)《戏赠张先》:"鸳鸯被里成双夜,一树梨花压海棠。"

② 疏狂:豪放,不受拘束。

③ 东君:指太阳神或司春之神。

④ 未渠央:亦作"未遽央",渠,通"遽";不会仓促完结。

⑤ 芰荷:指菱、荷的花与叶。芰:菱。

浣溪沙·踏垌①

款款娇身俏鬓云②,婀娜不负四时春③,踏垌何处不销魂。

有待三生圆绮梦④,红尘路上几纷纷⑤,天涯浪迹只唯君。

注　释

① 垌(jiōng):远郊,野外。

② 款款:诚恳;徐缓;和乐貌。鬓云:妇女鬓发美如乌云。

③ 婀娜:柳枝等较为纤细的植物体态优美或女子身姿优雅;也形容女子轻盈柔美。四时:一年四季;一日朝、昼、夕、夜。

④ 三生:佛教语,前生、今生、来生;三辈子。绮梦:绮丽的梦;即美梦,多彩的梦。

⑤ 纷纷:烦乱,忙乱;众多貌。

浣溪沙·赠梅

一线纸鸢牵绮云①,折枝梅蕊送娇人,赠君何止四时春。

有幸卅年同鸳梦②,佯嗔③浅笑总萦魂,清风明月鉴兹心④。

注 释

① 纸鸢:风筝的别名。绮云:美丽如绮的彩云。

② 鸳梦:夫妻相会的梦境。

③ 佯嗔:假装生气。

④ 鉴:镜子;照;仔细看,审察。兹:此,这,这个。

浣溪沙·折柳

正是萋萋①三月春,一支折柳送离人②,伴君犹寄几溪云③。
何患红尘悭④欢会,今宵绮梦待重温,萦牵岂止我兹心。

注 释

① 萋萋:草木茂盛的样子;乌云密布,即将下雨的样子。

② 离人:离别的人;离开家园、亲人的人;谓超脱人世。

③ 溪云:出自唐诗僧皎然所作《南池杂咏五首》《溪云》:"舒卷意何穷,萦流复带空。有形不累物,无迹去随风。莫怪长相逐,飘然与我同。"以溪涧云的禅趣与诗意,白云的舒卷变化,衬托出了禅者的潇洒自由。

④ 悭:吝啬,小气;缺欠。

浣溪沙·观竹

四季犹着翠绿装,婆娑①难减几疏狂,欹斜不为倚②篱墙。
漠漠③弯腰时祈雨,亭亭直背总凌霜,悄偕夜色入苍茫。

注 释

① 婆娑:盘旋舞动貌;枝叶纷披貌。

② 欹:倾斜,歪向一边;容貌憔悴。

③ 漠漠：寂静无声貌；密布貌；分散貌；迷茫貌。

浣溪沙·听雨

最喜茅檐①积雨声，滴滴甘露②总关情，人间不废是桑耕③。
冬沥④良宵堪寄梦，春霖寂夜可幽慵⑤，霏霏⑥与君醉百钟。

注　释

① 茅檐：指茅屋。茅，指盖屋的草；檐，房檐。
② 甘露：甜美的露水；此处指雨。又为佛教语，喻佛法。
③ 桑耕：养蚕与种田。泛指从事农业生产。
④ 沥：液体一滴一滴地落下；一滴一滴落下的液体。
⑤ 春霖：连绵的春雨。霖：久下不停的雨。幽慵：悠闲懒散。慵：困倦；懒。
⑥ 霏霏：雨雪烟云盛貌。

浣溪沙·夜梦

款款娇身入梦频，风华绝代是谁人？今宵倩影①待重温。
险境偶逢皆剑胆，坦途时履只琴心②，澹然③阆苑与红尘。

注　释

① 倩影：俏丽的身影。比喻美女的身影。
② 履：鞋；走；脚步；履行。剑胆琴心：比喻既有胆识，又有情致。
③ 澹然：恬淡貌；安定貌。

浣溪沙·孤衾①

无奈②上苍总弄人，寒冬孤衾最凄③魂，每日尤怕近黄昏。

纵有万难余不惧,但怜落寂一欢君④,何宵鸳梦可重温?

注 释

① 孤衾:一床被子;常喻独宿。

② 无奈:表示没有办法,无计可施。

③ 凄:寒冷;悲伤;冷落静寂。

④ 落寂:落寞寂寥。又指秋天意境,萧条冷落景象。欢君:指妻子,情人。汉焦赣《易林·临之小过》:"遥心失望,不见欢君。"

浣溪沙·古镇

一棹清波任水流,谁家玉女倚西楼,无言闺怨只闲愁①。

何处人生堪寄梦,五湖②浪迹有归舟,烟蓑雨笠③到白头。

注 释

① 闺怨:旧谓少妇的独居哀怨之情。写此题材的诗称闺怨诗。闲愁:无端而来的愁绪。

② 五湖:古代越地区湖泊;江南五大湖的总称;太湖;洞庭湖。喻指隐遁之所。

③ 烟蓑雨笠:指蓑衣斗笠两种雨具;借指隐者的服装或隐者优游自适的生活。

浣溪沙·自耕

小院菜畦①任自耕,施肥渫水趁微濛②,烟蓑雨笠一耆③翁。

嫩韭何时堪咀味④?香椿羡际可鲜烹,只期与君佐⑤千盅。

注 释

① 菜畦:菜田,菜地。畦:田园中分成的小区。

② 溇(xiè)：除去、淘去污泥；也有泄、疏通之意。微濛：隐约迷蒙。谓天渐渐下起小雨。

③ 耆：本指六十岁的老人，后为对老人的通称。

④ 咀味：品味，体味，玩味。

⑤ 佐：辅助，帮助；处于辅助地位的人。

浣溪沙·江阴品三鲜^①

清明江刀^②值万钱，呼朋唤友品三鲜，频酌岂止百杯干。

是处珍馐非暴殄^③，人间有味即清欢^④，何妨一醉在田园。

注　释

① 三鲜：即长江三鲜。指的是刀鱼、鲥鱼、河豚，都属长江洄游鱼类，咸淡水两栖，每逢春季溯江而上，在淡水产卵繁殖后入海，与一般定居类江鱼不同。因此，不仅肉质特别细嫩腴肥，且营养丰富。

② 江刀：指长江刀鱼。

③ 珍馐：珍奇名贵的食物。非：反对；讨厌。暴殄(tiǎn)：灭绝，残害；任意浪费，糟蹋。

④ 清欢：清雅恬适之乐。

【鹧鸪天】

鹧鸪天·草原驰马

信马由缰①何处闲,悄随碧水曲潺湲②。一行鸿雁翔宇际,两朵白云放手间。　　频纵鞯③,屡扬鞭,与君把酒待宵阑④。莫嗔今夜乏歌舞,无限风光尚梦边。

注　释

① 信马由缰:骑着马无目的地闲逛。比喻随便走走。信、由:听任。
② 潺湲:水慢慢流动的样子;形容流泪的样子。
③ 鞯:带嚼子的马笼头;驾驭。又古代乐器名,鼓的一种;鼓腔。
④ 阑:残,尽,晚。

鹧鸪天·草原夜宴

正值清宵月半轮,草原无处不销魂。堆堆篝火①皆歌舞,帐帐欢宴总琴音。　　频对酒,屡倾樽②,与君共醉是谁人?难期夜夜皆圆梦,唯愿时时不负心③。

注　释

① 篝火:用竹笼罩着的火;现借指在空旷的地方或野外架木柴燃烧的火堆。
② 樽:古代的盛酒器具。
③ 负心:背弃情谊(多指转移爱情)。又指违心。

鹧鸪天·武夷山

九曲溪①中去泛舟,人生最惬②几闲悠。尝和玉女③挥挥手,再与大王④点点头。　　登危顶,履低丘,吾侪羁旅⑤此时休。今宵有幸谒朱子⑥,正是月轮半上钩。

注 释

① 九曲溪:是武夷山脉主峰黄岗山西南麓的溪流。因武夷山有三十六峰,九十九岩,峰岩交错,溪流纵横,九曲溪贯穿其中,又因有三弯九曲之胜,故名为九曲溪。它全长约 10 千米,面积 8.5 平方千米。山挟水转,水绕山行,每一曲都有不同景致的山水画意。"溪流九曲泻云液,山光倒浸清涟漪",形象地勾画出了九曲溪的秀丽轮廓。

② 惬:快意,满足。

③ 玉女:指玉女峰。武夷山典型的柱状山之一,峰壁有两条垂直节理将柱状体分成高度递增的三块削岩,宛如比肩俏立的玉女三姐妹。

④ 大王:指大王峰。又称纱帽岩、天柱峰,因山形如宦者纱帽,独具王者威仪而得名。

⑤ 吾侪:我辈;我们这类人。羁旅:长久寄居他乡;客居异乡的人。

⑥ 朱子:朱熹(1130—1200),字元晦,又字仲晦,号晦庵,别称紫阳,谥号文。祖籍徽州婺源(今属江西),生于南剑州尤溪(今属福建)。南宋理学家、教育家。曾任秘阁修撰等职。与吕祖谦、张栻齐名,时称东南三贤;师事李侗,为二程四传弟子。博极群书,建立完整理气—元论思想体系,世称程朱学派。后人编有《晦庵先生朱文公文集》和《朱子语类》。

鹧鸪天·胡杨①

何惧风飙沙砾②狂,千年不倒只胡杨。不辞四季滴滴露,总凌八方粒粒霜。　　枝虬曲③,干乖张④,秋来未辱叶疏黄。纵然一夕飘零尽,独立寒冬倚斜阳。

注　释

①　胡杨：杨柳科。落叶乔木，可高达 15 米。分布于中国新疆、青海、甘肃和内蒙古河套地区，为西北重要造林树种。

②　飙：暴风，疾风。沙砾：沙子和碎石。

③　虬曲：盘曲貌。虬：拳曲。

④　乖张：不正常，不对劲；性情执拗，怪僻。比喻胡杨具有特殊品性。

鹧鸪天·安吉竹海

饮罢白茗①登碧峦，满眸翠箐舞翩跹②。时犹嫩筱遗粉箨③，偶幸苍筠曳瀑泉④。　　食笋宴，乐村餐，人生化境⑤只田园。竹林七贤⑥今何处，共醉一觞⑦寄梦边。

注　释

①　白茗：指安吉白茶。

②　眸：瞳仁；也泛指眼睛。箐（qìng）：山间的大竹林；泛指树木丛生的山谷。翩跹：形容轻快地跳舞。

③　筱（xiǎo）：小竹，细竹。箨（tuò）：竹笋外层一片一片的壳。

④　筠：竹子的青皮；竹子的别称。曳：拖；拉；牵引。

⑤　化境：幽雅清新的境地；极其高超境界（多指艺术技巧等）。佛家指佛教化的境界。

⑥　竹林七贤：指魏晋间嵇康、阮籍、山涛、向秀、刘伶、王戎及阮咸七人。常在当时的山阳县（今河南辉县、修武一带）竹林之下，喝酒、纵歌，肆意酣畅，世谓竹林七贤。

⑦　觞：古代盛酒器；作为动词时为敬酒，饮酒。

鹧鸪天·冬雨

沥沥渐渐①正暮冬，苍天洒泪最遗情②。人生何处无风雨，歧路坦途任萍踪③。　　寻道迹,欲佛空,吾侪绮梦总千重。一夕佛法疏空色④,利场名疆自在行⑤。

注　释

① 沥沥淅淅:液体不断滴落貌。

② 遗情:留下情思。

③ 萍踪:行踪不定,像浮萍般四处漂浮。

④ 佛法:佛教教义;佛所具有的法力;指佛事。空色:无形叫作空,有形叫作色。《般若心经》说:"色即是空,空即是色。"

⑤ 自在:安闲自得,身心舒畅;自由,无拘束;犹自然。佛教以心离烦恼之系缚,通达无碍为自在。

鹧鸪天·闻妻哭声

痛彻心扉①为哪般?救夫及早出牢关。纵然无果吾何怨,未信牢底难坐穿。　　瞋丑态,唾狰颜②,犹疑尔辈总遮天③。他朝若忆今夕事,只是酒边一笑谈。

注　释

① 心扉:人的内心;心的门扇,指心或思想。

② 唾:唾液;用力吐唾沫。吐唾沫表示鄙视。狰:面目凶恶貌。

③ 尔辈:你们这些人。遮天:遮蔽天空。比喻掩盖事实真相。

鹧鸪天·休戚①

海角天涯只等闲,休戚与共总萦牵。一颦②一笑皆栖梦,百媚千娇尽醉颜。　　登危顶,履平川,红尘路上两鹣鹣③。凤凰浴火④犹何憾,爱海情天几涅槃⑤。

注　释

① 休戚:喜乐和忧虑;亦指有利的和不利的遭遇。

② 颦：皱眉。

③ 鹣鹣：传说中的比翼鸟。雌雄各一目一翼，必须并翅双飞。比喻恩爱夫妻。

④ 凤凰浴火：古代神话传说，凤凰历经烈火洗礼后焕发新生的故事，出自《涅槃无名论》。传说凤凰是人世间幸福的使者，每五百年，它就要背负着积累于人世间的所有不快和仇恨恩怨，投身于熊熊烈火中自焚，以生命和美丽的终结换取人世的祥和与幸福。同样在肉体经受了巨大的痛苦和轮回后它们才能以更美好的躯体得以重生。这段故事以及它的比喻意义，在佛经中，被称为"涅槃"。

⑤ 涅槃：佛教语。梵语的音译，意译"灭度""圆寂"等。是佛教全部修习所要达到的最高理想，指熄灭生死轮回后的境界。又作为死亡的美称。

鹧鸪天·岁杪^①无眠

冷衾独拥各自寒，清宵无寐最堪怜。时惜柔语难栖梦，犹憾娇嗔未伴眠。　情百载，爱千年，何愁夜色不阑珊^②。请君今日藏佳醑，待到重逢两醉仙。

注　释

① 岁杪：年底。
② 阑珊：衰落，将尽。

鹧鸪天·鼠年杂感

狗苟蝇营^①难见天，岂因鼠载^②洞中眠。春耕秋获千年事，除却凤凰不涅槃。　食冷炙^③，罢肥甘^④，红尘路上几蹒跚^⑤。今朝顿悟佛陀^⑥意，劫难度余上九天^⑦。

注　释

① 狗苟蝇营：像狗一样不知羞耻，像苍蝇一样飞来飞去。比喻为了名利不择手段、不顾廉耻。苟：苟且；营：谋求。又作"蝇营狗苟"。

② 鼠载：指鼠年。

③ 冷炙：已凉的饭菜；剩余的饭菜。

④ 肥甘：肥美香甜的食物。

⑤ 蹒跚：步伐不稳,歪歪斜斜的样子。

⑥ 顿悟：佛教语。指不假时间和阶次,直接悟入真理。晋宋间已有道生立顿悟义,后为"直指人心,顿悟成佛"之旨,禅宗南宗更主其说,与"渐悟""渐修"相对。另又谓顿然领悟。佛陀：指释迦牟尼佛。

⑦ 劫难：灾难,灾祸。九天：天的最高处,形容极高。古代传说天有九重,也作"九重天""九霄"。

鹧鸪天·游山

　　漫步山中作半仙①,野花摇曳②我趋前。清风附耳传春讯③,溪漾倾弦拟古弹。　　今登陟④,且盘桓⑤,平生所寄只桃源⑥,烟霞欹倚携将去,幽梦一帘到晓天⑦。

注　释

① 半仙：半似仙人；指登高山的人。宋范城大《山顶》诗："翠屏无路强攀援,我与枯藤各半仙。"

② 摇曳：晃荡,飘荡,摇动；优游自得貌。

③ 附耳：贴近耳朵,指窃窃私语状。春讯：春的消息。

④ 登陟：登高。陟：登高；晋升,进用。

⑤ 盘桓：徘徊,逗留。

⑥ 桃源：比喻世外乐土或避世隐居的地方。典出陶潜《桃花源记》。

⑦ 晓天：幽梦：忧愁之梦；隐约的梦境。拂晓时的天色。

鹧鸪天·游海

　　浩瀚沧溟方丈①行,凌波踏浪正偕风。期寻杳杳②神仙迹,冀睨翩翩③鸥鹭踪。　　君桂舵,我船舤④,一携侪⑤友到蓬瀛。不知徐福⑥归何处,千载春秋可有凭?

注　释

① 浩瀚:水盛大的样子;广大,漫无边际;繁多。沧溟:大海;苍天,高远幽深的天空。方丈:又称为方丈山、方壶、方丈洲等。古代神话海上有神山名,为仙人所居。故其所居丹室,亦称"方丈"。

② 杳杳:昏暗貌;幽远貌;犹渺茫;犹隐约,依稀。

③ 冀:希望,期望。睨:斜着眼睛看。翩翩:飞行轻快貌。

④ 舲:有窗户的小船。

⑤ 俦:同辈,伴侣。

⑥ 徐福:亦作"徐市"。字君房,齐地琅邪(今山东青岛琅邪台西北)人,一说是今江苏连云港赣榆人。秦方士。据《史记·秦始皇本纪》记载,秦始皇二十八年(前219年),上书说海上有蓬莱、方丈、瀛洲三神山,请率童男童女三千人,乘楼船入海,一去不返。据《日本国史略》提到:"孝灵天皇七十二年,秦人徐福来。"

鹧鸪天·癸卯莫干山半年庆

溽暑正值莫干①行,一腔豪气可搏风②。邀峦汝作山中客,辞榭吾为阆苑卿③。　　频歌舞,屡醪盅④,不辜明月对溟蒙⑤。今宵圆就桃源梦,有待明朝万里征。

注　释

① 溽暑:指夏季气候潮湿而闷热。莫干:指莫干山。位于浙江德清西北,为天目山分支。相传春秋时,吴国干将、莫邪铸剑于此,故名。山中气候凉爽,为避暑胜地。

② 搏风:击风;谓飞翔。南朝梁简文帝《阻归赋》:"躔九枝而耀景,总六翮而搏风。"

③ 榭:建筑在台上的房屋。卿:古代高官的名称。

④ 醪:浊酒。盅:饮酒或喝茶用的没有把儿的杯子。

⑤ 溟蒙：模糊不清貌。

鹧鸪天·莫干山避暑

叠嶂连绵竞郁葱①，循溪正可任足行。山花撷采②君须戴，野蔌细甄③吾欲烹。　　村墟④寂，野祠空，桃源何处可寻踪。凡心不动红尘杳⑤，大隐应宜阛阓中⑥。

注　释

① 叠嶂：重叠的山峰。嶂：形容高险像屏障的山。郁葱：指树林等茂盛；比喻气盛的样子。

② 撷采：同"采撷"，摘取。

③ 野蔌(sù)：野菜。蔌：蔬菜的总称。甄：审查，鉴别。

④ 村墟：村庄；亦指乡村集市。

⑤ 凡心：世俗的情思。杳：昏暗；引申为极远。

⑥ 大隐：身居朝市而志在玄远的人；指真正的隐士。阛阓(huì)：街市，街道；指店铺，商业。借指民间。

鹧鸪天·癸卯柘林湖①行

千岛星罗西海中，庐山欹倚杳冥冥。翔鸥屿涘同袭浪，翥鹭林中共御风②。　　牵伊手，伴君行，不辜嚣世③有相逢。尽倾今夜逍遥酒，醉倒湖边看月明。

注　释

① 柘(zhè)林湖：即柘林水库。位于江西九江永修和武宁之间，是由亚洲第一大水电土坝拦河工程所在地柘林镇而得名。因地处庐山西侧，亦称为"庐山西海"。

② 翥(zhù)：振翼而上，高飞。御风：乘风飞行；借指仙家。

③ 嚣世：尘世；扰攘的人世。

鹧鸪天·柘林湖豪饮

犹契人生劲酒①行，柘林豪饮醉冥冥。小杯百罄②心难寂，大盏千干意更浓。　　频戏语③，屡豪情，红尘路上幸相逢。莫辜④嚣世一知己，明月清风未有终。

注　释

① 契：相合，相投。劲酒：挚友吴少勋董事长的公司品牌。
② 罄：本义为器中空；引申为尽，用尽。
③ 戏语：指开玩笑。
④ 辜：罪；负，背。

鹧鸪天·游上海青西郊野公园

一派田园醉逋翁①，何因阆苑落尘中。翩翩白鹭逐波起，曳曳②茭荷随漾倾。　　寻鹤径③，辨幽明④，鬖鬖五柳⑤伴君行。采归旖旎⑥何须梦，不染红尘自陶公⑦。

注　释

① 逋翁：避世之人；隐士。
② 曳曳：飘动貌；迟缓貌。
③ 鹤径：隐者来往的小路。
④ 幽明：指有形和无形的事物。
⑤ 鬖鬖(sān)：毛发、枝条等细长垂拂、纷披散乱的样子。五柳：指陶渊明。
⑥ 旖旎：旌旗随风飘扬的样子，引申为柔和美丽，多用来描写景物柔美、婀娜多姿的样子；也喻女子美丽。

⑦ 陶公:亦指陶渊明。下同。

鹧鸪天·小院锄耕

嚣世难寻阆苑踪,桃源于我最怡情。虽无方寸田畦①地,犹冀淋漓锄耨耕②。 修枝蔓,剪残英③,今朝有幸可陶公。清风明月难留迹,绮梦千重未有终。

注 释

① 田畦:用土埂的小块土地间隔。
② 淋漓:形容湿淋淋地往下滴;形容畅快。锄耨(nòu):锄土耨草。
③ 残英:残存未落的花;落花。

鹧鸪天·创业一周年

滚滚红尘时枉情①,任凭风雨只前行。不惜皓首兼斑鬓②,但冀酪神遨宇穹③。 携侣友,伴菁英④,人生有梦即千重。他夕若忆今朝事,对酒当歌⑤罄百盅。

注 释

① 滚滚:翻腾貌;谓迅速消逝。枉情:犹邪念。枉:徒然;白白地。
② 皓首:白头,白发;谓年老。斑鬓:斑白的鬓发,指年老。
③ 酪神:本人创立的公司酪神世家。宇穹:指天空。
④ 菁英:精华;精英。
⑤ 对酒当歌:出自三国曹操《短歌行》:"对酒当歌,人生几何!"

鹧鸪天·见癸卯秋落叶

落木萧萧漾仲秋①,无边瑟瑟②正枝头。犹惜盛夏鸣蝉噪,尚待深旻鸿雁啾③。 人寂寂,宇悠悠,红尘不染是风流④。任凭姹紫嫣红⑤杳,烟雨一蓑⑥醉西楼。

注　释

　　① 落木萧萧:出自唐杜甫《登高》诗:"无边落木萧萧下,不尽长江滚滚来。"仲秋:秋季的第二个月,即农历八月。

　　② 瑟瑟:寒凉貌;萧索貌;寂寥貌。形容发抖的样子。

　　③ 旻:秋天;天,天空。啾:象声词,指小声、细声;用于形容动物细小的叫声。

　　④ 风流:指才华出众,不拘泥礼教。

　　⑤ 姹紫嫣红:形容各种花朵娇艳美丽。

　　⑥ 蓑:雨具名,即蓑衣。

【临江仙】

临江仙·孤山

　　冬暮徜徉孤岛[①]下,悄寻鹤迹梅踪。今朝谁更梦千重。一襟怀日月,两袖蕴[②]清风。　　拂面红尘频烦扰[③],只缘妄念[④]难空。无明[⑤]总是误平生。劫波[⑥]堪度己,沧浪[⑦]可濯缨。

注　释

　　① 徜徉:闲游;安闲自在地步行。孤岛:指孤山。位于杭州西湖,是西湖中最大的岛屿,文物胜迹荟萃之地。有放鹤亭、林和靖墓等遗迹,因林和靖的"鹤子梅妻"身世而有特殊意义。

　　② 蕴:积聚,蓄藏。

　　③ 烦扰:因受搅扰而心烦。

　　④ 妄念:邪念;虚妄的或不正当的念头。

　　⑤ 无明:佛教语,谓痴愚无智慧。为十二因缘第一支,是一切烦恼的根源。

　　⑥ 劫波:梵语的音译,亦作"劫簸",简称"劫",佛教时间概念,有大劫、中劫、小劫之分。劫是世界自创始至毁灭的一周期,古印度认为世界每若干万年便毁灭一次。

　　⑦ 沧浪:青色的波浪。又为古水名,汉水。

临江仙·雷峰夕照[①]

　　携侣夕登雷峰塔[②],借高正可凭栏[③]。断桥落虹尚依然[④]。三潭犹映月,平湖几波闲。　　莫道白娘[⑤]人已杳,此情只待许仙⑥。且将幽梦寄遥天。当年明月在,碧宇共婵娟⑧。

注 释

① 雷峰夕照:西湖十景之一。位于西湖南面、净慈寺前的夕照山上,因晚霞镀塔,佛光普照而闻名。

② 雷峰塔:又名黄妃塔、西关砖塔。位于西湖南岸夕照山之上,是吴越国王钱俶为供奉佛螺髻发舍利、祈求国泰民安而建,始建于北宋太平兴国二年(977 年),历代屡加重修。现存建筑以原雷峰塔为原型设计,重建于 2002 年。中国九大名塔之一,中国首座彩色铜雕宝塔。

③ 凭栏:倚靠着栏杆。

④ 断桥:位于杭州北里湖和外西湖的分水点上,一端跨着北山路,另一端接通白堤;据说,早在唐朝断桥就已经建成,宋代称保佑桥,元代称段家桥;在西湖古今诸多大小桥梁中,它最受瞩目。依然:依旧;仍同原样。

⑤ 白娘:即白素贞,中国古代民间传说《白蛇传》的女主人公。生于四川成都青城山,是一条修行千年的白蛇精,与青蛇精小青结拜为姐妹。传说为黎山老母的女弟子,在青城山与峨眉山修炼得道,法术高强。

⑥ 许仙:中国古代民间传说《白蛇传》中的男主人公。在早期传说中,其名为"希宣赞";后来,又有"奚宣""许宣"之名。冯梦龙在《白娘子永镇雷峰塔》中称为许宣,乃至最终到清代话本《义妖传》成了"许仙"。

⑦ 碧宇:青天;澄碧的夜空。婵娟:形容姿态曼妙优雅;喻美女;指月亮。

临江仙·南屏晚钟

寺磬①悠悠时向晚,悄偕湖上歌笙②。人间绮梦总难成。东坡舟作赋,居易柳闻莺。③　　最美孤山林和靖,遥聆千载疏钟④。梅妻鹤子⑤尚遗踪。一对神仙侣,两袖逍遥风。

注 释

① 磬:一为古代打击乐器,形状像曲尺,用玉或石制成。二为佛教打

击乐器,形状像钵,用铜制成。

② 歌笙:雅乐的代称。笙:管乐器名,一般用十三根长短不同的竹管制成。

③ 东坡:指苏东坡。居易:指白居易。

④ 聆:听。疏钟:稀疏的钟声。

⑤ 梅妻鹤子:以梅为妻,以鹤为子。比喻隐逸生活和恬然自适的清高情态。

临江仙·虎跑^①

梦里依稀闻虎啸,悄和林坳^②泉声。弘一^③足迹几循行。三钵^④酬佛祖,百衲^⑤度众生。 踏遍青山寻往圣,可澄吾辈迷踪。白云为重泰山轻。既为风流种,何必总执空^⑥。

注 释

① 虎跑:位于西湖西南大慈山白鹤峰下,以寺中的名泉而著名。唐元和十四年(819 年),性空大师在此定居建寺;宋朝高僧济公(法名道济),初出家在灵隐寺,后居净慈寺,圆寂于虎跑寺;被佛门称为"重兴南山律宗第十一代主师"的高僧弘一法师,披剃出家的也是虎跑寺。性空、济公和弘一三位名僧,给这座古寺增添了传奇色彩。

② 坳:低凹的地方或山间的平地。

③ 弘一:李叔同(1880—1942),幼名成蹊,学名广侯,字息霜,别号漱筒。著名音乐家、美术教育家、书法家、戏剧活动家,是中国话剧的开拓者之一。担任过教师、编辑之职,后剃度为僧,法名演音,号弘一,晚号晚晴老人,尊称为弘一法师。

④ 钵:洗涤或盛放东西的陶制器具,用来盛饭、菜、茶水等。一般泛指僧人所用的食器。

⑤ 衲:补缀;缝补;和尚穿的衣服;也用作和尚的自称。

⑥ 执空:凡所有相皆是虚妄,有以为没有,心又落到空上,执着不放。

临江仙·谒岳王庙①

　　兰若②依山兼凭水，千秋浩气洎今③。神州英武是谁人？百嗟几妄佞④，三叹一昏君⑤。　　直捣黄龙迎二帝⑥，天地可鉴兹心。香烟⑦缕缕寄忠魂。河山必还我⑧，不负四时春。

注　释

　　① 岳王庙：又称岳坟、岳飞墓，地处杭州西湖西北角、栖霞岭南麓，北山路西段北侧。始建于南宋嘉定十四年（1221年），明景泰年间改称"忠烈庙"，是纪念南宋抗金名将岳飞的主要场所，历经元、明、清、民国时兴时废。现存建筑为清康熙五十四年（1715年）重建。谒：进见；到陵墓致敬。

　　② 兰若：寺庙，即梵语"阿兰若"的省称。

　　③ 浩气：浩然的正气。原指广大的水汽；喻刚强正直的气概。洎(jì)：到；至。

　　④ 妄佞：奸佞，奸臣。指秦桧、万俟卨、张俊等人。佞：善辩，巧言诌媚。

　　⑤ 昏君：指宋高宗赵构。

　　⑥ 黄龙：即黄龙府。金国都城，故址在今吉林农安。靖康二年（1127年），金兵俘虏宋朝徽、钦二帝，曾囚禁于此。岳飞尝言："直抵黄龙府，与诸军痛饮耳。"二帝：指宋徽宗赵佶、宋钦宗赵桓。

　　⑦ 香烟：焚香所生烟雾。指祭祀。

　　⑧ 河山必还我：指岳飞手书"还我河山"。

临江仙·宿三清①

　　碧落②秋宵悬朗月，澹然多少幽冥③。星河犹断牵织④情。一夕堪世外，万念俱尘中。　　瀛海蓬洲时雾绕，葛洪⑤奚谷凭踪。有期庄老⑥慰平生。心中蕴浩气，是处可三清⑦。

注 释

① 三清：指三清山。在江西玉山、德兴两地交界处，因玉京、玉华、玉虚三峰巍峨奇伟，状如道教始祖玉清、上清、太清踞坐峰巅，故名。为道教名山，全国七十二福地之一。传东晋葛洪曾来此修道炼丹，紫烟石下尚有炼丹炉遗址和丹井。

② 碧落：道家认为东方最高的天有碧霞遍布，故称为"碧落"。后用以指天空。

③ 幽冥：玄远，微妙；幽僻，荒远。

④ 牵织：指牵牛星和织女星。

⑤ 葛洪（约281—361）：字稚川，自号抱朴子，丹阳句容（今属江苏）人，东晋道教理论家、医学家。所著《抱朴子》继承和发展了东汉以来的炼丹法术，对之后道教炼丹术的发展具有很大影响，为研究中国炼丹史以及古代化学史提供了宝贵的史料。还撰有《肘后备急方》《神仙传》《西京杂记》《玉函方》（已佚）等。

⑥ 庄老：庄子和老子。

⑦ 三清：此指玉清元始天尊、上清灵宝天尊、太清道德天尊。

临江仙·漓江即景

　　一叶扁舟①漓江上，鸬鹚晾翅悠然②。烟波钓叟正穷年③。青峰竞秀④列，曲水自潺湲。　　几抹霓霞横宇际，村墟袅袅炊烟⑤。何人陌上辍耕田⑥。心中怀日月，是处可桃源。

注 释

① 扁舟：小船。

② 鸬鹚：水鸟名，俗叫鱼鹰、水老鸦，善潜水捕鱼。羽毛黑色，有绿光，颌下有小喉囊，嘴长，上嘴尖端有钩，渔人常驯养之以捕鱼。悠然：闲适貌；淡泊貌；久远貌；徐缓貌。

③ 钓叟：钓翁；渔翁。穷年：终其天年，毕生；全年，一年到头。

④ 竞秀：互相比美。

⑤ 袅袅：烟雾缭绕升腾；细长柔软的东西随风摆动。炊烟：烧煮食物时所冒出来的烟。

⑥ 陌：泛指田间小路。南北方向叫作"阡"，东西走向叫作"陌"。辍：中途停止；废止。

临江仙·太湖船宴

画舫①悠悠行碧漾，莼羹鲈脍②醪香。吴山越水滞③秋光。瀛洲无觅处，此地有清凉。 莫负良宵携侣畅，擎④箸立尽斜阳。何须杯酒醉愁肠。平生几意绪，都付与苍茫。⑤

注 释

① 画舫：装饰华丽的游船。

② 莼羹鲈脍：味道鲜美的莼菜羹、鲈鱼脍，喻思乡的心情。出自《晋书·张翰传》："翰因见秋风起，乃思吴中菰菜、莼羹、鲈鱼脍。"

③ 滞：凝积，不流通。

④ 擎：往上托；举。

⑤ 意绪：心意，情绪。苍茫：空旷辽远。此喻太湖。

临江仙·石浦①庆生

一叶扁舟趋海上，与君万里凭风。人间孟秋②正晴空。垂纶③悬碧漾，权作苴蓑翁④。 肥马轻裘⑤君莫美，林泉⑥吾辈独钟。偕行岂计几征蓬⑦。敞襟怀日月，天地有无中。

注 释

① 石浦：是浙江宁波象山县下辖镇，位于浙江沿海中部、象山半岛南端，西扼三门湾，东临大目洋、猫头洋，素有"浙洋中路重镇"之称。为中国

历史文化名镇,全国六大中心渔港之一,国家二类开放口岸。

② 孟秋:秋季第一个月,农历七月;处于二十四节气中的立秋、处暑两个节气的时期之内。

③ 垂纶:垂钓。借指隐士。

④ 笠蓑翁:犹"蓑笠翁"。出自唐柳宗元《江雪》:"孤舟蓑笠翁,独钓寒江雪。"蓑笠:斗笠与蓑衣。

⑤ 肥马轻裘:骑肥壮的马,穿轻暖的皮衣。形容阔绰。裘:皮衣。典出《论语·雍也》。

⑥ 林泉:山林与泉石。指隐居之地。

⑦ 征蓬:飘蓬。喻飘泊的旅人。

临江仙·守岁

火树银花茕守岁,祇听复始钟声①。天涯咫尺②俩难逢。今宵可藉梦,何惮③入幽冥。　　莫道经年徒皓首,砥筋砺骨强膺④。无醪犹望酹⑤千盅。难瞻⑥一朗月,细数满天星。

注　释

① 茕:孤单,孤独;忧愁。祇:恭敬。

② 天涯咫尺:比喻距离虽近,但很难相见,像是远在天边一样。犹咫尺天涯。

③ 惮:害怕;畏惧。

④ 砥:细的磨刀石;磨炼。砺:磨刀石;磨(刀)。膺:胸。

⑤ 酹:将酒倒在地上,表示祭奠或立誓。

⑥ 瞻:向远处或向高处看。

临江仙·喀纳斯湖

叠嶂层峦连浩宇,喀湖雾霭蒙蒙①。何因水怪②杳无踪。瞻穷山水秀,荡尽碧波清。　　有幸仙湖遗塞外,千年不尽涛声。羌笛胡韵尚萦萦③。今朝堪策马,万里可凭风。

注 释

① 喀湖:指喀纳斯湖。是一个座落在新疆阿勒泰深山密林中的高山湖泊,湖光山色,美不胜收,被誉为中国最美湖泊。雾霭:雾气,形容雾气腾腾的样子。蒙蒙:指茂盛貌;细雨迷蒙貌。

② 水怪:传说喀纳斯湖中有水怪,曾将湖边饮水的马匹拖入水中,有人认为是湖中一种大红鱼(哲罗鲑)在作怪。这传说为喀纳斯增添了几分神秘色彩。

③ 萦萦:缠绕貌。

临江仙·青海湖

万顷碧波天际漾,唯余湖海茫茫。层峦叠嶂杳无疆①。应知穹宇阔,鸥鹭竞翱翔②。　　策马犹欣原野旷,人生穷尽梯航③。牛羊炙烤④佐醪香。不为嚣世醉,方有梦悠长。

注 释

① 层峦叠嶂:形容山峰多而险峻。无疆:谓没有终界。

② 翱翔:在空中回旋地飞。

③ 梯航:梯与航,登山涉水的工具;引申为有效的途径。

④ 炙烤:在火上烤;指吃烧烤。

临江仙·洞庭湖

沧海桑田悉①隐迹,洞庭依旧涛声。千年鼓瑟有湘灵②。君山③难落寂,古寺尚钟鸣。　　云梦泽中寻孟老④,谪仙⑤何处凭踪。将船买酒⑥踏波行。何须赊⑦月色,醉倒一蓑翁⑧。

注　释

① 沧海桑田：大海变成农田，农田变成大海。比喻人世间事物变化极大，或者变化较快。悉：尽，全。知道。

② 鼓瑟：弹奏琴瑟。湘灵：相传的二妃娥皇、女英，因哀痛舜崩殂，自溺于湘江，化为湘水之神，称为湘灵。古代传说中的湘水之神。《楚辞·远游》："使湘灵鼓瑟兮，令海若舞冯夷。"宋洪兴祖补注："此湘灵乃湘水之神，非湘夫人也。"一说为舜妃，即湘夫人。

③ 君山：在洞庭湖口，古称洞庭山、湘山、有缘山。是八百里洞庭湖中的一个小岛，与千古名楼岳阳楼遥遥相对，取意神仙"洞府之庭"。

④ 云梦泽：又称云梦大泽，湖北省江汉平原上的古代湖泊群的总称。东至今武汉以东的大别山麓以至长江江岸一带，西部当指宜都一线以东，包括江南的松滋、公安县一带，北面大致到了随州、钟祥、京山一带，南面以长江为界。孟老，指孟浩然（689—740），以字行，襄州襄阳（现湖北襄阳）人，世称孟襄阳。因他未曾入仕，又号孟山人，唐代山水田园派诗人。其《望洞庭湖赠张丞相》"气蒸云梦泽，波撼岳阳城"二句，堪称千古名句。

⑤ 谪仙：谪居世间的仙人；指李白。下同。

⑥ 将船买酒：出自李白《洞庭湖五首》其二："南湖秋水夜无烟，耐可乘流直上天。且就洞庭赊月色，将船买酒白云边。"

⑦ 赊：赊欠；长，远。

⑧ 蓑翁：穿蓑衣的老人，指渔翁。作者戏谓自己。

临江仙·千岛湖

　　棋布星罗①千岛屿，富春②截断江声。扁舟一叶立蓑翁。何时堪撒网，收获有无中。　　秦晋桃源悉已杳，今朝忝作陶公。钓台严子③可凭踪。东坡铭④意绪，钓月登云⑤行。

注　释

① 棋布星罗：像棋子般分布，像星星般罗列。形容多而密集。犹星罗棋布。

② 富春：即富春江，位于浙江富阳，长 110 千米，流贯浙江桐庐、富阳，山水之间还分布着"严陵问古""桐君山""子胥野渡"等许多名胜古迹。有"小三峡"之称。

③ 严子：严子陵，名严光，字子陵，生卒年不详，东汉高士，会稽余姚人。严少有才气，与刘秀同学好友。刘后来登基为帝，多次征召其为谏议大臣，严子陵婉拒之并隐居富春江一带，终老于山林间。

④ 铭：铸、刻或写在器物上记述生平、事迹或警诫自己的文字。

⑤ 钓月登云：即登云钓月。在富阳鹤山公园东侧，富春江边上有块巨石，镌有"登云钓月"，是苏东坡游历此地所留墨迹。

临江仙·松花湖①

碧漾清波浮百岛，星罗姹紫秋江。野凫②鸥鹭竞翱翔。青峦叠翠嶂，天地莽苍苍。　荡起扁舟云际溯，桃源疑是无疆。松花酿酒佐醪香。畴昔桑梓地，今日我乡邦③。

注　释

① 松花湖：位于吉林丰满南郊，水域辽阔，湖汊众多，面积 554 平方千米，是吉林省著名风景名胜区。

② 野凫：野鸭。

③ 乡邦：家乡。

临江仙·天涯海角①

海角天涯舒眼望，南溟杳杳无疆。波光点点漾帆樯②。任凭风浪起，鸥鹭竞苍茫。　应在沙中留履迹③，红尘万丈难央④。观音佐梦济⑤宵长。今朝穹宇际，云霭正霓裳⑥。

注　释

① 天涯海角：位于海南三亚市西南，背对马岭山，面向大海，为海南第

一名胜。

② 帆樯：船帆与桅樯,常指舟楫；船桅,桅杆。

③ 履迹：足迹。引申为事迹。

④ 难央：难以完结。央：尽,完了；中心,正当中。

⑤ 济：补益。

⑥ 霓裳：神仙的衣裳。相传神仙以云为裳。

临江仙·路南石林

　　浅壑奇峰绵百里,石林是处峥嵘①。携伊蹊径②几巡行。长湖③观漾碧,蓬岛④啸鸥鸣。　　有幸今朝临妙境⑤,桃源脚步轻轻。期与黑玛⑥对醪盅。红尘人未老,天地任凭踪。

注 释

① 峥嵘：形容山高峻突兀,也指高峻的山峰。喻卓异,不平凡。

② 蹊径：意为路径,办法；也指小路。

③ 长湖：位于石林风景区 26 千米处的长湖镇维则村,坐落在海拔 1 907 米的群山环抱之中。湖平面形状如身材修长的少女,是民间传说中阿诗玛的故乡,因湖体掩藏在青山翠岗之中,以往游人足迹罕至,故又被人们称为“藏湖”。

④ 蓬岛：即蓬莱岛,是石林长湖中的小岛。

⑤ 妙境：神奇美妙的境界。

⑥ 黑玛：指阿黑与阿诗玛。阿诗玛天生丽质,被有财有势的热布巴拉强行抢婚。哥哥阿黑与热布巴拉家斗智比武,终于救出妹妹。可热布巴拉又祈求恶崖神放水淹死回程的兄妹俩。最终,阿诗玛被水冲走了,化成一尊与世长存的石像,挺立在石林深处。

临江仙·都江堰①

　　玉垒②白云长拱绕,疑犹祭奠前贤③。踯躅④岸畔叹奇观。

岷江一堰卧,千载尽良田。 低作深淘皆睿智⑤,飞沙鱼嘴⑥依然。宝瓶口里逝流年。今朝仍沃野,川蜀有福缘⑦。

注 释

① 都江堰:位于成都都江堰城西,坐落在成都平原西部的岷江上,是由渠首枢纽(鱼嘴、飞沙堰、宝瓶口)、灌区各级引水渠道,各类工程建筑物和大中小型水库和塘堰等所构成的一个庞大的水利工程系统。

② 玉垒:指玉垒山,在四川都江堰西北部,海拔约2 000米,风景秀丽。拱绕:环绕。

③ 前贤:此处指李冰父子。

④ 踯躅:徘徊不进貌;以足击地,顿足。

⑤ 低作深淘:出自都江堰的治水三字经,是人们治理都江堰工程的经验总结和行为准则。"深淘滩,低作堰,六字旨,千秋鉴,挖河沙,堆堤岸,砌鱼嘴,安羊圈,立湃阙,凿漏罐,笼编密,石装健,分四六,平潦旱,水画符,铁桩见,岁勤修,预防患,遵旧制,勿擅变"。睿智:聪慧,明智,有远见。多用于形容一个人极富智慧。

⑥ 飞沙鱼嘴:都江堰由分水鱼嘴、飞沙堰、宝瓶口等部分组成,始建于秦昭王末年(约前256—前251),是蜀郡太守李冰父子在前人鳖灵开凿的基础上,组织修建的大型水利工程。

⑦ 福缘:受福的缘分;福分。

临江仙·听雨

昨夜秋霖淅沥沥①,滴残梦里蝉声。犹欣落枕有蛙鸣。红尘难寂寂,羽化可三清②。 墙角翠筠悄曳伴,难瞻朗月繁星。任凭细雨任凭风。大千皆世界,道法自然平。③

注 释

① 淅沥沥:犹淅沥,形容轻微的风雨声、落叶声等。

② 羽化:道教指飞升成仙。三清:道教指仙人所居的玉清、太清、上清

三清仙境。后因称道教宫观为三清。又指三位天尊。

③ "大千"二句：大千世界：佛教语。世界的千倍叫小千世界，小千世界的千倍叫中千世界，中千世界的千倍叫大千世界。后指广大无边的人世。道法自然：出自《道德经·第二十五章》："人法地，地法天，天法道，道法自然。"否定宇宙间有意志的主宰，又由此提出"辅万物之自然而不敢为"的主张，否定一切人为。

临江仙·九一八

一九三一犹噩梦①，东洋涂炭生灵②。神州四处日蹄声。抗倭黑土地，征战蜀川兵。　百万雄师鏖沪上③，犹铭仓库④群英。八年浴血始安平。今朝烽火逝，莫忘警钟鸣。

注　释

① 噩梦：指引起极度不安或惊恐不已的梦。

② 东洋：指日本。涂炭生灵：人民陷在泥潭和火坑里。比喻使人民生活极端困苦。

③ 鏖：本义为温器。假借为熬，苦战。沪上：上海的别称。

④ 仓库：指四行仓库。"八一三"淞沪抗战后期，中国军队第88师262旅524团1营的"八百壮士"在中校团副谢晋元的率领下，于民国二十六年（1937年）10月26日深夜进入四行仓库坚守。以弹丸之地抗击穷凶极恶的日本侵略军，从27日至30日激战四昼夜，打退敌人十余次疯狂进攻，毙、伤日军200余人。11月1日，在国际介入下，剩余战士全部撤入上海公共租界。

临江仙·春末有感

寂寂河边柳絮，寥寥陂①里荷花。落英满地卧泥沙。忽悲春老矣，身似在天涯。　不觉②悠悠岁月，但怜列列③桑麻。奚因青鬓染霜华④。红尘如逆旅⑤，何处是吾家。

注 释

① 寥寥：孤寂，空虚；数量稀少。陂：池塘；池塘的岸；山坡。

② 不觉：没有觉察，感觉不到。

③ 怜：爱惜。列列：行列分明；高耸貌；风吹貌。

④ 青鬟：浓黑的鬟发；借指年轻人。霜华：同"霜花"，喻指白色须发。

⑤ 逆旅：客舍，旅馆；旅居，常以喻人生短促。

【江城子】

江城子·峨眉①

孟秋偕上峨眉巅,觅佛缘,谒普贤②。袅袅轻岚,化境蕴坤乾③。漠漠红尘多少事,菩萨在,只等闲。　一夕顿悟倩机禅,羡奚仙,自婵娟。白象猿猴④,灵性⑤与谁衔。轻曳筇枝⑥何处去,苍宇⑦际,绮霞⑧间。

注　释

① 峨眉:即四川峨眉山。为中国四大佛教名山之一,是普贤菩萨的道场。

② 普贤:指普贤菩萨,与文殊菩萨并称为释迦牟尼二肋侍。寺院塑像,侍立于释迦之右。乘白象,以"大行"著称。

③ 坤乾:即乾坤。

④ 白象:普贤菩萨的坐骑。猿猴:指峨眉山的猴子。

⑤ 灵性:聪慧(的天性)。

⑥ 筇枝:筇竹杖。筇:竹名。适合作杖。

⑦ 苍宇:天空。

⑧ 绮霞:美丽的彩霞。

江城子·普陀①

携伊海畔旅平沙,戏浪花,望天涯。宇际苍茫,何处是吾家。有幸今朝游阆苑,不计僻②,莫嗔遐③。　心中化境最堪誇④,去浮华⑤,倚烟霞。古寺佛图⑥,僧侣几袈裟⑦。市井泉林⑧皆寄梦,同煮酒,话桑麻。

注　释

① 普陀：即浙江普陀山。中国四大佛教名山之一,是观音菩萨的道场。

② 僻：离中心地区远的;引申为不常见的、性情古怪的。

③ 遐：远;长久。

④ 姱：漂亮,美好;夸饰,夸大。

⑤ 浮华：讲究表面的华丽或阔气,不务实际。

⑥ 佛图：佛塔;佛寺。亦称浮图、浮屠。

⑦ 袈裟：和尚披的法衣,由许多长方形布片拼缀而成。

⑧ 市井：街市;市场。泉林：犹林泉,指隐居之地。

江城子·九华①

九华山上百重云,偶栖神②,总摄魂③。地狱不空,菩萨远佛身。④千载何曾须舍利⑤,澄天宇,净红尘。　　三生羁绊几回轮⑥,有缘因⑦,自乾坤。彼岸⑧偕登,天地四时春。一钵一衲皆默默,毋计果,只唯心⑨。

注　释

① 九华：即安徽九华山。中国四大佛教名山之一,是地藏菩萨的道场。

② 栖神：九华山南大门有神仙洞,相传张果老及陈抟老祖曾在此修炼。

③ 摄魂：谓用法术召取灵魂。

④ "不空"二句：指地藏王菩萨誓愿：地狱不空,誓不成佛。

⑤ 舍利：梵语音译,意为骨身或遗骨。相传为释迦牟尼佛遗体火化后结成的珠状物,后来也泛指佛、高僧的遗骨。舍利可分为骨舍利、发舍利和肉舍利,通常所说是骨舍利。佛教认为,舍利是由修行功德炼就的,多作坚硬珠状,五彩耀目。被视为地藏菩萨示现的金乔觉九十九岁坐化,迄今千

余载金身不坏,供在九华山月身殿内。

⑥ 羁绊:被身边的物事缠住手脚。回轮:转轮。喻循环变化。

⑦ 缘因:佛教语。二因之一,对正因而言。

⑧ 彼岸:佛教指超脱生死的境界;比喻向往的境界。

⑨ 唯心:宇宙所有存在,皆由心所变现,心外无任何实法存在。亦即心为万有的本体,为唯一的真实。亦云唯识。

江城子·乐山大佛①

依崖立壁踏波闲,自婵娟,总慈颜②。蜀堰回眸③,玉垒几云烟④。雄睨千年犹吴楚⑤,偕星月,伴遥天⑥。　人生绮梦讵⑦难圆,遇佛缘,可涅槃。频频登陟,高处我凭栏。万里长江俱东逝,今迄⑧古,只潺湲。

注　释

① 乐山大佛:又名凌云大佛,位于四川乐山南岷江东岸凌云寺侧,濒大渡河、青衣江和岷江三江汇流处。大佛为弥勒佛坐像,是中国最大的一尊摩崖石刻造像。

② 慈颜:慈祥和蔼的容颜(多指尊长)。

③ 蜀堰:指都江堰。回眸:回转眼睛;回过头看。

④ 玉垒:指都江堰玉垒山。云烟:云气和烟雾;云端,云宵。比喻容易消逝的事物。

⑤ 吴楚:泛指春秋吴楚之故地,即今长江中下游一带。

⑥ 遥天:犹长空。

⑦ 讵:难道;岂。

⑧ 迄:到,至;始终(用于"未"或"无"前)。

江城子·灵山大佛①

三山欹倚对遥空,渺鸿蒙②,最遗情。缕缕红尘,悉逝碧波中。有道人间常感梦③,佛道法,只凭风。　　吴山越水总独钟,寄瀛蓬,几洄漾④。杳窅⑤风帆,谁臆是归程。西子陶朱⑥何处觅? 穷天际,自在⑦行。

注　释

① 灵山大佛: 位于无锡滨湖,佛体坐落于马山秦履峰南侧,1997 年 11 月 15 日落成开光。所在位置为唐玄奘命名的小灵山,故名。

② 渺: 水远貌;邈远,渺茫;微小,渺小。鸿蒙: 神话传说的远古时代,在盘古开天辟地之前,世界是一团混沌状,因此把那个时代称作鸿蒙时代,后用来泛指远古时代。

③ 感梦: 谓受到梦的启发;指感应于梦中。

④ 洄漾: 亦作漾洄。水流回旋的样子,引申为回旋貌。

⑤ 杳窅(yǎo): 幽深高远。

⑥ 西子: 指西施。陶朱: 指范蠡。他佐越王勾践灭吴后,弃官至陶,经商致富,自号陶朱公。

⑦ 自在: 由自己作主,不受限制和拘束。

江城子·新昌大佛①

石佛千载熠新昌,敬心香②,梦悠长。梵偈③声声,三界④渺无疆。大隐毋须唯涧壑⑤,阛阓侧,鄙人⑥旁。　　澄溪曲绕欲何方? 向苍茫,未渠央。羁旅人生,不滞恁恓惶⑦。且将吾心寄伊处,天穹际,庙宇堂。

注　释

① 新昌大佛: 位于浙江新昌城西南石城山仙髻岩的一石窟内,为弥勒佛造像,石窟之外建有佛寺。

② 心香: 佛教语。谓中心虔诚,如供佛之焚香。又指真诚的心意。

③ 梵偈: 佛经中的唱颂词。

④ 三界: 指佛家所指的三界: 欲界、色界、无色界。

⑤ 涧壑：山涧沟谷，溪涧山谷；指隐居处。

⑥ 鄙人：指居住在郊野的人；鄙俗的人。

⑦ 恓惶：惊恐烦恼的样子；穷苦。

江城子·阿育王寺①

千年宝刹隐丛林②，自森森③，沐氤氲。碧漾潺湲，杳渺逝溪云。阿育寺中恭谒拜④，期愿果⑤，敬虔心⑥。　　幸依化境远红尘，做禅人⑦，净俗身。有待今朝，般若⑧更生根。犹借清风和朗月，集地魄⑨，守冰魂⑩。

注　释

① 阿育王寺：位于宁波鄞州五乡镇宝幢太白山麓华顶峰下，始建于西晋武帝太康三年(282 年)，已历经 1 700 多年历史。

② 宝刹：诸佛的国土或其教化的国土的敬称。丛林：此指树林。又，僧人聚居修行处所，泛指大寺院。

③ 森森：形容树木茂盛繁密；阴森寂静或者寒冷。

④ 谒拜：谒见礼拜。

⑤ 愿果：谓愿望成为事实。

⑥ 虔心：恭敬有诚心。虔：恭敬。

⑦ 禅人：泛指修持佛学、皈依佛法的人。

⑧ 般若(bōrě)：梵语的音译。专指如实认知一切事物和万物本源的智慧。大乘谓之诸佛之母。

⑨ 地魄：指月亮。《云笈七签》卷五五："月者地之魂。"

⑩ 冰魄：形容梅、莲等高洁的品质。

江城子·雪窦寺①

飞甍②高宇倚青峦，大肚腩③，自欣颜。末法④临时，佛境渐阑珊。欲度众生出苦海⑤，亿载后，方世间。　　人生绮梦只婵娟,罢痴心⑥,四禅天⑦。列列红尘,奚客可独全。犹凭弥勒真法力⑧,到彼岸,总涅槃。

注　释

①雪窦寺:全称雪窦资圣禅寺,坐落于"秀甲四明"的雪窦山,位于浙江宁波奉化溪口镇。肇创于晋朝,兴起于大唐,鼎盛于两宋。

②飞甍(méng):指飞檐;借指高大的屋宇。甍:屋脊。

③大肚:指弥勒佛。腜:丰厚,美好;胸部或腹部挺出。

④末法:佛法共分为三个时期,即正法时期、像法时期、末法时期。释迦牟尼佛入灭后,五百年为正法时期;此后一千年为像法时期;再后一万年就是末法时期。

⑤苦海:佛教指苦难烦恼的世间;也比喻困苦的处境。

⑥痴心:迷恋难舍的心思。

⑦禅天:指修习禅定所能达到的色界四重天(初重天至第四重天)。

⑧法力:佛法的力量;泛指神奇的力量。

江城子·大昭寺①

金甍熠熠自天庭②,树幡旌③,彻苍穹④。匍匐⑤谁人,千里觅佛踪。三世轮回转经筒⑥,今未竟⑦,待来生。　吾侪注定只禅空,破无明,任持行⑧。拉萨逡巡,满目俱虔诚⑨。钟梵⑩声声传宇际,心感化,寄霓虹。

注　释

①大昭寺:位于拉萨老城中心,相传为唐文成公主设计建造。殿高四层,宏伟壮丽,具唐代建筑风格。寺内供有文成公主由长安带去的觉卧佛像,藏语称"觉卧康",意为释迦佛殿。藏有7世纪以来历代文物甚多,《唐蕃会盟碑》在寺西门外。

②熠熠:闪烁的样子;形容闪光发亮。天庭:天帝的宫廷;指天空。

③幡:旗帜。旌:古代用羽毛装饰的旗子;又指普通的旗子。

④ 苍穹：苍天；广阔的天空。

⑤ 匍匐：爬着向前行进；趴。

⑥ 三世：佛教谓过去、现在、未来。转经筒：能旋转的搁置佛经的圆形书架。

⑦ 竟：完毕；从始至终；终于。

⑧ 持行：犹修行。

⑨ 虔诚：恭敬而有诚意的态度。

⑩ 钟梵：寺院的钟声和诵经声。

江城子·布达拉宫①

布达高耸入天庭，悟云星，自禅空。千秋朗月，熠熠红白宫。求道参禅十几世，消永夜②，对孤灯。　　踯躅拉萨欲何行，觅佛踪，破无明。筒上转经，欲度谁三生。有待凤缘圆绮梦，登彼岸，启遥程。

注　释

① 布达拉宫：位于拉萨西北的玛布日山上，是一座宫堡式建筑群，最初是吐蕃王朝赞普松赞干布为迎娶文成公主而兴建。于17世纪重建后，成为历代达赖喇嘛的冬宫居所，为西藏政教合一的统治中心。

② 永夜：长夜。

江城子·有悟

匆匆已近六十春，事缤纷①，几浮云。江上青枫②，羡客尚独吟。莫愧青春添白发，疏钟鼎，远红尘。　　风花雪月③最销魂，旅乾坤，作闲人。鲈脍莼羹，岩壑④可栖身。红袖添香⑤偕美醑，频对月，屡倾樽。

注　释

① 缤纷：繁多而杂乱。

② 江上青枫：化自唐高适《送李少府贬峡中王少府贬长沙》："青枫江上秋帆远，白帝城边古木疏。"

③ 风花雪月：本泛指四时景色；比喻爱情之事或花天酒地的生活；又指内容空泛而堆砌词藻的诗文。

④ 岩壑：山峦溪谷；借指隐者的住所或隐者。

⑤ 红袖添香：旧指有美女伴读。红袖：指美女。

江城子·西湖泛舟

秋风飒飒①送清凉，柳丝长，桂花香。一叶扁舟，漫溯古钱塘②。圣迹贤踪今在否？情百缕，几堪伤。　人生绮梦未渠央，觅流芳③，谒鄂王④。小小茔中⑤，总有泪千行。千载西湖多少事，何落寂，付苍茫。

注　释

① 飒飒：风吹动树木枝叶等的声音。

② 钱塘：杭州的古称。

③ 流芳：流传美名。

④ 鄂王：指岳飞，宋宁宗时追封为鄂王。

⑤ 小小：指苏小小。六朝时南齐歌妓，家住钱塘，常坐油壁车。见《乐府诗集》，笺唐人诗作。话本《钱塘佳梦》与《西湖佳话》也写其事。茔：坟地，坟墓。

江城子·秦淮①

秦淮河畔任徜徉，觅谢王②，路悠长。燕子今朝，巢筑旧时梁。忽忆千年多少事，风骚客，几疏狂。　何时幽梦早还乡，莫彷徨③,易疗伤。暮辱朝荣,只道是寻常。唯借清风与朗月,尘世外,总无疆。

注　释

① 秦淮:指南京秦淮河。古称龙藏浦,汉代起称淮水,唐以后改称秦淮河。

② 谢王:即王谢。六朝望族琅邪王氏与陈郡谢氏之合称,后成为显赫世家大族的代名词。

③ 彷徨:徘徊不前的样子;比喻犹疑不决。

江城子·登钟山①有怀

钟山犹沐六朝②风,屡峥嵘,自曚昽③。玉树后庭④,何日罢歌笙。二主⑤小楼难寄梦,词傲世⑥,治昏庸。　江山代有几豪英,太祖明,中正公。⑦横扫元倭⑧,华夏始元亨⑨。莫负长江悄逝水,穷昼夜,只流东。

注　释

① 钟山:位于南京玄武区,以中山陵园为中心,明孝陵和灵谷寺为依托,分布各类名胜古迹多达两百多处。

② 六朝:三国吴、东晋、宋、齐、梁、陈,先后建都于建康(吴称建业,今南京),史称六朝。所以,南京又称六朝古都。

③ 曚昽:日光不明。

④ 玉树后庭:出自南朝陈叔宝《玉树后庭花》:"妖姬脸似花含露,玉树流光照后庭。"

⑤ 二主:指五代南唐中主李璟和后主李煜。均以词著称,有《南唐二主词》行世。

⑥ 傲世:谓轻视世人。

⑦ 豪英:指豪杰英雄;形容才能出众。太祖明:指明太祖朱元璋。中正公:指蒋介石。

⑧ 元：蒙元。倭：日本的旧称。

⑨ 元亨：犹大通、大吉。

江城子·蒋公故里

妙高台①上望湖天，渺云烟，总清恬②。千丈悬泉③，四季瀑声喧。雪窦寺中亲揖拜，香六炷④，是载燃。　踯躅丰镐⑤忆昔年，屋三间，梦阑珊。乱世雄勘，华夏好儿男。蒋母坟前犹伫立⑥，何欣羡⑦，忠孝全。

注　释

① 妙高台：又名妙高峰、天柱峰，是雪窦山景区的主要景观，背靠大山，中间凸起，三面峭壁，下临深渊，地势险峻。狭义的妙高台是指一块面积约 350 平方米的平台，站在台的前沿，可以瞭望山下的自然景色。

② 清恬：清静恬适。

③ 千丈悬泉：指千丈岩瀑布。

④ 香六炷：六香祭六合。六合指东南西北上下六个方位，寓意天地万物统一。

⑤ 丰镐：指丰镐房。位于宁波武岭路西段，坐北朝南，临街而筑，是蒋介石、蒋经国父子故居。

⑥ 伫立：久立；停滞不动。

⑦ 欣羡：欣喜羡慕。

江城子·见墙隅①梅开

潇潇②冬雨正凄魂，坐黄昏，是谁人？愁绪③无边，刻刻总萦身。一睨枝头尚瘦雪④，无几日，到芳春⑤。　老梅墙隅自清芬⑥，远红尘，沐氤氲。有幸羁涯⑦，倩伊慰寒心⑧。纵使一朝花似锦，英落尽，酹东君。

注 释

① 墙隅：墙角。

② 潇潇：形容刮风下雨；形容小雨。

③ 愁绪：忧愁的思绪；忧虑发愁的心情。

④ 瘦雪：谓残雪。金王庭筠《谒金门》词："瘦雪一痕墙角，青子已妆残萼。"

⑤ 芳春：春天。又喻指妙龄、青春。

⑥ 清芬：清香；比喻高洁的品德。

⑦ 羁涯：被羁绊的生涯。

⑧ 寒心：因失望而痛心；害怕战慄。

江城子·柳

丝丝杨柳漾春风，袅娜①中，竞娉婷。眉叶疏疏，何处可藏莺？长恨人生常别袂②，折柳③送，几遗情。　莫言伊絮似浮萍④，酹遥空，向幽冥。尘世⑤难赊，幽梦总千重。纵使天涯亦何怨，俦朗月，侣繁星。

注 释

① 袅娜：草木柔润细长；女子体态柔美。

② 别袂：犹分袂，举手道别。

③ 折柳：古人离别时，有折柳枝相赠之风俗。

④ 浮萍：一种浮萍科植物，一年生草本植物，叶子浮在水面，下面生须根，随水漂荡。比喻行踪不定。

⑤ 尘世：佛教徒或道教徒指人世间；犹言人间，俗世。

江城子·庚子中秋赏月

一轮皓月正长空，闪流星，绮梦萦。桂树婆娑①，何故只凄清^②。千载姮娥^③真寂寞,偷灵药,悔长生。　吾侪羁旅总难凭,枉惺惺^④,任遥程。杳渺银河,讵阻鹊桥^⑤情。犹幸与君同一宇,纵分袂^⑥,尚幽冥。

注　释

① 桂树:传说月亮里有桂花树。

② 凄清:凄凉冷清;悲凉。

③ 姮娥:即嫦娥,后羿之妻。相传因偷吃不死之药而飞升月宫,成为仙女。汉人为避文帝讳,改姮为嫦。唐李商隐《嫦娥》诗:"嫦娥应悔偷灵药,碧海青天夜夜心。"

④ 惺惺:犹惺惺相惜,比喻同类的人互相爱惜。

⑤ 讵:难道;岂。鹊桥:相传每年七夕,喜鹊会在银河上衔接成桥让牛郎织女渡河相会。后以鹊桥喻夫妻、情人久别团聚的机缘。

⑥ 分袂:离别;分手。

江城子·垌游

郊原四月草萋萋,柳依依,竞迷离^①。漫棹轻舠^②,荡起几涟漪^③。一缕红尘悉不染,携朗月,挈虹霓^④。　人间何处可长栖,靖节源^⑤,子陵溪^⑥。阛阓心赊,是境傲居^⑦宜。孔圣犹嗟"吾与点"^⑧,暮春者,浴乎沂^⑨。

注　释

① 迷离:模糊而难以分辨清楚。

② 舠(dāo):小船。

③ 涟漪:被风吹起的水面波纹。

④ 挈:举起,提起;带,领。虹霓:雨后或日出、日没之际天空中所现的七色弧。

⑤ 靖节:指陶渊明,世称靖节先生。源:桃花源。

⑥ 子陵:指严子陵。溪:指富春江。

⑦ 僦居：租房而居。

⑧ 孔圣：指孔子。嗟：叹息，感叹。吾与点：我赞成点，"点"指曾皙。

⑨ 沐乎沂：出自《论语》中《子路、曾皙、冉有、公西华侍坐》一文，孔子教育学生，询问他们的志向，几个弟子各自说出了自己的理想。其中曾皙曰："暮春者，春服既成，冠者五六人，童子六七人，浴乎沂，风乎舞雩，咏而归。"沂：沂河。发源于山东，流入江苏。

江城子·鼠年守岁

寒窗守岁最伤情①，雨零零②，夜冥冥。风絮③盈城，烟火啸寥空。且对天边遥举盏，何待酒，只须茗。　　人间何处不征蓬，雾蒙蒙，障重重。勘破④红尘，执念⑤俱无踪。未信关山堪阻梦，心永守，魄悉拥。

注　释

① 伤情：伤感。

② 零零：滴落。

③ 风絮：随风飘悠的絮花；多指柳絮。

④ 勘破：犹看破。

⑤ 执念：执着的念头。

【一剪梅】

一剪梅·春城

豆蔻年华两幸逢。丝柳婷婷,碧水溟蒙。缠绵①几尽古今情。方浴春霖,再沐秋风。　何处人间琴瑟鸣。一笑魂牵,两靥梦萦。齐眉举案②醉三生。今夜婵娟,翌日③繁星。

注　释

① 缠绵:纠缠不已,不能解脱(多指病或感情);婉转动人。

② 齐眉举案:同"举案齐眉",出自《后汉书·梁鸿传》。指送饭时把托盘举得跟眉毛一样高,以表示尊敬;后形容夫妻互相尊敬。

③ 翌日:明日,次日。翌:明(天,年)。

一剪梅·冰城

淑女①轻柔初长成。学业偕耕,爱海②同营。文君司马③践前盟。暑日蝉聆④,寂夜杯倾。　犹乐人生风雨中。不惮辛劳,只愿微功。吾侪注定俩携行。纵使天涯,何计遥程。

注　释

① 淑女:贤良美好的女子。

② 爱海:佛教用以称情。海,极言其深。

③ 文君司马:卓文君与司马相如;后指相爱的情人或夫妻。出自《史记·司马相如列传》。

④ 蝉聆:犹听蝉。

一剪梅·沪上（一）

卅载悠悠风雨行。阆苑流连①，俗世萍踪。与君事事总关情。方旅一程，犹望十程。　饮罢芳醪②再品茗。佛道同祇，贤圣悉恭。红尘漠漠梦千重。有幸今生，更待来生。

注　释

　① 流连：留恋不止，舍不得离去。
　② 芳醪：美酒。

一剪梅·沪上（二）

人到中年百事繁。宦海微名①，钟鼎阑残②。何曾忘却旧时言。无奈红尘，误了婵娟。　不负与君三世缘。游尽沧溟，踏遍青峦。应知世外有别天。不是桃源，胜似桃源。

注　释

　① 宦海：仕途，官场。微名：微贱之名。
　② 阑残：将尽；将完。

一剪梅·沪上（三）

牢狴①无端囚我身。已过三春，尚有三春。分明泾渭②是谁人。昔日唯君，今日犹君。　莫负苍天不愧心。无奈红尘，何惧红尘。未期佛果只期因。何处泉林，此处泉林。

注　释

　① 牢狴：监狱。狴，狴犴，传说中兽名，古代常画其形于狱门。

② 泾渭：泾水和渭水；古人谓泾浊渭清(实为泾清渭浊)，常用"泾渭"喻人品的优劣清浊，事物的真伪是非。

一剪梅·咏梅

正是寒风凛冽①时。残雪沿蹊，俏蕊繁枝。青阳②何处汝先知。寂寞孤芳③，岁岁如斯。　清俊骨骼总倩姿。不计山高，未厌春迟。余英落尽自吟诗。犹唤东风，多少情思。

注　释

① 凛冽：极为寒冷；严寒刺骨。
② 青阳：指春天。
③ 孤芳：独秀的香花；常喻高洁绝俗的品格；与众不同的独特见解。

一剪梅·杂感

漠漠人生甲子秋。钟鼎犹羁，岩壑难酬。得失屡患几时休。时负清樽，有愧情俦。　无限风光十二楼①。佛祖菩提②，瀛海蓬洲。红尘了却罢闲愁。携侣五湖，觅尽清幽③。

注　释

① 十二楼：神话传说中的仙人居处。泛指高耸的楼阁。
② 菩提：梵文的音译，意思是觉悟、智慧，用以指人忽如睡醒，豁然开悟，突入彻悟途径，顿悟真理，达到超凡脱俗的境界等。
③ 清幽：(风景)秀丽而幽静。

一剪梅·上元

犹忆元宵佳会时。身上罗衣①，鬓首花枝。灯谜几处竞先知。侣客同醺,岁月如斯。 唯愿人生总似兹。共乐天伦^②,偕赋情诗。红尘莫负几多痴。倏^③倩东风,捎寄相思。

注 释

① 罗衣:轻软丝织品制成的衣服。

② 天伦:原指自然的道理;代指父子、兄弟等亲属关系,泛指家庭。

③ 倏:极快地;疾速;忽然。

一剪梅·五台^①

携侣清秋^②谒五台。云顶踯躅,岚壑徘徊。人生怀抱几时开。宦旅^③犹羁,般若哀哉^④。 泉林钟鼎任徂徕^⑤。莫较锱铢^⑥,何患福灾? 文殊道场^⑦讵闲猜。一洗凡尘,万里无埃。

注 释

① 五台:即山西省五台山。中国四大佛教名山之一,是文殊菩萨的道场。

② 清秋:明净爽朗的秋天。

③ 宦旅:外出求官或做官。

④ 哀哉:表示悲伤或痛惜的感叹词,含戏谑意味。

⑤ 徂徕:山名,在山东泰安。后来是指生长栋梁之才的大山;也借指来去往复。

⑥ 锱铢:指很少的钱或很小的事情。

⑦ 文殊:佛教大乘菩萨。为佛陀左胁侍,专司"智慧",常与专司"理"的右胁侍普贤并称。造像多骑狮子。道场:宣传佛法,修炼道行的场所。

一剪梅·黄帝陵^①

何计遥程谒祖先。柏树森森,丘壑^②岚岚。神州根脉系轩辕③。世代炎黄,瓜蒂④绵绵。　　饮血茹毛⑤总未阑。造字仓颉⑥,耕耨⑦桑田。鸿蒙初辟自坤乾。一统九州,熠熠千年。

注　释

① 皇帝陵:轩辕黄帝的陵寝,古称"桥陵"。据《史记》记载,位于陕西延安黄陵城北桥山。是历代帝王和名人祭祀黄帝的场所。

② 丘壑:山峰与河谷;山野幽僻的地方。借指隐居。

③ 轩辕:黄帝的名号;传说其姓公孙,居于轩辕之丘,故称。

④ 瓜蒂:瓜果与枝茎相连的部分。喻子孙繁衍,相继不绝。

⑤ 饮血茹毛:原始人不会用火,连毛带血地生食鸟兽;形容不开化,事物或人处于野蛮状态。茹:吃。

⑥ 仓颉:传为黄帝史官,汉字创造者。然汉字非一人能独创,其盖为古代整理文字的一个代表人物。

⑦ 耕耨:耕田除草;亦泛指耕种。

【唐多令】

唐多令·瘦西湖

滨柳漾青丝,扬州春未迟。五亭桥①、骚客②如织。迢递③西湖添一瘦,风袅袅,几花枝。　白塔④伫情思,圆蟾⑤欲上时。枕良宵、谁赋新词。何处隋炀⑥尚留迹。人已杳,水犹兹。

注　释

① 五亭桥:别名莲花桥,位于瘦西湖水道之上,是扬州市的地标建筑之一,是中国古代十大名桥之一,有"中国最美的桥"之称。

② 骚客:诗人、文士。

③ 迢递:遥远貌。

④ 白塔:位于瘦西湖内,清乾隆年间仿北京北海白塔建造。

⑤ 圆蟾:月的别称;中国神话传说月中有蟾蜍,故称。

⑥ 隋炀:指隋炀帝。

唐多令·凤凰①

凭吊脚②遥看,清江百曲漤③。木兰舟④、轻载流年。今日边城犹翠翠⑤,何尘世,几因缘。　骚客旅婵娟,湘情未遑⑥阑。正石桥、晓月灯残。秀水灵山凤凰地,倩华胥,总梦圆。

注　释

① 凤凰:指凤凰古城。位于湖南湘西土家族苗族自治州的西南部,占地面积约10平方千米,由苗族、汉族、土家族等28个民族组成,为典型的少

数民族聚居区。

②吊脚：指吊脚楼。

③湲：水流动的样子。

④木兰舟：用木兰树造的船;后常用为船的美称。

⑤翠翠：沈从文中篇小说《边城》中的女主人公,是作者理想人生形式与理想爱情形式的寄托。

⑥遽：急,仓促;遂,就。

唐多令·都江堰

一水分两川,巴蜀始沃原。锦官城①、玉垒②浮烟。今日犹钦二王③智,低作堰,深淘滩④。　道法俱自然,无人可逆天。惠黎民、咸圣悉贤。不尽岷江东逝水,犹滚滚,越千年。

注　释

①锦官城：城名,故址在今四川成都南。成都旧有大城、少城;少城古为掌织锦官员之官署,因称"锦官城"。后用作成都的别称。

②玉垒：玉垒山逶迤而南直趋灌县(今都江堰市)西北,即都江堰水利工程——内江"宝瓶口"一侧山体,另一侧为"离堆",李冰治水时两者为一体的一座山,为开"宝瓶口"限制进入内江灌溉的水流量,开山分水,分开的小的低的山体为"离堆",主山为"玉垒山"。

③二王：指李冰父子。

④低作堰,深淘滩：是闻名世界的都江堰水利工程的治水名言。参见前面《临江仙·都江堰》注释。

唐多令·青城山①

拄杖欲峰巅,期瞻昔圣颜。共萧森②、紫气③澄岚。三清何时能世现,自羽化,可登仙。　老子《道德篇》,无为④循自然。是谁人、笃信铅丹⑤。犹仰青城冲宇际,天浩渺,几云烟。

注　释

① 青城山：位于成都都江堰西南，最高峰老君阁海拔 1 260 米，分为前山和后山，诸峰环峙，林木葱茏幽翠，状若城廓，故名青城山。

② 萧森：草木茂密貌；草木凋零衰败；凄凉阴森。

③ 紫气：紫色云气。古代以为祥瑞之气，附会为帝王、圣贤等出现的预兆。

④ 无为：道家主张清静虚无，顺应自然，称为"无为"；儒家主张选能任贤，以德化人，亦称"无为"。

⑤ 笃信：忠实地信仰（某宗教）；也指深信不疑。铅丹：道德谓以铅炼成的丹，可服食。

唐多令·灵隐寺①

古刹自萧森，飞来②尚滞云。磬钟频、僧侣香宾。犹借清溪一掬水，濯妄念，洗红尘。　黄叶落纷纷，人间几度春。谒佛陀、勘破迷津③。遍觅济颠④身隐处，浪子迹，菩萨心。

注　释

① 灵隐寺：又名云林寺，位于杭州，背靠北高峰，面朝飞来峰，始建于东晋咸和元年（326 年）。

② 飞来：即飞来峰，又名灵鹫峰。奇岩怪石，如蛟龙，如奔象，如卧虎，如惊猿，仿佛是一座石质动物园。

③ 迷津：指找不到渡口；多指使人迷惘的境界。

④ 济颠：即济公和尚。天台人，俗姓李，剃度于杭州灵隐寺。为便度世，佯狂云游，故人称济颠。

唐多令·南华寺①

宝殿柏森森②，曹溪③一片云。缕缕香、拜谒金身④。一介樵夫自禅意⑤,凭顿悟,破迷津。　衣钵继弘忍⑥,风幡动性心。物无一、何处埃尘⑦。立派开宗称法祖,熠千载,照禅林⑧。

注　释

① 南华寺:位于广东韶关曲江马坝镇,始建于南朝梁天监元年(502年)。宋开宝元年(968年),宋太祖敕赐"南华禅寺"。系六祖慧能(638—713年)弘扬禅法的发祥地。

② 柏森森:出自唐杜甫《蜀相》,多用于形容繁密或寒冷。

③ 曹溪:水名,在广东省曲江东南双峰山下;禅宗南宗别号,以六祖慧能在曹溪宝林寺演法而得名。

④ 金身:以金饰身的佛像。

⑤ 樵夫:采伐木柴的人。禅意:犹禅心,指清静安宁的心。

⑥ 衣钵:袈裟与饭盂;借指僧家的衣食,资财;中国禅宗师徒间道法的授受,常付衣钵为信证,称为衣钵相传。弘忍:禅宗五祖。

⑦ 埃尘:尘土;喻尘世。

⑧ 禅林:佛教寺院的别称。

唐多令·天山天池①

携侣北疆游,正逢八月秋。见一池、碧漾澄流。波上轻岚时袅渺,堪化境,几白鸥。　天地总难休,凭高一望收。浸空蒙、慰藉②闲愁。何处人间楼十二③,期偕上,总清幽。

注　释

① 天山天池:位于新疆昌吉阜康境内,是古代冰川泥石流堵塞河道形成的高山湖泊。

② 慰藉:安慰;抚慰。

③ 楼十二:即十二楼,指神话传说中的仙人居处。

唐多令·张家界①

叠嶂抱重峦,千岩欲柱天。过画廊②、楚雾湘烟。涧壑杜鹃争烂漫③、黄石寨④、武陵源⑤。　　始皇揶金鞭⑥,石桥⑦竟自然。望天门⑧、破宇横巅。天子山⑨中书画卷,几沉醉,总凭栏。

注　释

① 张家界:在湖南张家界、桑植、慈利三市县交界处。山翠林莽,奇峰叠嶂,尤以黄狮寨的金鞭岩擎天耸立最为突出。与毗邻的索溪峪同属武陵源景区,为湘西游览胜地。

② 画廊:即十里画廊,北起龙滩村,南至万兴村,全长 28 华里。峡谷蜿蜒曲折,时宽时窄,像一条充满诱惑的画廊向前逶迤延伸。

③ 烂漫:颜色鲜明而美丽;也指坦率自然,毫不做作。

④ 黄石寨:相传汉朝留侯张良看破红尘、辞官追随赤松子,隐匿江湖,云游张家界,被官兵围困,后得师父黄石公搭救而得名黄石寨,是张家界美景最为集中的地方,也是张家界最大的凌空观景台。

⑤ 武陵源:涵盖张家界、索溪峪、杨家界景区,方圆 369 平方千米,奇山异峰 3 000 多座,其中海拔在千米以上的有 243 座。

⑥ 金鞭:即金鞭岩,高约 400 米,孤标直立,雄奇挺拔。

⑦ 石桥:指天生桥。

⑧ 天门:指天门山,古称嵩梁山。

⑨ 天子山:因明初土家族农民起义领袖向大坤自号"向王天子"而得名。天子山东临索溪峪,南接张家界,北依桑植县,是武陵源区四大风景之一。

唐多令·清明

潇雨落纷纷,吾茕独断魂①。几炷香、祭奠②何人? 岳母二哥③俱仙逝,逢佳会,与谁亲!　　长恨无天伦,奚因不寿春。更叹嗟、难酹清樽。未信阴阳堪阻梦,值宵夜,总晤④君。

注　释

① 断魂:魂销神往;喻指一往情深或哀伤。

② 祭奠：在死者灵前或墓前举行仪式，表示追念。

③ 二哥：妻之二哥，与吾感情笃深。

④ 晤：相遇，见面；引申义会谈。

唐多令·春寒

瑟瑟是何人？恰逢二月春。正黄昏、霰雪①凄魂。叵耐青阳犹料峭②，难销骨，诋泠③心。　　四季总轮回，惊蛰醒介鳞④。借东风、涤荡⑤胸襟。何处人生不羁旅，江湖客，纵横身。

注　释

① 霰雪：雪珠与雪花。霰：空中降落的白色不透明的小冰粒。

② 叵耐：不可容忍，可恨；无奈。料峭：微寒；亦形容风力寒冷、尖利；也指来回摆动的状貌。

③ 泠：清凉。

④ 惊蛰：二十四节气之一。在农历二月初，时值春天，气温回升，蛰居的动物惊醒，故称。介鳞：甲虫与鳞虫；古代传说中的鱼类祖先。

⑤ 涤荡：荡洗，清除。

唐多令·丹霞山①遇雨

大雨几倾盆，兰舟悉舣津。百丹霞、沾浥②氤氲。幸有苍天降甘露，洗尘垢③，畅胸襟。　　阳元④柱乾坤，阴石欲匿⑤林。茶壶峰⑥、茗水潺频。大宇和合方弄巧⑦，览元化⑧，沐夕醺⑨。

注　释

① 丹霞山：位于广东韶关仁化境内，总面积292平方千米，以丹霞地貌为主要景观，是世界自然遗产地，世界"丹霞地貌"命名地。

② 沾浥：湿润，浸湿。

③ 尘垢：尘埃和污垢；喻细微不足道的事物；也指尘世。

④ 阳元：指阳元石。位于锦江之西、玉女峰旁，高28米，直径7米，酷似男性勃起的生殖器，孤峰顶立，仰天高耸。据估算，阳元石已经有30万年的历史，被誉为"天下第一奇石""天下第一绝景"。

⑤ 阴石：即阴元石。位于锦江之东，长老峰下，藏在幽谷深处，高10余米，阔4米多，形状酷似女性私处。匿：隐藏，后引申为隐瞒。

⑥ 茶壶峰：高572米，与丹霞山最高峰巴寨（619米）隔山相望；它由红色砂砾岩构成，绝壁耸立、绿树覆盖；因其外形酷似一把无柄茶壶而得名。

⑦ 大宇：天地之间；太空。和合：和睦同心；调和；汇合；顺当。弄巧：做出各种巧妙的花样；亦谓卖弄技巧。

⑧ 元化：造化；天地。

⑨ 夕曛：落日的余晖；指黄昏。

唐多令·黄果树瀑布①

高瀑仞②千悬，清流百曲溪。一抹虹、缥缈③云烟。霞客④遗痕悉杳渺，览元化，忆昔贤。　　崩玉捣珠⑤喧，衮音自弄弦。幸今朝、合契⑥人天。缘起性空⑦济禅意，时宇际，总心间。

注　释

① 黄果树瀑布：在贵州镇宁西南白水河上。夏季洪峰汇成巨瀑，宽81米，落差74米，泻入犀牛潭。汹涌澎湃，极为壮观，为亚洲最大的瀑布。

② 仞：古代长度单位，周制八尺，汉制七尺。引申义是测量深度。

③ 缥缈：隐隐约约，若有若无的样子；形容空虚渺茫。

④ 霞客：指明代旅行家徐霞客。

⑤ 崩玉捣珠：出自《徐霞客游记》。徐于崇祯十年（1637年）游历贵州，其《黔游日记五》描述："一溪悬捣，万练飞空，溪上石如莲叶下覆，中剜三门，水由叶上漫顶而下，如鲛绡万幅，横罩门外，直下者不可以丈数计。捣珠崩玉，飞沫反涌，如烟雾腾空，势甚雄厉。"

⑥ 合契：犹契合，符合。

⑦ 缘起性空：所谓"缘起"，就是说世界上没有独存性的事物，也没有常住不变的事物，一切都是因缘和合所生起。所谓"性空"，因缘和合所生起的假有，本性是空的；如果自性不空，则不能有，这就是"真空生妙有"的意义。

【巫山一段云】

巫山一段云·黄山松

双干时连理,千柯①偶抱旋。栉风沐雨②几多年,悄伴绮云闲。
虬曲依绝壁,挺拔③立壑巅。何曾咬定是青山,天宇自悠然⑦。

注 释

① 柯:草木的枝茎;斧子的柄。

② 栉风沐雨:风梳发,雨洗头;形容人经常在外面不顾风雨地辛苦
奔波。

③ 挺拔:高高地直立;强硬有力。

巫山一段云·黄山云

碧涧①皆沧浪,青峰俱素波②。人间化境几消磨,唯幸此山多。
偶隐苍松迹,时栖翠菁娜。吾侪此际只烟蓑,遨游③在天国。

注 释

① 碧涧:碧绿的山间流水。
② 素波:白色的波浪。
③ 遨游:远游,漫游。

巫山一段云·黄山石

翠嶂横天际,飞来①破宇空。生花梦笔②点苍穹,岩峭几峥嵘。

倒靴^③犹欹挂,石猴^④自望中。补天女娲^⑤意难穷,馈宇万崚嶒^⑥。

注　释

① 飞来:即飞来石,位于平天矼的一块平坦岩石上,为自然风化生成。两大岩石之间的接触面很小,上一石似从天外飞来,故名"飞来石"。

② 生花梦笔:即梦笔生花,在北海散花坞左侧,有一孤立石峰,形同笔尖朝上的毛笔,峰顶巧生奇松如花,故名"梦笔生花"。

③ 倒靴:指金靴倒挂奇石。

④ 石猴:指石猴观海。

⑤ 女娲:相传女娲造人,一日中七十化变,以黄泥仿照自己抟土造人,创造人类社会并建立婚姻制度;因世间天塌地陷,于是熔彩石以补苍天,斩鳌足以立四极,留下了女娲补天的神话传说。

⑥ 崚嶒:高耸突兀;喻特出不凡;喻刚正不阿。

巫山一段云·黄山温泉

破壁清泉涌,依山碧漾流。嫣红姹紫正逢秋,谷壑^①几幽游。
身倦一濯去,心尘两洗休。人间无欲不白头,只待月轮钩。

注　释

① 谷壑:两山间的洼地或水道;或指两山之间。犹壑谷。

巫山一段云·曲院风荷^①

菡萏^②无穷碧,锦鳞^③逐漾游。一楫曲院木兰舟,畅意^④几难休。
漫溯荷香迹,任从清水流。情思无限系白鸥,是处海瀛洲。

注　释

① 曲院风荷:位于西湖西侧,岳飞庙前。南宋时,此有一家官家酿酒

的作坊,取金沙涧的溪水造曲酒,闻名国内。附近的池塘种有菱荷,每当夏日风起,酒香荷香沁人心脾,因名"曲院风荷"。

② 菡萏:荷花的别名。又称(水)芙蓉、芙蕖、莲花等。

③ 锦鳞:鱼的美称;指传说中的鲤鱼或借指远方之书信。

④ 畅意:表达情意;心情舒畅;尽兴,尽情。

巫山一段云·保俶^①流霞

保俶夕霞逝,西湖夜静幽。萧疏^②落叶尚羁秋,何处木兰舟。
阆苑何须觅,清风任去留。有期明月总心头,天地自清幽。

注 释

① 保俶:指保俶塔。建于五代十国时期,坐落在西湖区宝石山上。又名保叔塔、宝石塔、宝所塔、保所塔。

② 萧疏:稀疏;凄凉;萧条,不景气。

巫山一段云·南屏晚钟

湖上笙歌^①杳,南屏钟磬悠。红尘羁旅几时休,名利枉白头。
破衲何人辱,乞钵奚客羞。一桡^②棹尽五湖舟,心系只白鸥。

注 释

① 笙歌:合笙之歌;也指吹笙唱歌,或奏乐唱歌。

② 桡:桨,楫。

巫山一段云·九溪十八涧^①

溪九白云际,涧八峰树巅。一筇漫溯水流潺,世外可穷年。
野店方茗盏,村墟再醉颜。心悠此处可桃源,五柳自芃芃。

注　释

① 九溪十八涧：位于杭州西湖之西的群山中，上自龙井起蜿蜒曲折七千米入钱塘江。九溪之水发源于杨梅岭，途中汇合了青湾、宏法、方家、佛石、百丈、唐家、小康、云栖、渚头的溪流，因称九溪，溪水一路上穿越青山翠谷，又汇集了无数细流，所以称九溪十八涧。

巫山一段云·六和塔①

一塔钱塘峙，犹瞻岁月长。潮头子胥②任涛狂，载载未渠央。
金庸遗书剑③，智深④坐禅床。人间阅尽几苍茫，东海渺无疆。

注　释

① 六和塔：又名六合塔。位于杭州钱塘江畔月轮山上，西湖三十景之一。北宋开宝三年(970 年)，吴越王钱俶为镇江潮而造。取佛教"六和敬"之义，得名六和塔。

② 子胥：指子胥潮。钱塘江撼人心魄的江潮，传说是伍子胥乘着白马素车，站在潮头，向吴王发出复仇的怒吼。

③ "金庸"句：著名武侠小说作家，著有《书剑恩仇录》，和六和塔有关。

④ 智深：指《水浒传》中梁山好汉鲁智深，后在六和塔坐禅圆寂。

巫山一段云·柳浪闻莺

柳浪闻莺啭，徜徉四月天。水光山色两悠然，吴越总梦边。
欲饮东坡酒，期登居易船。西湖歌舞几难阑，花好月正圆①。

注　释

① "花好"句：犹花好月圆。花儿正盛开，月儿正圆满。比喻美好圆满。

巫山一段云·古镇游

细品耆翁酒,漫烹老媪茶。为伊插遍满头花,小巷绮罗^①纱。

未望红尘杳,唯期是处家。栖心何计到天涯,煮酒话桑麻。

注 释

① 绮罗:泛指华贵的丝织品或丝绸衣服。

巫山一段云·世外桃源

山坳连青嶂,曲塍^①几处家。桃源此际正烟霞,莫道是天涯。

阆苑堪栖梦,红尘宜种瓜。烟蓑雨笠入蒹葭^②,惊起几鸥鸦。

注 释

① 塍:田间的土埂、小堤。
② 蒹葭:荻草与芦苇;蒹:没长穗的荻;葭:初生的芦苇。

巫山一段云·家

何厌红尘扰,奚嗔阆苑遐。有君栖处即吾家,未计是天涯。

今夜同斟酒,明宵共煮茶。人间正道只桑麻,偕倚看烟霞。

【诉衷情】

诉衷情·衷情①

华胥常藉诉衷情,泪眼两迷蒙。频频细语寻问,清羸鬓华②星。 心百寂,梦千重,几牵萦。何忧羁旅,岂惮萍踪,只待重逢。

注 释

① 衷情:内心的情感。
② 清羸:清瘦羸弱。鬓华:花白的鬓发。

诉衷情·寄妻生日

五七华诞①绰约人,俗世与谁亲?昨宵绮梦欢会②,相顾只唯君。 情百缕,爱千频,总牵魂。一生举案,卅载齐眉,三世知音。

注 释

① 华诞:称他人生日的敬辞。
② 欢会:欢乐的聚会;特指男女相会。

诉衷情·贺妻生日

匆匆合卺①卅年春,天赐我骄人。山光水色无限,一渺几红尘。 途任迥②,路凭伸,自乾坤。和鸣琴瑟,比翼鹣鹣,三世兹心。

注　释

① 合卺：旧时成婚时的一种仪式；将匏瓜锯成两个瓢，新郎新娘各执一个饮酒。

② 迥：远；差别大。

诉衷情·玉兰

霏霏细雨正迷蒙，姹紫几嫣红。何须一叶陪衬，都付与春风。　梅谢后，草初青，寂寥^①中。玉兰独放，目断^②凭高，无限幽冥。

注　释

① 寂寥：寂静；空旷。

② 目断：一直望到看不见。犹望断。

诉衷情·野钓

携伊孟夏^①去垂纶，一任五湖心。堆堆篝火炊烤，天际几溪云。　鸥杳杳，霭纷纷，畅胸襟。烟蓑雨笠，夕霞落日，无限黄昏。

注　释

① 孟夏：夏季第一个月；即农历四月。

诉衷情·晓闻鸟鸣

枝头百鸟晓啼鸣，疑诧^①柳条青。悠悠百哢^②千啭，唱彻几春风。　人落寞^③，客伶俜^④，梦千重。明霞^⑤作被，朗月燃灯，细数晨星。

注　释

①　诧：惊异,惊讶。
②　唓：鸟鸣。
③　落寞：冷落凄凉;常用于形容人寂寞的心境或者状态。
④　伶俜：孤独的样子。
⑤　明霞：灿烂的云霞。

诉衷情·遣怀

自从牢狴总阴霾①,天地几多哀。一腔愁绪难遣,无语上高台。
销夙业②,畅今怀,再重来。畴昔莫忆,翌日弗期,是际悠哉。

注　释

①　阴霾：天气阴晦、昏暗;比喻人的心灵上的阴影和不快的气氛;也指一种压抑、沉闷的气氛。
②　夙业：前世的罪业、冤孽。

诉衷情·参禅①

风来水面自凉清,月到天心明。何时三宝②加住,般若菩提
行。　心佛③共,色空④同,道唯中。青青翠竹,郁郁黄花⑤,几尽
禅宗。

注　释

①　参禅：佛教禅宗的修持方法。有游访问禅、参究禅理、打坐禅思等形式。
②　三宝：佛教以佛、法、僧为三宝。此三者能令人上恶、行善、离苦、得

乐,极为尊贵,故称"三宝"。

③ 心佛:佛教语。依心成佛;心中所现之佛;心即佛;心与佛。

④ 色空:佛教语,"色即是空"的略语,谓一切事物皆由因缘所生,虚幻不实;"色"与"空"的并称,谓物质的形相及其虚幻的本性。

⑤ 青青翠竹,郁郁黄花:是"郁郁黄花,无非般若;青青翠竹,尽是法身"的略语,其意是指眼前境物,所有有相的东西,都是自性中的妄念变现出来的,本质还是自性。出自《景德传灯录·慧海禅师》。

诉衷情·禅意

心清水湛①月一轮,意定宇无云。一朝顿悟何现,三界四时春。　名不滞,利何存,作禅人。六尘②悉扫,三宝咸持,澄澈③乾坤。

注　释

① 湛:深;清澈。

② 六尘:佛教将心和感官接触的对象分成色、声、香、味、触、法(指心所对的境)六尘。尘:接触的对象。

③ 澄澈:水清见底;清亮明洁;明白。

诉衷情·春思

斑驳屡屡上华颠①,愁绪总凄颜。囚縶②五载犹续,何日话婵娟。心渐悟③,意阑珊,自涅槃。红尘莫染,岩壑奚恋,是处怡闲。

注　释

① 斑驳:一种颜色中杂有别种颜色;或各种颜色杂在一起。华颠:犹白头,指年老。颠:头顶。

② 囚縶:拘禁。

③ 渐悟:谓渐次修行,心明累尽,方能达到无我正觉境界。

【踏莎行】

踏莎行·庚子中秋(一)

朗月浑圆,繁星万点,中秋恰值吾生诞。一杯残茗酹遥空,人生境界应无憾。　　银汉迢迢①,牛织②对盼,千年不尽唯泪泫③。今宵绮梦话婵娟,清辉熠熠酬心愿。

注　释

① 银汉:银河,天河。迢迢:遥远的样子。

② 牛织:牛郎与织女;牵牛星和织女星。下同。

③ 泫:水珠滴下的样子(多指眼泪)。

踏莎行·庚子中秋(二)

桂魄娟娟①,银辉熠熠,寒窗独倚何寥寂②。人生无奈月圆缺,最怜蟾澹时云幂③。　　夜乌音凄,秋蛩④声细,吾猜兹境称幽阒⑤。与伊此夕共婵娟,天涯海角犹心契。

注　释

① 桂魄:指月。古代传说月中有桂,故为月的别称。娟娟:柔美貌;明媚貌;飘动貌。

② 寥寂:寂静无声;冷落,寂寞。

③ 蟾:指月亮。幂:遮盖东西的巾;引申为覆盖,遮盖。

④ 秋蛩:指蟋蟀。蛩:蟋蟀;亦指蝗虫。

⑤ 幽阒:静寂。阒:空;寂静。

踏莎行·庚子中秋(三)

　　残柳凄蝉,寥空唳①雁,一轮皓月空疏淡②。人生长恨不团圆,牛织茕对犹河汉。　　海角思萦,天涯梦盼,奚因可使虔情断。今宵与君共婵娟,红尘两处幸同眄③。

注　释

　　① 唳:(鹤、鸿雁等)鸣叫。

　　② 疏淡:恬淡,淡泊;疏朗有致。

　　③ 眄:斜视,斜着眼睛看。

踏莎行·中秋有思

　　共沐泠风①,同瞻朗月,人生最契唯情惬②。可堪暌违③是中秋,犹哀醒寐皆萧瑟④。　　常忆清樽,频温笑靥⑤,何曾忘却千钧诺⑥。与君缘夙总白头,红尘谁谓全勘破。

注　释

　　① 泠风:微风,和风。

　　② 惬:快意,满足;恰当,合乎。

　　③ 暌违:分离;不在一起(旧时书信用语)。

　　④ 萧瑟:风吹树叶的声音;形容环境冷清、凄凉。

　　⑤ 笑靥:微笑时颊部露出的酒窝儿;笑脸。

　　⑥ 千钧:三十斤为一钧,千钧即三万斤。形容非常重。诺:答应,允许;答应的声音(表示同意)。

踏莎行·秋思

　　雁过长空,蝉鸣寂昼,婆娑丝柳情依旧。一杯碧醑醉斜阳,绮窗①谁倚黄昏后。　缕缕清香，声声滴漏②，禅宗佛祖犹阿耨③。与君今夜话婵娟，九天三界悉参透④。

注　释

① 绮窗：雕刻花纹的窗子。
② 滴漏：漏壶，古代计时器之一。
③ 阿耨：佛教语，意译为极微。
④ 参透：参破，透彻地领悟。

踏莎行·重阳

菊袅残香，人凭高处，重阳岁岁犹凝伫。一钩晓月伴离魂，何时望断天涯路。　星汉迢迢，仙槎犹渡，唯吾可测伊心数①。今宵绮梦俩悉同，东篱把酒②斜阳暮。

注　释

① 心数：心计。
② 东篱把酒：出自宋李清照《醉花阴·薄雾浓云愁永昼》："东篱把酒黄昏后，有暗香盈袖。莫道不销魂，帘卷西风，人比黄花瘦。"

踏莎行·桂花

郁郁①黄花，萋萋桂魄，幽姿情态偕秋悭。浓香缕缕香中秋，年年不枉一轮月。　寂寂吴刚，寥寥姮娥，频斫桂树何凄恻②。人生独倚只清寒③，岂甄阆阆和天阙④。

注　释

① 郁郁：文采兴盛；香气浓厚；生长茂盛。
② 斫：用刀斧砍。凄恻：悲伤哀痛。

③ 清寒：清朗而有寒意的；清冷的。

④ 天阙：天上的宫阙；天子的宫阙，亦指朝廷或京都；又指两峰对峙之处，因形似双阙，故称。

踏莎行·太湖夕游

杳杳虹霓，茫茫归棹，湖波犹畅吾怀抱。与君把酒酹斜阳，吴山越水悉情浩^①。　　水绕孤村，树明残照，桃源世外咸耋耄^②。莼羹鲈脍裛清香，红尘此处堪偕老。

注　释

① 浩：盛大，巨大；多。

② 耋耄：八九十岁的人；泛指高龄，高寿。耋：年约七十岁；耄：年约八九十岁。犹耄耋。

踏莎行·七夕梦伊

素月^①流波，繁星熠汉^②，牛织千载皆羁绊。红尘莫道只人间，谁知天上犹情憾。　　何处愁凝，奚时梦倩，天涯咫尺唯思念。七夕未信不团圆，今宵与君华胥见。

注　释

① 素月：皎洁的明月。

② 汉：河汉，银河。

踏莎行·孟秋

溽暑阑残，秋光乍泄^①，丝丝杨柳犹萋叶。人生不悔落红尘，何须巨耐朝天阙。　　沐尽清风，瞻穷朗月，枫林初染何萧瑟。携伊是处可桃源,烟蓑雨笠渔樵②乐。

注　释

① 泄:液体或气体排出。

② 渔樵:打鱼砍柴;渔人和樵夫;指隐居。

【醉花阴】

醉花阴·闻杜鹃啼

杜宇声声残晓梦①，归去何时竟。羁旅总难平，海角天涯，奚处鱼鸿②影。　望帝③寥宵鸣未罄，独寂无人省。欹倚尚西楼，多少泪盈，情遣唯孤另④。

注　释

① 杜宇：即杜鹃鸟。传说古代蜀主名杜宇，号望帝，死后魂化为鸟，昼夜悲鸣，啼至血出乃止，名曰杜鹃。晓梦：拂晓时的梦。多短而迷离，故常以喻人生短促，世事纷杂。

② 鱼鸿：代称传递书信的人。鱼：锦鲤；鸿：鸿雁。均为传信使者。

③ 望帝：指杜鹃鸟。参见前注。

④ 孤另：孤单，孤独。

醉花阴·三清杜鹃

列列青峰丹点缀①，疑是孟春②醉。不愧映山红③，千载欲燃，神女遗霞帔④。　天宝物华只添媚，杜宇声声翠。莫道血犹啼，魂香三清，道法总祥瑞⑤。

注　释

① 点缀：加以衬托或装饰，使更美好。

② 孟春：春季的第一个月，即农历正月。

③ 映山红：杜鹃花的别名。

④ 霞帔：古时贵族妇女礼服的一部分，类似披肩。

⑤ 祥瑞：吉祥的征兆。

醉花阴·偶思

大好河山总无恙①，只是心中怆②。情滞尚功名③，几负林泉，未尽平生畅。　羁旅途中唯倜傥④，沧海⑤任波浪。有幸入红尘，聃道释疆⑥，天地任俯仰⑦。

注　释

① 无恙：无疾；无忧。

② 怆：悲伤。

③ 功名：功业，名声；科举时代称科第与官职。

④ 倜傥：卓异，不同寻常；豪爽洒脱不受约束的样子。

⑤ 沧海：指大海；以其水深呈青苍色，故名。亦是东海的别称。

⑥ 聃道：指道教。聃：老子，春秋时思想家，道家创始人；姓李名耳，字聃。释疆：释指释迦牟尼，泛指佛教。

⑦ 俯仰：低头和抬头，泛指一举一动。

醉花阴·垂钓

千顷縠纹春骀荡①，垂钓蒹葭漾。鸿雁逝斜阳，白鹭巢雏②，归棹偕渔唱③。　渭水④溪边罗吕尚，屈子⑤濯沧浪。雨笠并烟蓑，携侣五湖，天地任疏旷⑥。

注　释

① 縠(hú)：绉纱似的皱纹；常用来比喻水的波纹。骀(dài)荡：使人舒畅(多用来形容春天的景物)；放荡；怡悦。

② 雏：幼小的鸟；幼小的(多指鸟类)。

③ 渔唱：渔人唱的歌。

④ 渭水：指渭河，是黄河的最大支流；发源于甘肃定西鸟鼠山，主要流经今甘肃天水、陕西关中平原的宝鸡、咸阳、西安、渭南等地，至渭南潼关汇入黄河。吕尚：周代齐国始祖。姜姓，吕氏，名望，字尚父(一说子牙)。俗呼"姜太公"，有钓于谓滨被周文王罗致之说。

⑤ 屈子：指屈原(约前340—约前278)。名平，又名正则，字灵均。战国时楚诗人。曾任左徒、三闾大夫，怀王时，遭靳尚等人毁谤，被放逐汉北。顷襄王时被召回，又遭上官大夫谗言，被流放沅湘。终因不忍见国家沦亡，遂投汨罗江自杀。作有《离骚》《九章》《天问》等篇，对后世文学影响极大。

⑥ 疏旷：豪放，豁达；远离，寂寞；空阔，广大。

醉花阴·匆匆

　　驹隙①匆匆逾半百，莫负几豪迈②。沈腰③带频移，潘鬓④斑斑，岁月吾何奈。　　澄彻胸膺疏叆叇⑤，心旷倩天籁⑥。万事俱禅中，莫滞尘怀⑦，情寄唯江海。

注 释

① 驹隙：比喻光阴迅速；为"白驹过隙"之省。

② 豪迈：气魄大；洒脱豪放。

③ 沈腰：沈约因病日瘦，腰带逐渐宽松。出自《梁书·沈约传》，后作为人老病消瘦之典。沈约，字休文，南朝梁文学家。吴兴武康(今浙江德清)，著有《宋书》，卒谥隐。

④ 潘鬓：出自潘岳《秋兴赋》："晋十有四年，余春秋三十有二，始见二毛。"故潘鬓是中年即鬓发斑白的代称。潘岳，字安仁。西晋文学家，荥阳中牟(今属河南)人。长于诗赋，与陆机齐名。

⑤ 澄彻：水清见底，即清澈。胸膺：胸膛。叆叇：云彩厚而密的样子。

⑥ 天籁：自然界的声响，如风声、雨声、鸟声等。

⑦ 尘怀：世俗的意念。

醉花阴·放飞

谁谓寥冬悉落寂,正酿春情绪。柳袅蕴青丝,梅绽繁英,不憩①唯天地。　但愿吾心栖旖旎,偶霭终晴霁②。阆苑讵流连,阛阓徜徉,一任红尘去。

注　释

① 憩:休息。
② 晴霁:晴朗。霁:雨雪停止,天放晴;怒气消除。

醉花阴·冬日暖阳

未冀冬阳犹熠熠,春觅莺声细。骤凛①讵需嗔,乍暖何羁,节序②任来去。　天地轮回皆四季,唯将佛禅系。郁郁总黄花,竹翠犹昔,道法只一理。

注　释

① 凛:寒冷;严肃,令人敬畏的样子。
② 节序:节令,节气;节令的顺序。

醉花阴·香山红叶

疑是霓霞苍宇落,云锦岩峦渥①。枫簇②渐栖丹,桦冠染缃③,天地竞约绰④。　红叶一枚情捕获,绮语⑤自宫阙。古刹袅钟声,鸿雁赊穹,无限只寥廓⑥。

注　释

① 云锦:一种织有云纹图案的丝织物;朝霞,彩云。渥:沾湿,沾润;

浓,厚。

② 簇:聚拢在一块儿,聚集成一团;量词,用于聚集成团的东西。

③ 缃:浅黄色。

④ 约绰:即绰约,女子姿态柔美妩媚的样子。

⑤ 绮语:多藻饰的文词;佛教语,指歪邪不正、没有意义的言词。自宫阙:指唐宫女题红叶诗:"流水何太急,深宫尽日闲。殷勤谢红叶,好去到人间。"宫阙:古时帝王所属居住的宫殿。因宫门外有双阙,故称。

⑥ 寥廓:高远空旷。

醉花阴·又见玉兰花开

已见玉兰花五度,繁锦仍无数。漠漠袅清寒,茕立幽冥,只倚斜阳暮。 羁旅人生莫辜负,藜杖①天涯路。知己总难逢,踽踽②独行,唯往伊归处。

注 释

① 藜杖:用藜的老茎做的手杖,质轻而坚实。

② 踽踽:独行貌;引申为落落寡欢的样子;小步慢行貌。

醉花阴·感怀

华发频添吾老矣,重整须伏枥①。商海曩游遨②,牢狴今羁,命蹇③真如戏。 不信人生难旖旎,侘傺④吾何惧。杯酒对幽冥,啸月吟风,携侣五湖去。

注 释

① 伏枥:马伏在槽上,指受人驯养;喻指养育;指蓄养在厩中的马匹;隐喻壮志未酬,蛰居待时。

② 曩:以往,从前,过去的。游遨:即遨游。嬉游,漫游。

③ 蹇：跛足；迟钝，不顺利；驽马，也指驴。

④ 侘傺(chàchì)：失意的样子。

醉花阴·梦双亲

梦里双亲时断续，最憾今羁旅。白发覆苍髯①，老泪纵横，叵耐吾偕泣。　有幸华胥堪顾觑②，鱼雁③心长系。欲米再期茶④，祷媪祈翁，三世天伦继。

注　释

① 苍髯：灰色须鬓，喻年老。髯：两腮的胡须，亦泛指胡须。

② 觑：看，偷看，窥探。

③ 鱼雁：比喻书信(古时有借鱼腹和雁足传信的说法)。

④ 米：米寿，八十八岁。茶：一百零八岁。

醉花阴·与妻一载未逢

欲睹伊人唯藉梦，庚子①最孤另。眉黛②画犹慵，泪眼频倾，羁旅何时竟。　不是佳俦难龙凤，共契鸳鸯③命。分袂笃④思情，爱意填膺，未杠昔蹭蹬⑤。

注　释

① 庚子：指 2020 年。

② 眉黛：古代女子用黛画眉，因以称眉。亦借指女子。

③ 鸳鸯：因鸳鸯常偶居不离，故以喻夫妻。

④ 笃：忠实，一心一意；厚实，结实；病沉重。

⑤ 蹭蹬：困顿不顺利；倒霉，失势。

【柳梢青】

柳梢青·阳朔

曲水潺湲,簪①峰竞秀,百嶂千峦。墟落②炊烟,田塍③稻翠,篷棹渔闲。　辛疏阛阓喧阗④,天涯旅、岩壑林泉。两袖清风,一轮皓月,情契桃源。

注　释

① 簪:簪子,旧时用来别住头发的一种饰物;插、戴。

② 墟落:村落。又,犹墟墓。

③ 田塍:田埂。

④ 喧阗:喧哗,热闹;喧哗拥挤。

柳梢青·庭竹

朗月幽姿,圆蟾倩影,谁竞雍痴。值夏琅玕①,逢春粉箨,遇冬琼枝。　犹怜三友阶墀②,情倾处、佐我杯卮③。晨伴伊妆,暮拥我寐,岁岁如斯。

注　释

① 琅玕:中国神话传说中的仙树,其实似珠。

② 三友:指松、竹、梅。阶墀:台阶;亦指阶面。

③ 卮:古代盛酒的器皿。

柳梢青·秋夜闻蛩鸣

衰柳寒蛩,促织①依旧,唱彻秋声。屡絮清风,频叩朗月,共济茕鸣。　人间万物遗情,值中夜②、凄清繁星。歌罢芳春,吟残噪夏,犹待寥冬。

注　释

① 促织:蟋蟀的别名。其鸣声同织机的声音相仿,故名。

② 中夜:半夜。

柳梢青·春游

雾翳①寒沙,风苏草梦,春在梨花。棹漾湖波,衣拂稚柳,深院谁家。　青阳是处清嘉②,携俦侣、逍遥海涯③。漫啜④村醪,细甄野蕨,偕契桑麻。

注　释

① 翳:遮掩;白翳,眼球上生的障蔽视线的白膜。

② 清嘉:美好。

③ 海涯:海边。

④ 啜:饮,喝,吃。

柳梢青·朱家角秋游

绮梦阑珊,秋光无限,只骖翛然①。桥上踯躅,寺中礼拜,几尽悠然。　白墙黛瓦缁②檐,幽巷杳、深情怎堪?一叶扁舟,畴昔漫溯,棹尽潺湲。

注　释

① 殢(tì)：滞留；纠缠；困于，沉溺于。翛(xiāo)然：无拘无束貌；超脱貌。

② 缁：黑色。

柳梢青·心吟

　　还我自由,敲残桎梏^①,踏破牢囚。粗粝瘝^②身,勤工铮骨,蹭蹬消愁。　　时时情殢西楼,天伦冀、犹难梦休。琴瑟和鸣,高山流水,携老沧洲^③。

注　释

① 桎梏：脚镣和手铐；比喻束缚人或事物的东西。

② 粗粝：糙米；泛指粗劣的食物。瘝：瘦。

③ 沧洲：靠近水的地方；常喻指隐士的居处。

柳梢青·偶感

　　人陷樊笼^①,身犹缧绁^②,心似飞蓬^③。难沐秋光,悭瞻朗月,疏淡清风。　　何时勘破无明,借佛道、几曾惺惺。暮悦蝉鸣,晨欣鸟啭,梦杳苍穹。

注　释

① 樊笼：关鸟兽的笼子；喻受束缚而不自由的境地。

② 缧绁：捆绑犯人的黑绳索；借指监狱，囚禁。

③ 飞蓬：指枯后根断遇风飞旋的蓬草；喻轻微散乱、飘泊不定的事物。

柳梢青·家犬黑贝

　　列列毛鬃,通身缁墨,高尾彪雄。寂昼偕风,寥宵吠月,咸物情钟。　　是时泾渭分明,护家院、锱铢惜悝。总伴君欣,不疏吾醉,唯主是从。

【浪淘沙】

浪淘沙·西施

溪碧总湔[1]纱,山野人家。沉鱼不负好韶华[2]。巨耐亡国身世杳,无处桑麻。　吴王醉馆娃[3],响屧[4]声哗。红尘岂可醉烟霞。舟泛五湖携侣去,一任仙槎。

注　释

① 湔(jiān):洗。

② 沉鱼:形容女子容貌之美,人们常用"沉鱼落雁"比喻。典出《庄子·齐物论》。韶华:美好的时光,常指春光;也指美好的年华,指青年时期。

③ 馆娃:指馆娃宫。春秋吴王夫差为西施所造,旧址在今苏州西南灵岩山上。

④ 响屧(xiè):即响屧廊。春秋时吴王宫中的廊名,遗址在今苏州西灵岩山。

浪淘沙·昭君

孤冢[1]草青青,寂寞凭风。千年祭奠几情钟。莫道琵琶声已杳,落雁[2]犹仍。　红颜总飘零,羁旅胡中。谁人只身换和平。七尺男儿何愧怍[3],倾尽醽醁[4]。

注　释

① 冢:坟墓。长;大。

② 落雁:指王昭君。因其有"沉鱼落雁"之容。

③ 愧怍:惭愧。

④ 醽醁(líng):美酒名。唐李贺《示弟》诗:"醽醁今夕酒,缃帙去时书。"

浪淘沙·貂蝉

朗月几含羞,貂蝉宵游。平生歌舞总难休。不问红尘犹世外,何处闲愁。 社稷①实堪忧,满眼仇雠②。连环妙计定春秋。终事人中温③吕布,稍逊风流。

注 释

① 社稷:土神和谷神;后用来泛称国家。

② 仇雠:仇人;冤家对头。

③ 温:吕布封温侯。其人勇而无谋,反复无常,人品极差。

浪淘沙·玉环

羞花自风流,几度春秋。骊山①赐浴总难休。十载梨园歌舞事,天地悠悠。 不是忘国忧,安史仇雠。鹣鹣比翼只浮沤②。马嵬坡中魂魄③裹,嗟叹④荒丘。

注 释

① 骊山:秦岭支脉,海拔1 302米,在陕西临潼东南。周幽王死于山下,秦始皇葬于此,山下有温泉,唐玄宗置温泉宫,后改名华清宫。为国家级风景名胜区。

② 浮沤:水面上的泡沫;因其易生易灭,常喻变化无常的世事和短暂的生命。

③ 马嵬坡:即马嵬驿,因晋代名将马嵬曾在此筑城而得名。在今陕西兴平市西,为杨贵妃缢死的地方。魂魄:指附于人体并可脱离人体而存在的精神。

④ 嗟叹:感叹;叹息。

浪淘沙·赏樱

春孟正奇葩①,满目云霞②,繁柯累干竞芳华。缕缕馨香③皆醉客,几处人家。　绿女④绮罗纱,红男偕婠。谁言阆苑总天涯。有梦人间咸化境,犹倩樱花。

注　释

① 孟:指农历四季的第一个月;旧时在兄弟姐妹排行最大的。奇葩:珍贵稀少的花卉。喻出众的作品。

② 云霞:彩霞;喻清高,喻文采或色彩艳丽。

③ 馨香:芳香,比喻德化远播;祭品的香味。

④ 绿女:服装艳丽的青女子。

浪淘沙·泰山

策杖十八盘①,踏遍峰峦。秦皇汉武越千年。五岳独尊天地外,挚意拳拳②。　雄峙③破青天,玉宇何堪。凭高谁可彻坤乾。工部诗篇割昏晓④,华夏娟娟。

注　释

① 十八盘:从对松山谷底至南天门的山路统称为"十八盘"。高阜之上,双崖夹道,旧称云门,又叫开山。为清乾隆末年改建盘道时所辟,十八盘自此而始,共有 1 600 多个台阶。

② 拳拳:内心不舍;诚挚恳切。

③ 雄峙:昂然屹立。

④ 工部:指杜甫。割昏晓:出自杜甫《望岳》:"造化钟神秀,阴阳割昏晓。"

浪淘沙·华山

千仞欲凌天,险冠群山。苍龙岭①上意悠然。无限风光收宇际,莫负登攀。 揽胜莲花巅②,心旷云端。秦皇汉武总千年。回首悠悠西北望,杳渺长安。

注 释

① 苍龙岭:是指救苦台南、五云峰下的一条刃形山脊,属华山著名险道之一。岭西临青柯坪深涧,东临飞鱼岭峡谷,长约百余米,宽不足三尺,中突旁收,人在上面行走,心旌神摇,如置云端,惊险非常。

② 莲花巅:华山名字的由来,说法很多。一说是因为山顶有一池塘,生长千叶莲。北魏郦道元《水经注》云:"山高五千仞,削成而四方,远而望之,又若华状。"由于"华"与"花"相通,因此名叫"华山"。

浪淘沙·恒山

最喜山名恒①,缘凤独钟。悠悠古寺谓悬空②。勘破众生真法相③,万物悉同。 禅定④雾云中,化境三生。鸿毛⑤犹重泰山轻。有待吾侪咸顿悟,朗月清风。

注 释

① 山名恒:指和本人名字相同。

② 悬空:指悬空寺,位于恒山金龙峡翠屏峰的悬崖峭壁间,始建于北魏,距今已有1 500多年历史,是国内现存较早、保存较好的高空木构摩崖建筑。

③ 法相:佛教语。指诸法之相状,包含体相(本质)与义相(意义)二者。

④ 禅定:禅那与定的合称。禅那是指修行者高度的集中精神,努力对某对象或主题去思维;定是指心住在一对象的境界之内;禅那是过程,定是结果;禅定依修习的层次可分为"四禅"和"八定"。

⑤ 鸿毛：鸿雁的毛；比喻极轻，微不足道。

浪淘沙·衡山

高耸入天庭，雁过回峰①。祝融②巅际任凭空。浩渺三湘③何处是，无限幽冥。　古刹磬钟声，春夏秋冬。希迁④道法可寻踪。犹藉钟灵兼毓秀⑤，点亮心灯。

注　释

① 雁过回峰：指雁回峰，是衡山七十二峰之一；相传雁至衡阳而止，遇春而回；也叫回雁峰。

② 祝融：指祝融峰，是南岳最高峰，海拔1 300米。祝融峰的名字与上古的神话有关，相传祝融是黄帝身边的大臣，为火神，曾以衡山为栖息之所，死后葬在衡山的最高峰，后人便以其名字命名该峰。

③ 三湘：湖南湘乡、湘潭、湘阴(或湘源)，合称三湘。但古人诗文中的三湘，多泛指湘江流域及洞庭湖地区。

④ 希迁(700—790)：亦名"石头希迁"。唐代禅宗僧人，俗姓陈，端州高要(今属广东)人。谥号无际大师，为石头宗开创者。

⑤ 钟灵：灵秀之气汇聚。毓秀：孕育着优秀的人，指山川秀美，人才辈出。

浪淘沙·嵩山

一山峙华中，天地凭踪。达摩①洞里自禅空。九载跏趺方破壁②，澄彻苍穹。　古刹对幽屏③，少林幡旌。钟灵栖隐几高僧。拜谒唯求妄心④净，佛意填膺。

注　释

① 达摩：菩提达摩，南北朝禅僧，略称达摩或达磨。据《续高僧传》记

述,为印度人,属刹帝利种姓,通彻大乘佛法,为修习禅定者所推崇。北魏时,曾在洛阳、嵩山等地传布禅学。被尊为西天禅宗二十八祖和东土禅宗初祖,传法于慧可。

② 跏趺:佛教中修禅者的坐法;泛指静坐,端坐。破壁:破开墙壁;喻人飞黄腾达或打破现状,有所作为。

③ 幽屏:隐僻之处;隐居。

④ 妄心:佛教语。谓妄生分别之心。

浪淘沙·静心

滚滚俱红尘,不染谁人？唯期道法可铮①魂。纵使今朝人半老,未竟俗心②。　　何日隐山林,落日夕曛。一杯浊酒醉乾坤。海角天涯皆踏遍,找到真纯。

注　释

① 铮:象声词,金属撞击声;喻才能突出;喻刚正不阿。

② 俗心:追求利禄名位等世俗的心态。

浪淘沙·抒怀

花甲竟倏忽,人在迷途。实难由己尚江湖。素羡桃源彭泽令①,犹作心奴。　　歧路②莫踟蹰,身寄茅庐。不应忘却枕边书。纵使有朝逾耋耄,唯信真吾。

注　释

① 彭泽令:指陶渊明。

② 歧路:指从大路上分出来的小路;岔路。

浪淘沙·黑贝

亮黑悍彪①身,獒②虎附魂。卫家护主只唯亲。相伴十年犹未竟,尚待追寻。 垂老尚津津③,痛彻胸心。但怜是犬不为人。纵使阴阳仍忆汝,啸态狂音。

(黑贝,是已养十五年的家犬,属加拿大的纽芬兰种,体型硕大彪悍。今垂垂老矣,每睹,则为之心碎。无奈,只有悉心陪伴,送其最后一程。)

注　释

① 悍彪:即彪悍,强悍。
② 獒:一种凶猛的狗,身体大,善斗,能帮助人打猎。
③ 津津:充溢貌;洋溢貌;水流动貌;液汁渗出貌。

浪淘沙·听黑贝哀鸣

未晓死何轻,今可凭踪。垂垂老矣只哀鸣。似吠红尘难竟事,痛彻胸膺。 万物俱遗情,何况家丁①。宵宵偕伴送一程。冀汝来朝再人世,共度余生。

注　释

① 家丁:家中的仆役。比喻如家人。

浪淘沙·伊人

犹喜翠眉①颦,一笑牵魂。风流绝代是谁人?未忘《白头吟》司马②,千载文君。 开口四时春,袅袅娇身。人生有梦即追寻。纵使红尘高万丈,不改初心。

注　释

① 翠眉:古代妇女以青黛画眉,故称;亦为美女的代称。

②《白头吟》：相传为汉代才女卓文君所作，是一首被收录在汉乐府的民歌，属相和歌辞。司马：指司马相如。

浪淘沙·癸卯教师节

碧宇济秋明，丹桂香浓。芬芳桃李杏坛①风。吾辈今宵皆寄梦，豆蔻青葱②。　两鬓俱星星，多少征蓬。何曾忘却旧时情。纵使天涯与海角，尚待重逢。

注　释

① 杏坛：相传为孔子聚徒授业讲学之处；泛指授徒讲学之处；今喻教育界。

② 青葱：翠绿色；借指草木的幼苗或树木葱茏的山峰。

浪淘沙·癸卯教师节夜饮

对酒百倾盅，不减豪情。时光荏苒①太匆匆。纵使今朝斑两鬓，何必惜惺。　气爽济秋清，莫滞尘中。人生万里可凭风。宜趁今宵花月夜，共祝康平②。

注　释

① 荏苒：指(时间)渐渐过去。常形容时光易逝。

② 康平：安康；指社会平安，太平。

浪淘沙·教师节醉酒

何必饮千盅，醉了冥冥。人生宏迈遣鲲鹏①。不负今宵明月夜，遥酹星空。　絮语话萧蒙，壮志豪情。吾侪有幸可俦朋。契阔②红尘唯借酒，醺到鸿蒙。

注　释

　　① 宏迈：谓渊博出众。明李东阳《送宪副李君提学浙江序》："君见识超绝，学问宏迈，练政务，精律例。"鲲鹏：古代传说中能变化的大鱼和大鸟；也指鲲化成的大鹏鸟。出自《庄子·逍遥游》。

　　② 契阔：勤苦；久别；分离，远隔。

浪淘沙·中秋

　　最契是中秋，丹桂香幽。鸣蝉犹唱柳梢头。悄对一轮天际月，慰藉离愁。　　契阔总难休，莫问缘由。只须聚酒醉西楼。纵使天涯两暌违，尚待归舟。

浪淘沙·秋思

　　院柳叶初黄，蝉噪无央①。芰荷曳曳袅残香。姹紫嫣红堪佐梦，七彩无疆。　　犹契是清凉，无限秋光。长空排雁正南翔。捎去离人桑梓信，付与苍茫。

注　释

　　① 无央：无穷尽；犹无数。

浪淘沙·秋风

　　五彩荡秋风，姹紫嫣红。袭袭吹寂噪蝉声。萧瑟犹堪垂杨柳，曳曳摇冬。　　排雁逝寥空，飞翥南溟①。人间正是稻禾丰。擎起一杯旻获酒，对月邀星。

注　释

　　① 飞翥：飞举；飞腾。南溟：南方的大海。

浪淘沙·秋雨

秋雨济敦蒙①,丹桂香风。清凉多少可凭踪。洗去红尘还碧宇,鸿雁排空。　　麦浪漾千重,五谷丰登。郊坰阡陌②任君行。恰值人间收获际,正可鹏程③。

注　释

① 敦蒙:犹丰足。
② 郊坰:泛指郊外。阡陌:田间小路;田野。
③ 鹏程:比喻前程远大。

浪淘沙·秋雨有思

天地莽苍苍,秋雨输凉。红尘洗却最清光。何患人间时溽暑,忽已菊黄。　　荷芰袅池塘,丹桂飘香。田畴①阡陌任徜徉。纵使九州皆踏遍,尚有无疆。

注　释

① 田畴:泛指田地;指封地;指农业田官。田间小路。

浪淘沙·桃源

秦晋越千年,未忘桃源。人间正道只桑田。最契门前植五柳,待鸟飞还。　　名缰①屡萦缠,利锁难宽②。浮生有梦即婵娟。厥后因循陶令③迹,偕尽悠然。

注　释

① 名缰:功名的缰绳。因能束缚人,故称。

② 利锁：利禄的锁链。宽：卸脱，解开。

③ 厥后：从那以后。陶令：指陶渊明。

浪淘沙·呼伦贝尔草原驰马

野旷绮云低，芳草萋萋。河波九曲几成谜。思绪悄随夕日杳，何处闻笛。　　信马①任轻蹄，岸柳依依。纵横南北骋东西。旖旎携归宜寄梦，大汗淋漓②。

注　释

① 信马：任马奔走而不加制约。

② 大汗淋漓：形容因运动或劳动等导致浑身出了很多汗。"大汗"既为古代北方和西域对君王的称呼，又谐音"大汉"，有双关意味。

浪淘沙·游呼伦贝尔草原

崇岭伴遥岑，千里呼伦。苍茫大地只茵茵①。九曲湖波何处去，潺向夕曛。　　采采远穹云，褢去俗魂。无端名利总羁身。今借桃源遗化境，了却红尘。

注　释

① 茵茵：青草茂密浓厚。

浪淘沙·武当山

鼎峙①俱青葱，五岳朝宗。千年祖师谓三丰②。多少武林贤圣迹，今可凭踪。　　蛮力枉英雄，道法冥冥。平添元气③最遗情。宜借钟灵与毓秀，羽化仙登。

注　释

① 鼎峙：鼎立，谓如鼎足并峙。

② 三丰：张三丰（生卒年不详），或谓宋、金、元时人。武当山道士。丰一作峰，名全一，一名君宝，以号行，又号玄玄子。因其平时不修边幅，又称"张邋遢"。辽东懿州（今辽宁阜新）人，籍贯亦有平阳、猗氏、宝鸡、天目诸说。明太祖、成祖屡遣使求之，不遇。后人辑有《张三丰先生全集》。

③ 元气：指天地未分前的混沌之气；精神，精气；指国家或社会团体得以生存发展的物质力量和精神力量。

浪淘沙·少林寺

　　叠嶂并层峦，五岳嵩山。千年武脉尚绵绵。遍觅达摩栖隐处，洞迹依然。　　秘腿济神拳，纵横尘寰①。无人华夏敢欺天。穹宇唯唯②循道法，只在佛禅。

注　释

① 尘寰：人世间。

② 唯唯：恭敬应诺之词。

浪淘沙·秋游九寨沟

　　九寨正清秋，姹紫峦沟。珍珠滩上碧波流。长海今朝犹落寂，唯剩恬幽。　　明月照枝头，欹倚西楼。人生有梦即雄纠①。不患红尘与世外，只去闲愁。

注　释

① 雄纠：雄壮威武的样子。

浪淘沙·秋游黄龙

峻岭并崇山，无限江天。黄龙碧水正潺潺。宜借峰巅千载雪，洁净尘寰。　五彩竞斑斓①，绮树萦溦。红尘一洗罢俗凡。有待伽蓝②钟磬香，拨动心弦。

注　释

① 斑斓：色彩灿烂绚丽的样子。

② 伽（qié）蓝：梵语"僧伽蓝摩"的简称，指僧众所住的园林。后指佛寺。

浪淘沙·四姑娘山

峰顶绮白云，五彩销魂。不疑阆苑总栖神。王母娘娘①遗四女，谁可招亲。　晨际沐氤氲，犹待夕曛。亭亭玉立②待君临。有幸今朝三清地，醉了乾坤。

注　释

① 王母娘娘：即西王母。原是豹尾虎齿、职掌灾疫、刑罚的怪神。后于流传过程中逐渐女性化与温和化，而成为慈祥的女神。相传其住在昆仑山的瑶池，园里种有蟠桃，食之可长生不老。

② 亭亭玉立：形容女子身材细长苗条。也形容花木等形体挺拔。亭亭：高挑直立的样子。

浪淘沙·雅鲁藏布江大峡谷

峰峙破乾坤，醉了白云。雄鹰也悍谷峡深。犹喜藏江澄碧水，千载潺巡。　妙境我独亲，莫枉晨昏①。桃花源里可闲人。

· 103 ·

宜倩钟灵与毓秀,涤荡俗魂。

注 释

① 晨昏:早上和晚上。

浪淘沙·南迦巴瓦峰

落日满金山,七彩人间。高穹厚土净尘寰。地狱天堂皆意念,冽冽风寒。　妙笔绘西天,动我心弦。性空缘起①法坤乾。有幸今朝观阆苑,顿悟机禅。

注 释

① 性空缘起:佛教语,即缘起性空。参见前注。

浪淘沙·冈仁波齐

高耸竞须弥①,冀与天齐。神山夕照百重衣。道法最应凌宇处,无限凄迷②。　膜拜③只心栖,千载依依。一钵一衲两行屐④。天涯海角皆踏遍,归契菩提。

注 释

① 须弥:即须弥山。梵语的音译。原为古印度神话中的山,后为佛教采用,指一个小世界的中心。山顶为帝释天所居,山腰为四天王所居。四周有七山八海、四大部洲。信佛者泛指山。

② 凄迷:指悲伤怅惘;景物凄凉迷茫。

③ 膜拜:古代的拜礼。行礼时,两手放在额上,长时间下跪叩头。原专指礼拜神佛时的一种敬礼,后泛指表示极端恭敬或畏服的行礼方式。

④ 屐:木屐,一种木底鞋。

浪淘沙·张家界

百壑错千峰,疑竞峥嵘。秦皇金鞭①柱高穹。天子山中挥御笔,绘雨描蒙。　湘酒最怡情,土菜尤钟。黄石寨上任凭风。难觅留侯②拾靴迹,尚待巡行。

注　释

① 秦始金鞭:据传说金鞭岩是秦始皇赶山遗下的金鞭所化。

② 留侯:汉代张良的封爵。

浪淘沙·宜兴竹海

翠箐满山峦,俏叶毵毵。沿溪漫溯太湖源①。但望震泽②遗浩渺,只美波澜。　有幸遣余闲,最契天然。偕登宜上嶂高巅。难觅七贤③栖隐处,唯杳喧阗。

注　释

① 太湖源:也称太湖第一源,由于竹海的湖父山区离太湖最为接近,流域最明显,因而,从竹海山上流下的溪流又有"太湖第一源"之称。

② 震泽:太湖的古名。

③ 七贤:指竹林七贤。下同。

浪淘沙·宜兴梁祝园

正恰满园春,锦簇①茵茵。携寻梁祝旧遗痕。沧海桑田诸事杳,唯待游巡②。　难觅是知音,千载谁人?蝴蝶骈③舞两同心。纵使阴阳犹不弃,祭冢销魂。

注 释

① 锦簇：锦绣成团，形容色彩艳丽。

② 游巡：游目巡视。

③ 骈：两马并驾一车；两物并列，成双的，对偶的。

浪淘沙·游大观园

　　蹊径任徜徉，漫溯流光。犹怜宝黛两情长。最憾有缘难眷属，暗自神伤。　　丹桂袅清香，秋意汤汤^①。红楼梦里叹兴亡。百载沧桑^②多少事，都付苍茫。

注 释

① 汤汤：水势浩大、水流很急的样子；广大貌，浩茫貌。

② 沧桑：沧海桑田的略语。比喻自然界变化很大，或世事变化多。

浪淘沙·夜游豫园

　　熠熠百花灯，朗月繁星。携俦九曲古桥行。何计摩肩与接踵，不落尘中。　　豫园最遗情，往事随风。城隍庙^①里杳残钟。宜将婵娟酬绮梦，飞住娥宫^②。

注 释

① 城隍庙：为上海市重要的道教宫观，始建于明代永乐年间（1403—1424），距今已有近六百年的历史。城隍是古代中国民族宗教文化中普遍崇祀的重要神祇之一，大多由有功于地方民众的名臣英雄来充当，是中国民间信仰和道教信奉守护城池之神。

② 娥宫：指月宫。

浪淘沙·黄河

渊薮^①自高天,万里长川。狂澜滚滚自涓涓^②。千载不息孕华夏,龙脉绵延。　九曲十八弯,灌溉良田。一壶流聚^③瀑高悬。横贯神州十省域,总是丰年。

注　释

① 渊薮:鱼和兽类聚集的处所;比喻人或事物集中的地方。

② 狂澜:指巨大而汹涌的波浪,喻动荡不定的局势或猛烈的潮流;也喻剧烈的社会变动或大的动乱。涓涓:指细小的水流;形容细水缓流的样子。

③ 一壶流聚:指壶口瀑布,是黄河上的著名瀑布,其奔腾汹涌的气势是中华民族精神的象征。

浪淘沙·长江

滚滚向东溟^①,万里凭风。三峡神女梦偕行。渝蜀帆樯何处杳,疑在蓬瀛。　黄鹤^②邀长空,李白谪踪。匡庐^③千载总迷蒙。浪下三吴^④天地阔,有待鲲鹏。

注　释

① 东溟:东海。

② 黄鹤:指黄鹤楼。

③ 匡庐:指庐山。下同。

④ 三吴:泛指长江下游江南一带。

浪淘沙·承德避暑山庄

峦嶂俱为屏,磬锤^①孤峰。一川烟雨竟蒙胧。最诧江南遗塞外,阆苑仙风。　　亭榭②翼飞甍,八庙③钟声。山庄避暑任凭踪。纵使康乾今已杳,碧宇犹清。

注　释

① 磬锤:指磬锤峰。古称石挺,俗称棒槌山。位于河北承德,总高59.42 米,为承德名山之一。

② 亭榭:亭阁台榭。

③ 八庙:即外八庙。清康熙、乾隆年间,在避暑山庄周围依照藏传佛教形式修建的寺庙群,以供边疆少数民族的贵族朝觐皇帝时礼佛之用,共十二座。其中的八座由清廷派驻喇嘛管理,又都在京师之外,故被称为"外八庙"。

浪淘沙·谒武侯祠

　　柏翠映松青,千载葱茏①。武侯拜谒且徐行②。悄逝人间多少事,贤圣冥冥。　　尽瘁并鞠躬③,今可寻踪。两朝开济④贯平生。羽扇纶巾⑤天下定,谁竞豪英。

注　释

① 葱茏:草木青翠而茂盛。

② 徐行:缓慢前行。

③ 尽瘁:竭尽心力。鞠躬:弯着身。即鞠躬尽瘁。

④ 两朝开济:出自唐杜甫《蜀相》:"三顾频烦天下计,两朝开济老臣心。"

⑤ 羽扇纶巾:拿着羽毛扇子,戴着青丝绶的头巾。形容态度从容。出自宋苏轼《念奴娇·赤壁怀古》。

浪淘沙·登青城山

　　携侣陟青城①,漫溯冥冥。几多道观可凭踪。纵使身疲欹倚杖,犹竟遥程。　　林静自听风,最契莺声。人生何幸有鸳盟。循迹今贤与往圣,冀达三清。

注　释

① 鸳盟:指男女间关于爱情之间的盟誓。

浪淘沙·贺兰山

漠漠只荒原①,思绪无边。长车踏破②杳云烟。岩画③千年堪入梦,寻觅前贤。　何处有夷蛮④,华夏延绵⑤。红尘大幸是桃源。快意人生须纵马,无限江天。

注　释

① 荒原:荒凉的原野。

② 长车踏破:出自宋岳飞《满江红》:"驾长车,踏破贺兰山缺。"

③ 岩画:位于贺兰山东麓。沿贺兰山自北向南,包括卫宁北山在内,在黑石峁、贺兰口、苦井沟、大麦地等27处都有岩画遗存,总计约有组合图画5 000组以上,单体图像2.7万多幅。

④ 夷蛮:古代中国对周边少数民族的泛称。

⑤ 延绵:延续不断。

浪淘沙·莫干夜思

杯酒对青山,明月犹残。桃花源里逝流年。挹取①村溪澄碧水,洗去尘缘②。　何必冀登仙,道法自然。人生最契只余闲。宜乘今宵峦际月,移住广寒③。

注　释

① 挹取:汲取。

② 尘缘:佛教、道教谓与尘世的因缘。

③ 广寒：指广寒宫，神话传说中月亮上的宫殿。下同。

浪淘沙·腾冲

峻岭碧茵茵，杳杳白云。天崩地坼①筑山魂。多少断头青翠嶂，颓了乾坤。　滚漾浴疲身，洗却征尘。人间此境总沉吟②。道法自然谁顿悟，隐匿③泉林。

注　释

① 天崩地坼：像天塌下、地裂开那样。比喻重大的事变；也形容巨大的声响。崩：倒塌；坼：裂开。

② 沉吟：深思吟味。

③ 隐匿：隐藏，躲起来。

浪淘沙·安顺古镇

傍水倚层峦，巷曲街环。人间几处有桑田。千载犹能遗世外，尚是桃源。　高榭任凭栏，无限江天。百杯醉罢只悠然。悄枕今宵明月夜，不误婵娟。

浪淘沙·游朱家角古镇

水巷似星罗，亭榭犹多。千年古镇客如梭。柳绿桃红绕庭院，醉了婆娑。　摇桨荡清波，唱彻吴歌。袅身是处竟婀娜。犹喜人间堪绮梦，村醑偕酌。

浪淘沙·秋游周庄

亭榭落溪边，吴女歌船。万三①蹄骼佐醵欢。岂是吾侪难寄梦,竟夜喧阗。　　沈苑任观瞻,张厅②盘桓。双桥③百载尚依然。巷曲街环通阆苑,无限江天。

注　释

① 万三:沈万三(生卒年不详),本名沈富,又名沈秀,字仲荣,号万山。行三,故称万三。湖州乌程南浔镇(今属浙江)人,商人沈祐第三子,元末明初的商人。

② 张厅:是周庄镇仅存的少量明代建筑之一。原名怡顺堂,为明代中山王徐达之弟徐逵后裔于明正统年间所建。清初出卖给张姓人家,改名玉燕堂,俗称张厅。

③ 双桥:指位于周庄中心位置的世德和永安两桥,建于明代,两桥相连,样子很像古代的钥匙,又称钥匙桥。因出现于旅美画家陈逸飞的油画《故乡的回忆》中而闻名。

【采桑子】

采桑子·春梦

黄粱①一枕春宵夜，华鬓②星星。泪眼盈盈，叵耐相逢只梦中。　谁言暌违音讯杳，倩影重重。细语卿卿③，犹恨华胥逝五更。

注　释

① 黄粱：即黄粱一梦。据《枕中记》载，卢生在邯郸客店遇道士吕翁，自叹穷困。吕翁取青瓷枕让卢生睡觉，卢生在梦中享尽荣华富贵，一觉醒来，店家的小米饭还没熟。据此概括出"黄粱一梦"，喻虚幻的梦境和不可实现的欲望。

② 华鬓：花白鬓发。

③ 卿卿：夫妻或相爱的男女彼此亲昵的称呼。

采桑子·夜雨

潇潇春夜风和雨，吹落梨花。晴霁霓霞，一洗红尘到天涯。朝壅暮耨①田园乐，植种蔬瓜。检点茶芽，双燕呢喃②此处家。

注　释

① 壅：堵塞；把土或肥料培在植物的根上。耨：古代锄草的农具；锄草。

② 呢喃：形容燕子的鸣叫声；形容细语声。

采桑子·春夜无眠

春宵无寐难羁梦,孤衾独拥。愁绪难平,坎壈①人生何日终。何时吾辈能清醒,百破心封。千去执踪,漠漠红尘任火风②。

注　释

① 坎壈(lǎn):困顿,不顺利。

② 火风:佛经所说"四大"中的火和风。

采桑子·踏坰

时逢春孟踏坰去,柳梢初青。梅杪①残红,一线纸鸢袅碧空。放飞何止吾心绪,陂水澄清。螣霭迷蒙,踏尽人间三月风。

注　释

① 杪(miǎo):树枝的细梢;指年月或四季的末尾。

采桑子·豫园灯会

豫园携侣上元①夜,灯竞妖娆。月灿清宵,接踵摩肩九曲桥②。　红尘滚滚何时杳,绿女眉梢。商贾③幡招,自在人生奚寂寥。

注　释

① 豫园:指上海城隍庙。上元:即元宵节。

② 接踵摩肩:肩碰着肩,脚碰着脚;形容人多拥挤。九曲桥:指上海城隍庙九曲桥。

③ 商贾:商人,商贩。

【眼儿媚】

眼儿媚·闲情

卅年共醉是谁人？吾辈几倾心。同锄蔓草^①，偕摘畦菜，共沐氤氲。　　情羁爱滞何疑尽，旨趣^②两销魂。闲吟漱玉^③，慵读李杜^④，奢赏苏辛^⑤。

注　释

① 蔓草：蔓生的草。
② 旨趣：要旨，大意。
③ 漱玉：《漱玉词》，宋李清照所作，从而借其本人。李清照（1084—1155），号易安居士，齐州章丘（今属山东）人。宋代婉约派代表词人，有"千古第一才女"之称。
④ 李杜：李白和杜甫。
⑤ 苏辛：苏轼和辛弃疾。

眼儿媚·小酌

人生不负四时春，沉醉只金樽^①。娇唇珠吐，双颊绯晕^②，何处红尘。　　绮窗斜倚邀明月，心旷^③总泉林。醺增情洽^④，醒^⑤宜爱奔，无限黄昏。

注　释

① 金樽：形容精美的酒器；也代指美酒。
② 绯晕：脸上出现红晕。

③ 心旷 (xīnkuàng)：心胸豁达。

④ 洽：和谐,融洽。或称与人联系。

⑤ 醒：形容醉后神志不清。

眼儿媚·离思

天朗气清正逢秋,心系只归舟。声声过雁,萧萧①落叶,总济离愁。　　多情谁似云中月,欲窥尚含羞。盈盈②偕寐,钩钩③拥醉,千载匹俦④。

注　释

① 萧萧：形容落叶声或马鸣声;白发稀疏貌;冷落凄清貌。

② 盈盈：仪态美好;充盈;清澈;此处指满月。

③ 钩钩：形容物体的弯曲,此处指弯月。

④ 匹俦：伴侣,配偶;配得上的,比得上的;同类。

眼儿媚·茶道

小筑茅茨①自竹荫,茶道若禅心②。松风飒飒,清泉冽冽③,天籁瑶琴④。　　七星⑤垒起三江煮,敬寂⑥邈红尘。唯唯曾子⑦,和和迦叶⑧,悉物知音。

注　释

① 茅茨：茅草盖的屋顶,亦指茅屋;指简陋的居室,引申为平民里巷;用以谦称自己的家。

② 茶道：品茶和方法。其中对于泡茶的方法、礼仪等皆有一定的程序与规矩。禅心：佛教语,谓清静寂定的心境。

③ 冽冽：寒冷貌。

④ 瑶琴：用美玉装饰的琴;指音色优美的琴。

⑤ 七星：指七星灶，旧时一种开水炉，炉膛上面有七个炉口，又叫七个灶星，可以同时放置七个水壶，所以称"七星灶"。

⑥ 敬寂：日本茶道"和、敬、清、寂"。"和"就是平和，然后是和谐；"敬"就是恭敬心；"清"是通过般若智慧，削减贪嗔痴。"寂"是最高的一个阶段，就是佛法里头讲的寂灭，不生不灭的状态。"和、敬、清、寂"，跟禅的精神和佛教修道的精神是十分合拍的。

⑦ 曾子(前505—前435)，名参，字子舆，鲁国南武城(今山东平邑，一说山东嘉祥)人。春秋末年思想家，儒家大家，孔子晚年弟子之一，儒家学派的重要代表人物。

⑧ 和和：相安；谐调；和美。迦叶(shè)：全名摩诃迦叶，释迦牟尼十大弟子之一。在佛弟子中年高德劭，释迦殁后佛教结集三藏时，为召集人兼首座。中国禅宗尊他为第一代祖师，西土二十八祖之始祖。

眼儿媚·椿萱①

牵袂依依泪几行，睽违话犹长。频忧夏冷，屡愁冬暖，总是萱堂。　白发萧疏两鬓霜，欲语尚彷徨。思羁眉宇②，念盈③肺腑，孥④在心房。

注　释

① 椿萱：父母的代称。古代称父为椿庭，母为萱堂。
② 眉宇：眉额之间。泛指容貌。
③ 盈：充满，多出来，多余。
④ 孥：儿女；妻子和儿女。

眼儿媚·游山

仁者乐山是谁人？岜嶂远红尘。穷登危顶，遍跋险壑，磨砺屝①身。　今贤往圣何须觅，情寄只遥岑。岩栖仙气，林羁道韵，涤荡俗魂。

注 释

① 磨砺:摩擦使器物锐利;人在困境中磨炼。孱:软弱,瘦弱。

眼儿媚·戏水

　　斩浪劈波谁竞君,一洗垢尘①身。鱼龙偕戏,虹霓共沐,总是闲人。　　蓬壶②杳渺知何处? 万法③只唯心。胸拥海市④,情倾蜃景⑤,天地同醺。

注 释

① 垢尘:污垢,尘土。喻尘俗之事。

② 蓬壶:即蓬莱,古代传说中的海中仙山。因形似壶器,故名。

③ 万法:佛教语。"法"指事物及其现象,也指理性、佛法等。"万法"指一切事物。

④ 海市:是一种因为光的折射和全反射而形成的自然现象,是地球上物体反射的光经大气折射而形成的虚像。

⑤ 蜃景:由光线折射所产生的楼阁、城市等虚幻景象。

眼儿媚·鸟鸣

　　何因小鸟竞飞声,华胥有无中。频歌柳翠,偶惊月逝,恁①此多情。　　人生有待千重梦,任雨只凭风。欣欣蓊郁②,寥寥落寂,总畅胸膺。

注 释

① 恁(nèn):那么,那样;那;这么,这样。

② 蓊郁:草木茂盛貌。

眼儿媚·荷

荷叶田田①滞流光,袅袅散清香。绰约池畔,婀娜湖际,欹倚斜阳。　犹疑濂溪②难穷妙,浮影讵宜彰③。心通根藕,苦羁莲子,曲尽沧桑。

注　释

① 田田:荷叶相连、盛密的样子;又引申鲜碧,浓郁。

② 濂溪(liánxī):周敦颐,字茂叔,号濂溪,谥号元公,道州营道(今湖南道县)人,世称濂溪先生。北宋理学家、文学家。此处指其《爱莲说》。

③ 彰:明显,显著;表彰,显扬。

眼儿媚·参佛

林泉涧壑隐佛身,道法自然魂。森森庙宇,悠悠钟磬,悉物禅心。　托钵穿衲依筇杖,浪迹总乾坤。梵音①袅袅,篆香②缕缕,只做真人③。

注　释

① 梵音:指佛的声音,佛的声音有五种清净相,即正直、和雅、清彻、深满、周遍远闻,为佛三十二相之一。

② 篆香:状似篆文的盘香。点燃可以计时。宋李清照《满庭芳》:"篆香烧尽,日影下帘钩。"

③ 真人:道家称存养本性或修真得道的人。泛称道士,亦常为封号。如唐玄宗封庄子为南华真人,文子为通玄真人等。历代均有。

眼儿媚·悟

吾侪可待是虚空,不滞红尘中。波澄月影,泉栖茗魄,只为心清。　晨钟暮鼓悉佛子①,是处可修行。一根藜杖,几双草履②,踏遍幽冥。

注　释

① 晨钟暮鼓:佛寺中早晨敲钟,晚上击鼓以报时间;比喻可以使人警

觉醒悟的话。佛子：菩萨的通称；受佛戒者，佛门弟子；佛教泛指一切众生，以其悉具佛性，故称；称慈善的人。

②　草履：草鞋。

【南乡子】

南乡子·大理

洱海①任行舟,不到桃源总未休。悄在心中植五柳,恬悠,一棹涟漪几鹭鸥。 难尽苍山②幽,偕上人间十二楼。羡处有情皆阆苑,唯求,侠影萍踪天地留。

注 释

① 洱海:曾被称为"叶榆泽""昆弥川""西洱河""西二河"等,位于大理北部。因形状似人的耳朵而取名为"洱海"。

② 苍山:是云岭山脉南端的主峰,由十九座山峰由北而南组成,北起洱源邓川,南至下关天生桥。苍山十九峰,巍峨雄壮,与秀丽的洱海风光形成强烈对照。

南乡子·天柱山

天柱峙苍穹,俯仰神州意万重。秀水灵山无限意,嫣红①,满目杜鹃笑煦风②。 欲胜屡攀登,三祖③禅宗可悟空。险隘④千年犹关塞,峥嵘,百仞奇崖隐皖公⑤。

注 释

① 嫣红:鲜艳的红色。比喻艳丽、盛开的花。

② 煦风:暖风;和风。

③ 三祖:指僧璨(?—606),生年及事迹不详,为中国佛教禅宗三祖,曾跟随二祖慧可学佛数年,后得授与衣钵。三祖在入寂前,传衣钵于弟子

道信为禅宗四祖。著有《信心铭》传世。

④ 险隘：地势险要的关口、通道。

⑤ 皖公：传为安徽之祖，春秋时期皖国君主。天柱山别名皖公山。

南乡子·路南石林

　　百岩竞峥嵘，一倩神工自不同。湖畔悠悠阿诗玛，雍容①，千载不辞几雨风。　　漫步石林中，阅尽嶙峋②意未穷。万物人间悉造化③，禅空，晴霁苍穹几抹虹。

注　释

① 雍容：仪态温文大方。

② 嶙峋：山石等突兀、重叠；人消瘦露骨；人刚正有骨气。

③ 造化：创造演化。一指自然界的创造者，亦指自然；二指创造化育；三指福分，幸运；四指使得福。

南乡子·崂山

　　崂顶望沧溟①，渺渺归帆衔落虹。何处可寻蓬瀛迹，微醒，世外桃源最殢情。　　道士几凭踪，椽笔松龄破壁行②。有待江天无限意，眸凝③，秋色幽幽正画屏④。

注　释

① 沧溟：苍天；大海。

② 松龄：蒲松龄(1640—1715 年)，字留仙，一字剑臣，别号柳泉居士，世称聊斋先生，自称异史氏。济南府淄川(山东省淄博市淄川区洪山镇蒲家庄)人。清代杰出文学家，优秀短篇小说家。破壁行：指《聊斋志异》中《崂山道士》的情节。

③ 眸凝：犹凝眸。注视，目不转睛地看。

④ 画屏：有画饰的屏风。

南乡子·虎丘

一塔峙高丘，兀立千年意未休。犹忆夫差①多少事，悠悠，莫忘子胥立潮头。　棹尽五湖舟，情寄应宜十二楼。欲觅吴王三尺剑，赳赳②，斩断人间万古愁。

注　释

① 夫差：(？—前 473)，姬姓，吴氏，姑苏(今苏州)人。春秋时期吴国君主(前 495 年—前 473)，吴王阖闾之子。

② 赳赳：武勇貌。

南乡子·大禹陵

洪水漫神州，不尽滔滔天际流。三过家门①而不入，休休，沧海桑田五谷秋。　寂岭伴荒丘，孤冢今朝谁谒游。五帝三皇②何处杳，悠悠，心祭长存始竟究③。

注　释

① 三过家门：指大禹为了治水，曾三过家门而不入。此行被传为美谈，至今仍为人们所传颂。

② 五帝三皇：即三皇五帝。我国传说中，一般以燧人氏、伏羲氏、神农氏为三皇，以黄帝、颛顼、帝喾、尧、舜为五帝。

③ 竟究：即究竟。结果，原委；深入研究之意。

南乡子·兰亭

曲水几流觞①，集序兰亭岁月长。虞柳欧颜堪匹亚②，茫茫，圭臬③谁持犹未央。　　酒醉总疏狂,天朗气清自妙章。不枉鹅池④千年墨,苍苍,碧漾今朝犹绕篁⑤。

注　释

① 曲水几流觞:即曲水流觞,古民俗。每年农历三月在弯曲的水流旁设酒杯,流到谁面前谁喝,可以除去不吉利。后来发展成为文人墨客诗酒唱酬的一种雅事。

② 虞柳欧颜:指唐代四大书法家虞世南、柳公权、欧阳询、颜真卿。匹亚:彼此相当,不相上下。

③ 圭臬:圭表;喻准则或法度。

④ 鹅池:相传为晋王羲之之养鹅处;在浙江绍兴戒珠寺前,寺即羲之之旧宅。

⑤ 篁:竹林;泛指竹子。

南乡子·沈园

　　春梦柳丝长,一曲《钗头》①犹壁墙。岁月千年何杳渺,难忘,酥手黄藤②罗绮裳。　　漫溯总彷徨,亭上山盟榭下伤。自古难还是情债,未央,鸳梦重温泪几行。

注　释

①《钗头》:指陆游《钗头凤》:"红酥手,黄滕酒,满城春色宫墙柳。东风恶,欢情薄。一怀愁绪,几年离索。错、错、错。春如旧,人空瘦,泪痕红浥鲛绡透。桃花落,闲池阁。山盟虽在,锦书难托。莫、莫、莫!"

② 黄藤:指黄藤酒。

南乡子·孟姜女庙

　　孤岩①峙崖间,日日望夫未见还。哭倒长城难竟意,泪潸②,千载谁人可比肩③?　　拜谒总无言,一庙悠悠对榆关④。莫忘海涸石俱烂⑤,缱绻⑥,只待离人寄梦边。

注　释

① 孤岩:指望夫石。

② 渍:形容流泪。

③ 比肩:并肩;比美。

④ 榆关:即山海关,又称渝关、临闾关,位于秦皇岛东北 15 千米处,是明长城的东北关隘之一。

⑤ 海涸石烂:犹海枯石烂。形容历时久远。比喻意志坚定,永远不变。涸:失去水而干枯。

⑥ 缱绻:情意缠绵不忍分离的样子。

南乡子·绍兴东湖

荡起乌篷船,漫溯春光何处闲。崖际依稀铭翰墨①,潺湲,往事悠悠寄梦边。　放翁②万诗篇,集序兰亭③谁比堪。尝胆卧薪④犹勾践,缠绵,一棹难穷吴越天。

注　释

① 翰墨(hànmò):笔和墨,借指文章、书画等。

② 放翁:陆游,字务观,自号放翁,越州山阴(今浙江绍兴)人。南宋诗人,一生写诗,保存下来的就有 9 300 多首。

③ 集序兰亭:指王羲之的书法和文章《兰亭集序》。

④ 尝胆卧薪:指越王勾践战败后以柴草卧铺,并经常舔尝苦胆,以时时警惕自己不忘所受苦难;后形容刻苦自励,发奋图强。

南乡子·西湖断桥

漫溯断桥边,何处白娘与许仙。莫诧咄①人犹合巹,圣凡,法性[2]一如奚孽缘。　塔镇越千年，岂借倾塌共团圆。不尽悠悠西湖水，缠绵，犹替何人在泪潸。

注　释

① 虺(huǐ)：传说中的一种毒蛇。

② 法性：佛教指一切现象的本质或真实性。

南乡子·终南山

茅茨对孤檠[1]，一管长笛啸月空。行到水穷云起[2]处，鸿蒙，只觅摩诘[3]佛道踪。　天地有无中，大隐南山未是终。一缕红尘皆不染，禅萦，何计人生万里程。

注　释

① 檠：灯架，借指灯；矫正弓弩的器具。

② 水穷云起：出自唐王维《终南别业》："行到水穷处，坐看云起时。"

③ 摩诘：指王维。字摩诘，号摩诘居士。河东蒲州(今山西运城)人，祖籍山西祁县。唐朝诗人、画家。

南乡子·雁荡山

雁荡几回声，大小龙湫[1]落宇穹。疑是观音洒甘露，泠泠[2]，一洗红尘自在行。　丘壑任凭踪，陟顶方能意万重。冀踏永嘉谢公履[3]，娉娉[4]，羽化登仙[5]几梦中。

注　释

① 龙湫：雁荡山中著名瀑布。

② 泠泠：水流的声音；清幽的声音；清凉、凄清的样子；言谈清逸脱俗。

③ 谢公履：即谢公屐。指南朝宋诗人谢灵运登山时穿的一种木鞋。

鞋底安有两个木齿,上山去其前齿,下山去其后齿,便于走山路。

④ 娉娉(pīngpīng):轻盈美好貌。

⑤ 羽化登仙:人得道而飞升成仙;形容人远离尘嚣,飘洒如临仙境。

南乡子·千岛湖

千岛似罗星,何幸置身在蓬瀛。莫憾樯帆①时杳渺,倾听,几处渔歌偕漾声。　雨笠我独钟,鱼蟹网得只简烹。有梦红尘悉世外,萍踪,天地悠悠携侣行。

注　释

① 樯帆:船上的桅杆和帆。

南乡子·蓬莱阁

绝壁势凌穹,拱卫蓬莱故垒①空。千年唐槐②犹古韵,亭亭,一任潇潇一任晴。　瀛阁几凭风,渺渺八仙何处踪。海市蜃楼悉隐迹,冥冥,云抹霓霞落日虹。

注　释

① 拱卫:环绕;卫护。故垒:前人的营垒。

② 唐槐:蓬莱阁天后宫院内有棵唐代栽种的槐树,有一千多年的历史。

南乡子·滕王阁

雄睨洪州①城,往事悠悠何处踪。孤鹜落霞②皆已渺,溟蒙,轳翼③巡回犹碧空。　赣水自流东,莫叹人生总寂零。有待吾侪心寄往,独钟,朗月一轮满宇星。

注　释

① 洪州：古地名。即今江西南昌。

② 孤鹜落霞：出自唐王勃《滕王阁序》："秋水共长天一色，落霞与孤鹜齐飞。"

③ 轸翼：轸宿和翼宿。

南乡子·黄鹤楼

登陟欲凭栏^①，一片苍茫正楚天。崔颢^①梦中黄鹤杳，惭颜^②，高意谁堪圬谪仙^③。　扬子^④竞千帆，心绪寥寥渺宇边。鹦鹉洲^⑤头弥衡迹，萦牵，犹憾今朝远旧年。

注　释

① 崔颢（？—754）：唐诗人。汴州（今河南开封）人。开元进士，官太仆寺丞，司勋员外郎。二十余年宦海浮沉，终不得志。有《崔颢诗集》。

② 惭颜：面有愧色；被人羞辱的脸皮。

③ "高意"句：传说李白游历黄鹤楼时，见到崔颢的《黄鹤楼》，大为叹赏，留下一句感慨"眼前有景道不得，崔颢题诗在上头"，而后指袖而去。

④ 扬子：指长江。下同。

⑤ 鹦鹉洲：传由东汉末年祢衡在黄祖的长子黄射大会宾客时，即席挥就的一篇"锵锵戛金玉，句句欲飞鸣"的《鹦鹉赋》而得名。后祢衡被黄祖杀害，亦葬于洲上。

南乡子·岳阳楼

浩渺洞庭天，何处苍茫隐君山。渔舸^①乘风千棹竞，拳拳，欲觅蓬瀛不计年。　买酒楚云^②边，文曲太白与浩然^③。娥皇女英④皆迹邈,凭栏,思伴湘灵可羽仙⑤。

注　释

① 渔舸:渔船。

② 楚云:楚天之云。

③ 太白:指李白。浩然:指孟浩然。

④ 娥皇女英:又称皇英,长曰娥皇,次曰女英,是传说中帝尧的两个女儿,姐妹同嫁帝舜为妻。参见前文《临江仙·洞庭湖》注。

⑤ 羽仙:羽化登仙略语。

南乡子·雪乡

皑皑①任徜徉,有幸风花雪月乡。一粒红尘悉不染,苍茫,更确北疆是梓桑②。　桂魄几幽光,碧醑犹添野味香。何惮人生时羁旅,疏狂,多少诗情伴夜长。

注　释

① 皑皑:雪白的样子。

② 梓桑:梓木与桑木;代指故乡。

南乡子·庭院

百啭醒黎明,疑是黄莺诧柳青。早起施肥兼渫水,独钟,世外桃源几躬耕。　小酌对幽冥,蛩机时偕知了①声。莫负碧霄悬皓月,倾情,化境无期总院庭。

注　释

① 蛩机:蟋蟀的别称。知了:蝉的俗称。

南乡子·村宴

海碗①总频倾,不醉难酬莫逆②朋。但幸今宵心事渺,细聆,草际树巅有啭莺。 久困在樊笼,斗米折腰③何日终。阛阓久居犹是客,惜惺,殊味人生只自烹。

注 释

① 海碗:特别大的碗。

② 莫逆:比喻朋友之间心意契合,友谊深厚。

③ 斗米折腰:典出《晋书·陶潜传》:"不为五斗米折腰。"原指不会为了五斗米的官俸向权贵屈服;后喻为人清高,有骨气,不为利禄所动。

南乡子·有悟

牢狴讵难堪①,未有囚絷怎涅槃?是法性空俱缘起,拳拳,因果轮回只等闲。 何处不桃源?禅念②皆因心梦圆。诸物一如③悉不动,娟娟,万里无云万里天。

注 释

① 难堪:不易忍受;困窘,尴尬。

② 禅念:谓寂静之念。

③ 一如:佛教语。不二曰一,不异曰如,不二不异,谓之"一如"。即真如之理,犹言永恒真理或本体。

南乡子·春寒

孤衾总难眠,暮雨潇潇正弄寒。谁与伊人共长夜,阑珊,一种相思两梦边。 凛冽岂忧堪,何患形只伴影单。是处有情悉不寂,泫然[①],犹借细霏作泪涟[②]。

注　释

① 泫然:流泪貌;水流动貌。

② 泪涟:泪流不断。

南乡子·讯杳

心绪总难平,未晓伊人何处踪。竟夜无眠难寄梦,冥冥,只恨青鸾[①]不解情。　　叵耐暌离[②]中,徒羡牵织正碧穹。银汉迢迢犹对望,惺惺[③],无限神思到五更。

注　释

① 青鸾:指青鸟。常伴西王母的神鸟,也是西王母的信使。下同。

② 暌离:违背;分离。

③ 惺惺:即惺惺相惜。

【少年游】

少年游·琴

焦桐^①斫就总瑶琴,千载几知音。伯牙子期^②,高山流水^③,一曲袅犹今。 红尘未信无佳侣,万法只唯心。中散弦绝^④,周郎指误^⑤,情寄是谁人。

注 释

① 焦桐:琴名;用烧焦的桐木制成的琴。

② 伯牙子期:即俞伯牙和钟子期。春秋时期的琴师与樵夫,却是一对千古传诵的至交典范。伯牙善于演奏,子期善于欣赏,子期死后,伯牙绝弦,终生不再弹琴,代表作有《高山流水》。

③ 高山流水:喻知己或知音,也喻音乐优美。典出《列子·汤问》。

④ 中散弦绝:嵇康,字叔庭,三国魏文学家、音乐家。官中散大夫,世称嵇中散。曹钟会构陷,为司马昭所杀。临刑前从容弹奏一曲,曰:"《广陵散》至此绝矣。"

⑤ 周郎指误:指三国吴将周瑜;因其年少,故称。"习语有云,曲有误、周郎顾",意思是周瑜能听出曲子中的错误,然后回过头来指正错误。

少年游·棋

黑白泾渭欲争雄,帷幄运筹^①中。比量胆略^②,锱铢寸土,气贯总长虹。 人生何似棋枰埒^③,胜负讵输赢。检点^④心胸,涵容^⑤风雅,中道^⑥自然平。

注　释

① 帷幄运筹：帷幄：古代军中帐幕。筹：计谋、谋划。指拟定作战策略；引申为筹划、指挥。

② 胆略：勇气和谋略。

③ 棋枰：棋盘，棋局。埒：同等；相等。

④ 检点：查看符合与否，查点；注意约束(自己的言语行为)。

⑤ 涵容：包容；包涵。

⑥ 中道：此谓中正之道。佛家语，大乘诸宗无差别、无偏倚的至理。

少年游·书

龙蛇笔走①气填膺，楮墨②总遗情。欧虞颜柳③，苏黄米蔡④，草隶楷篆行⑤。　　兰亭集序右军⑥迹，颠旭⑦醉书风。点染⑧江山，虬曲文字，化境有无中。

注　释

① 龙蛇笔走：犹笔走龙蛇。形容书法生动而有气势。

② 楮墨：纸与墨；借指诗文或书画。

③ 欧虞颜柳：指唐代书法家欧阳询、虞世南、颜真卿、柳公权。

④ 苏黄米蔡：指宋代书法家苏轼、黄庭坚、米芾、蔡襄。

⑤ 草隶楷篆行：指五种书体草书、隶书、楷书、篆书、行书。

⑥ 右军：指王羲之；晋王羲之曾任右军将军，后称羲之为"右军"。

⑦ 颠旭：指张旭；出自《新唐书·张旭传》，唐代书法家张旭嗜酒，每大醉狂走下笔，或以头濡墨而书，既醒自视以为神，世呼"张颠"。

⑧ 点染：绘画时点缀景物和着色；也喻修饰文字。

少年游·画

松风素手染缣①纱，妙笔自天涯。徽宗②花鸟，择端③阛阓，欹倚总烟霞。　林泉涧壑皆留迹,皴④尽几芳华。八大⑤栖禅,四王⑥拟古,求道有仙槎。

注　释

① 缣:双经双纬的粗厚织物之古称。

② 徽宗:指宋徽宗赵佶。在艺术上有极高的造诣,利用皇权推动绘画,使宋代绘画艺术有了空前的发展;自创一种书体,被后人称之为"瘦金体"。

③ 择端:指张择端。字正道,东武(今山东诸城)人。早年游学东京(今河南开封),后习绘画,徽宗朝入翰林图画院,有《清明上河图》传世。

④ 皴:中国画中涂出物体纹理或阴阳向背的一种技法。

⑤ 八大:即朱耷(1626—1705),谱名统𨨧,字刃庵,号八大山人、雪个、个山、人屋等。一度为僧,又当道士。江西南昌人,明宁王朱权后裔。明末清初画家,中国画一代宗师。

⑥ 四王:指清王时敏、王鉴、王原祁和王翚。"四王"以山水画为主,各自画风略有区别,又以师承关系,分为"娄东"与"虞山"两派,影响了中国绘画三百余年。

少年游·梅

蟠柯虬干总耆梅,寒腊竞葳蕤①。不厌残雪,未期繁锦,只待是春归。　犹惜和靖难知处,涧壑掩柴扉②。醉伴梅妻,醺携鹤子,欹倚几夕晖③。

注　释

① 葳蕤:枝叶繁密,草木茂盛的样子。

② 柴扉:柴门;亦指贫寒的家园。

③ 夕晖:夕阳的余光。

少年游·兰

幽兰空谷①少知音,秘境总销魂。轻舒眉叶,漫颦黛蕊,不枉是佳人②。 惜缘吾辈堪期梦,情寄自泉林。不恋清芳③,何迷倩影,偕伴只唯心。

注 释

① 幽兰空谷:即空谷幽兰。形容十分难得,常喻人品高雅。
② 佳人:美女;美好的人。
③ 清芳:清雅的香味。

少年游·竹

人生最契是幽篁,不愧岁寒魂。冬遗粉箨,春苗嫩笋,节劲尚虚心。 长笛一管酬知己,吹彻四时春。摇曳疏窗①,婀娜庭院,偕伴衮红尘。

注 释

① 疏窗:窗棂或窗格不密的窗。

少年游·菊

秋风萧瑟百花杀,唯尔最奇葩。重阳祗老,中秋醉月,何计是天涯。 人生尤契桃源境,五柳衮谁家。东篱采菊,南山耕耨,偕醉几烟霞。

少年游·松

亭亭华盖①数青松,沐雨任凭风。欹栖峭壁,秀拔涧壑,是处

· 134 ·

总峥嵘。　轮回四季悉葱郁②,天地几遗踪。芃伴神祇③,蒌偕宫阙,万物俱和融④。

注　释

① 华盖:指帝王或贵官车上的伞盖;指高贵者所乘之车;指华盖星;指云层上紧贴日月边缘、轮廓不甚规则、内呈淡青色、外呈浅棕色的光环;指树名。

② 葱郁:形容草木青翠茂盛。

③ 芃(péng):植物茂盛的样子。神祇:天神与地祇;泛指神明。

④ 和融:融化,融合;和气,融洽。

少年游·诗

人生不悔是风流,妙笔几曾休。钦吟李杜,祗恭辛轼①,偕趣只佳俦。　清风明月何须滞,化境自恬悠。涧壑羁情,林泉栖梦,棹尽五湖舟。

注　释

① 辛轼:指辛弃疾和苏轼。

少年游·酒

人生不负四时春,碧醅待重温。谪仙邀月,七贤醉箐,情寄几溪云。　何须穷觅泉林地,妙境只唯心。斝①洗红尘,觞消块垒②,天地总同醺。

注　释

① 斝:古代饮酒器。圆口,平底,三足。

② 块垒:比喻郁积在心的气愤或愁闷。

少年游·茶

人间最喜是纤芽,无蕊胜芳华。昔宗陆羽[①],今祇仙客,情寂只唯茶。 红尘漠漠寻丘壑,心事渺天涯。缕缕茗馨[②],丝丝泉韵,随处倚烟霞。

注 释

① 陆羽(733—约804):字鸿渐,复州竟陵(今湖北天门)人。号竟陵子、桑纻翁、东冈子,又号"茶山御史"。唐代茶学家,撰有《茶经》,被誉为"茶仙",尊为"茶圣",祀为"茶神"。

② 馨:散布很远的香气。

【小重山】

小重山·中秋

皓月一轮正碧空,蛩声何落寂,数繁星。迢迢银汉未波平,鹊桥杳,缱绻对谁倾? 鱼雁只凭风,西楼独倚处,泫眸盈。人生不信总征蓬,今纵是,宵夜梦中逢。

小重山·清明

霏霏细雨正清明,苍天犹泪泫,悼亡灵①。老梅缘祭尚残英,纷纷落,千里逝熏风②。 春迥最遗情,谁人瘗③荒冢,总无凭。吾侪只待是萧蒙,思百缕,都付与高穹④。

注 释

① 亡灵:死者的灵魂。
② 熏风:和暖的南风或东南风。
③ 瘗(yì):掩埋,埋葬。
④ 高穹:苍天。

小重山·大暑

人间何处觅清凉,心中咸溽暑,总无央。惜君孤衾梦愁乡①,西北望,浩宇只天狼②。 四季几堪伤,春秋复冬夏,枉恓惶。奚须巨耐叹流芳,情弗滞,境界总无疆。

注　释

① 愁乡：愁苦之乡。

② 天狼：指天狼星，天空中非常明亮的恒星，属于大犬座。古以为主侵掠，典出《九歌·东君》。

小重山·神农架^①

神农架上拜神农^②，犹钦尝百草，屡巡行。野人何处可寻踪？峦顶眇，湘楚任凭风。　　英果枝头擎，猿猴山间戏，鹧鸪^③鸣。人生有梦总遥程，山寥寂，长啸与谁听？

注　释

① 神农架：在湖北西部、大巴山区，邻接重庆，为全国著名原始林区之一，产有金丝猴和全身白化的熊、獐等珍稀动物。

② 神农：亲尝百草，发展用草药治病；发明刀耕火种，创造了两种翻土农具，教民垦荒种植粮食作物；领导部落人民制造出了饮食用的陶器和炊具。传说神农即炎帝，华人自称炎黄子孙，将炎帝与黄帝共同尊奉为中华民族人文初祖。

③ 鹧鸪：动物名，鸟纲鸠鸽目；体大如鸠，头顶暗紫赤色，背灰褐色；嘴红，腹部带黄色，脚深红；群栖地上，营巢于土穴中。

小重山·长江新济洲岛

未期现世有桃源，波中连五屿，远尘寰。鸡鸣犬吠^①是何年？犹畋猎^②，野味佐醪欢。　　荷芰碧长天，拱廊杂树簇，旷耕田。垂纶耆叟^③钓鱼闲，夕阳下，扬子渺无边。

注　释

① 鸡鸣犬吠：鸡啼狗叫；形容乡野田舍人群聚居的情景。

② 畋猎：打猎。

③ 耆叟：老叟。

小重山·羁旅

　　五年羁旅滞谁人？苍天应不负，道佛心。浮生绮梦四时春，何须羡，钟鼎与泉林。　　雁过宇无痕，鱼翔沙有迹，藉缘因。囚縻权且是修身，奚坎壈，情寄只禅轮①。

注　释

① 禅轮：即佛轮。非但人人平等，乃至大千世界一草一石，皆具足佛性；得悟此性，则自心是佛，自心作佛。

小重山·夜梦

　　昨宵绮梦幸成真，娇嗔频相问，瘦癯①因。一抔②粗粝总强身，射雕志，弓挽尚千钧。　　何处不牵魂？天涯犹咫尺③，只唯心。胸中不染杳红尘，华胥梦，岂患聚与分？

注　释

① 瘦癯：干缩；清瘦。

② 一抔：一捧。

③ 咫尺：形容距离很近。

小重山·生日

　　萧疏华发满头霜，五七岁月杳，忒荒唐①。红尘徒累梦犹长，人缧绁,心绪怎堪伤。　　佛界总无疆,任凭风雨去,壮胸腔。宜将侘傺寄苍茫,情浩渺,不减少年狂。

注　释

① 荒唐: 错误到使人觉得奇怪的程度。

【青玉案】

青玉案·曲院风荷

清风缕缕西湖过,荷与芰、竞约绰。无限波光丹碧色,鸳鸯颈戏,黄莺语惬,欹倚高亭榭。　藕花深处渔人乐,杳渺红尘天地阔。境界人生悉落拓①。携归霓霭,融合仙魄,情寄向天阙。

注　释

① 落拓:豪放,放荡不羁;穷困潦倒,寂寞冷落。

青玉案·西湖暮游

西湖岸畔悄凝伫,岚波邈、斜阳暮。漫棹轻楫奚客渡。归巢倦鸟,觅窟①狐兔,吾辈知何处?　携伊踏遍天涯路,瀛海蓬山莫辜负。雨笠烟蓑风簌簌②。南屏钟磬,三潭屿渚③,应是耆归宿。

注　释

① 窟:空间狭小的土穴。
② 簌簌:肢体发抖的样子;纷纷落下的样子。
③ 渚:水中的小块陆地。

青玉案·平湖秋月

平湖秋月漪波澹,烟渺渺、水漫漫。银汉牛织犹对盼。今朝饯酒,曩昔①别宴,杳冥苏堤畔。　梅妻鹤子谁人见？坡老香山②悉已远。西子四时咸潋滟。难疏婉娈③,未辞缱绻,凝伫垂杨岸。

注　释

① 曩昔(nǎngxī)：从前。

② 坡老：指苏轼。香山：即香山居士,白居易晚年的别号。

③ 婉娈：妇女言语、容貌温婉柔顺的样子;形容春光明媚。

青玉案·雷峰塔凭栏

雷峰塔上凭栏望,霭千顷、偕碧漾。许子白娘情怅怅①。谁家鸥鹭,眠波戏浪,引我江湖想。　西湖最契携俦畅,恨海情天任疏放②。鹤子梅妻轻将相。一蓑烟雨,两楫沧浪,穷尽平生旷。

注　释

① 怅怅：失意不快貌。

② 疏放：舒散放纵,不拘束。

青玉案·庚子冬见梧桐残叶

梧桐墙角犹残叶,正泠风、悄肆虐①。难禁寒冬倾凛冽。余晖落日,凄霜苦雪,天地唯萧瑟。　无明未悟皆长夜,不信青冥②非碧落。缕缕红尘皆漠漠。孤松拥翠,老梅纷赭③,只待春光泄。

注　释

① 肆虐：恣意作恶为祸。

② 青冥：青色天空。碧落：道家认为东方最高的天有碧霞遍布,故称

为"碧落"。后用以指天空。

③ 赭：红褐色。

青玉案·禅境

人生何处堪留迹,红尘境、谁轻觑^①?瀛海蓬山牵意绪。偕觞碧醁,同椽^②诗笔,唯只佛禅寄。　清风明月何须觅,道法自然方妙谛^③。一缕红尘悉不殢。五湖泛棹^④,烟蓑雨笠,天地遨游去。

注　释

① 轻觑：轻视、小看的意思。

② 椽：放在檩上架着屋顶的木条。

③ 妙谛：精妙之真谛。

④ 棹：泛舟。

青玉案·有思

吾侪何处堪高亢^①,桃源境、五湖漾。雨笠烟蓑江海上。垂纶风月^②,棹舟沧浪,只作天涯想。　犹惜耆岁方疏放,不悟佛禅难破惘^③。羁旅坦途皆骀荡。田园偕老,情溟共桨,倾尽平生畅。

注　释

① 高亢：(声音)高而洪亮;(地势)高。

② 风月：清风明月;也指声色场所,风骚、风情。

③ 惘：失意;不知如何才好。

青玉案·悟

凭何吾辈红尘度,唯佛道、堪彻悟^①。勘破无明悉净土^②。鹣衣③百衲,清茗千苦,真我栖心处。   身犹羁旅期何护?化境人生总无住④。暮鼓晨钟消凛暑。畴昔五柳,今朝释祖,不负唯烟渚⑤。

注 释

① 彻悟:看透世事,有所领悟。

② 净土:佛教指没有尘俗庸俗气的清净世界。

③ 鹑衣:补缀的破旧衣衫。

④ 无住:实相之异名。谓法无自性,无所住着,随缘而起;佛教称"无住"为万有之本。

⑤ 烟渚:雾气笼罩的洲渚。

青玉案·孟春垌游

青阳骀荡江南地,心最契、莺声细。鸿雁塞归犹宇际。收戢冬羽①,放飞春绪,畅我游垌履。   犹怜吾辈堪长寄,身似飘萍②心若系。忘却轮回和四季。不疏穹阔,难嗔云翳③,情寂高天碧。

注 释

① 戢(jí):收敛,收藏;停止。冬羽:鸟类于春秋两季更换体表的羽毛;秋季更换的新羽称冬羽。

② 飘萍:飘流的浮萍;喻流离漂泊。

③ 云翳:云;阴影。遮蔽,遮掩;遮蔽物。

青玉案·呼伦草原

扬鞭策马荒原去,访毡帐、采云缕。相会敖包①情几许?露圆草梦,风传爱语,情绮何须寄。   天人奚境堪合契,世外尘中只慵觑。冀倩高歌千万里。鸣虫同唱,虬川共曲,道法唯穹宇。

注 释

① 敖包：蒙古语，意为木、石、土堆。原是道路和境界的标志，后来逐步演变成祭山神、路神和祈祷丰收、家人幸福平安的象征。

【西江月】

西江月·闺情

　　俏鬟高髻①翠黛,娇身笑靥雍容。红尘谁可竞娉婷,爱意时时唤醒。　爨灶②厅堂妙手,相夫教子菁英③。犹惜风雨总携行,卅载与君同梦。

注　释

　　① 髻(jì):在头顶或脑后盘成各种形状的发式。
　　② 爨(cuàn)灶:炉灶。
　　③ 菁英:精华;比喻事物最精粹、最美好者。指最优秀的人才。同精英。

西江月·离情

　　心上凄凄酸楚①,眉间淡淡哀愁。不知羁旅几时休,暌违谁人等候。　岁月难留青鬟,时光霜染白头。文君司马总千秋,一对笃情②媪叟。

注　释

　　① 酸楚:苦楚;悲痛。
　　② 笃情:指情深义笃。

西江月·相思

　　羁旅枉斑潘鬓,离思犹待韩香①。天涯咫尺总无疆,唯有伊

人心上。　忆往相依眷侣②,惜今分袂鸳鸯。高山流水未渠央,
何必徒然凄怆③。

注　释

　　① 离思:离别后的思绪。韩香:晋贾充女午与韩寿私通,并把皇帝赐
其父之外域异香赠寿。见《世说新语·惑溺》。后以"韩寿香"指异香或男
女定情之物。
　　② 眷侣:互相眷恋的伴侣或情侣。
　　③ 徒然:白白地;不起作用;没有效果。凄怆:悲伤;悲凉。

西江月·岁寒三友

　　柳寂槐慵杨索①,松青竹翠梅英。谁言凛冽总无情,唯愿高
洁②共命。　节劲柯遒③蕊放,霜欺雪虐风凌。岁寒只是慰寥
冬,祈与青阳同梦。

注　释

　　① 索:此指孤单,孤独。
　　② 高洁:高尚纯洁;指高洁之士;指诗文风格高古洗炼。
　　③ 遒:雄健有力。

西江月·椿萱

　　列列萧疏华发,苍苍虬曲白髯。睽离六载总潸然①,晨祷午
思夜盼。　未忘身间针线,何曾眸里泪干。人生羁旅待倏然②,
再续天伦缱绻。

注　释

　　① 潸然:流泪的样子。

② 倏然：迅疾貌。此指忽然终止。

西江月·辛丑守岁

一刹钟声分岁，两抔粝饭①履年。人生羁旅只悠然，何惮鸿毛坎壈。　辛借今朝蹭蹬，思期翌日②涅槃。清风明月总心间，长憩苍梧阆苑。

注　释

① 粝饭：糙米饭。
② 翌日：第二天；明天。

西江月·七夕

天上七夕星熠，人间几度睽离。牛织相会总难期，唯怅银河迢递。　渠辈悭遗爱果①，吾侪注定情依。任谁借我陟云梯，重将鹊桥架起。

注　释

① 渠辈：他们。爱果：佛教语。爱的果实，谓爱欲之果极。

西江月·中秋

天上一轮皓月，人间几度清凉。孑伊孓我共蟾光①，莫负朗秋骀荡。　吾睇②银河织女，汝瞻星汉牛郎。七夕载载鹊桥梁，未枉一生守望。

注　释

① 孑伊孓我：孑缺右臂，孓缺左臂。喻须相互扶助。蟾光：即月光，因

为中国古代文化中常用蟾蜍来代表月亮。

② 睨：眼睛斜看；也泛指看。

西江月·清明

天上潇潇春雨，人间寂寂清明。缘何苍宇总潸①倾，魂杳离离②祭送。　奚处幽冥鬼魅③，是时碧落湛澄。焚香三炷吊亡灵，不枉红尘化境。

注　释

① 潸：泪流不止貌；雨水不止貌。
② 离离：盛多、浓密、井然有序貌；旷远、明亮、光鲜貌。
③ 鬼魅：泛指鬼怪之物。

西江月·元宵

天上素娥岑寂①，人间绮梦千重。离觞②聚醑最遗情，尤契元宵酩酊③。　绿女罗衣④翠袖，曲桥谜语花灯。谁人尘世不征蓬，唯愿长息倥偬⑤。

注　释

① 素娥：嫦娥的别称，亦用作月的代称；白衣美女，指月宫仙女。岑寂：高而静，亦泛指寂静；寂寞，孤独冷清。
② 离觞：离杯，即离别的酒宴。
③ 酩酊：醉得迷迷糊糊。形容大醉。
④ 罗衣：轻软丝织品制成的衣服。
⑤ 倥偬：忙乱；事情的纷繁迫促。

西江月·端午

《天问》《离骚》《橘颂》，荷衣兰佩芷①萍。湘风楚韵总惺惺，长唤世人皆醒。　　千载兰舟竞渡,今朝沧浪濯缨。最欣屈子伴征程,不枉神州龙凤。

注　释

① 荷衣:用荷叶制成的衣裳;亦指高人、隐士之服。芷:白芷,香草名。

西江月·立春

柳待青丝摇曳,梅期绿萼①繁英。江南塞外漾春情,只是残冬未竟②。　　哪处陂塘③鸭戏,何时阡陌禾耕。青阳绮梦借熏风,万物悄悄苏醒。

注　释

① 绿萼:绿萼梅的简称。梅花名品,是最具君子气质的梅花。
② 未竟:没有完成(多指事业);未达到;未终结。
③ 陂塘:池塘。

西江月·雨水

方睇庭中柳翠,又期陌上花醺。英飞絮袅最销魂,何忝青阳几瞬。　　穹际渐渐蒙雨①,尘间沥沥甘霖②。天人合契四时春,不负浮生百稔③。

注　释

① 渐渐:风声、雨声或下雪声。蒙雨:毛毛细雨。
② 沥沥:形容风声或水声。甘霖:久旱之后下的雨;及时雨。
③ 稔:庄稼成熟;年,一年;熟悉(多指对人)。

西江月·惊蛰

眠虫何时苏醒?雏莺奚处稚鸣。孟春犹遣柳条青,万物惊蛰^①萌动。　　千载轮回难竟,一夕岁月须争。嫣红姹紫翌朝盈,不负阳吹^②绮梦。

注　释

① 惊蛰:二十四节气之一。在公历 3 月 5、6 或 7 日。此时气温上升,土地解冻,春雷始鸣,蛰伏过冬的动物惊起活动,故名。蛰:动物冬眠,不食不动。

② 阳吹:指春风。

西江月·春分

逆笋^①悄悄破土,寒梅漠漠飞英^②。风偕丝柳竞娉婷,是处尘寰郁蓊^③。　　啖^④尽椿香况味,榨穷湖漾碧清。人生难负是春醒,多少吾侪绮梦。

注　释

① 逆笋:破土猛长的竹笋。

② 飞英:飘舞的雪花,比喻梅花飘落。

③ 郁蓊:指草木茂盛貌。

④ 啖:吃或给人吃;用利益引诱人。

西江月·谷雨

丘壑难辞谷雨,人间俄到长赢^①。轮回四季总惜惺,犹望萋萋夏梦。　　池芰亭亭荷盖^②,塍禾曳曳绿英。躬耕不辍^③待年丰,莫忘青阳播种。

注　释

① 俄:短时间,须臾。长赢:夏天的别称。

② 荷盖：指荷叶。

③ 辍：中止，停止。

西江月·立夏

柳上鸣蝉噪夏，陂中曳茇惜春。莺歌燕舞未辞频，捎去朱明芳信①。 天地轮回四季，乾坤往复一因。人间收获靠耕耘②，只待繁花似锦③。

注　释

① 朱明：古代传说中的火神祝融；夏天的代称。芳信：花开的讯息。

② 耕耘：指犁地除草；泛指农耕之事；还比喻辛勤劳动。

③ 繁花似锦：繁茂的鲜花好像锦缎一样。形容美景和美事。

西江月·芒种

不负神州禾稻，犹惜华夏桑蚕①。春华秋实②倩耕田，布谷③声中汗漫。 唯计今朝播种，未期翌季殷繁④。红尘来去只心闲，莫滞人间俭赡。

注　释

① 桑蚕：种桑与养蚕，是古代农业的重要支柱。

② 春华秋实：春天开花，秋天结果；比喻人的文采和德行；现也比喻学习有成果。

③ 布谷：指布谷鸟，似杜鹃鸟而体较大，好食毛虫，有益森林。因叫声似"布谷"，又鸣于播种时，故相传为劝耕之鸟。

④ 翌季：下一个季节。殷繁：富裕，繁盛。

西江月·小满

碧漾陂塘小满,雏莺羽翼未丰。尘间万物只初荣,冀借朱明耿耿①。　稚稻尚需水灌,嫩禾有待耘耕。农时最惮是疏慵②,秋获谁人酩酊。

注　释

① 耿耿:此谓明亮,显著,鲜明。

② 疏慵:疏懒,懒散。

西江月·夏至

漠漠昊天①长昼,寥寥碧宇疏星。犹欣夏至惮幽冥,最是人间阳盛。　万物宜承雨露,千华正可繁英。何时节序②俱怡情,皆济吾侪绮梦。

注　释

① 昊天:此指夏天。

② 节序:节令,节气;节令的顺序。

西江月·小暑

值恰人间小暑,未欣天上清寒。何期酷溽可阑残,只惮一时汗漫①。　庭柳未息摇曳,池荷难辍翩跹。轮回四季总悠然,无住可消羁绊。

注　释

① 汗漫:漫无标准,浮泛不著边际;水大渺茫无际的样子。此喻流汗之多。

西江月·大暑

何奈人间溽暑,唯期阆苑清秋①。柳梢蝉噪讵添愁,莫被红尘所囿②。　不患寒暄③更替,难辞岁月轮休。奚时吾辈践盟鸥④,一去诸烦渊薮。

注　释

① 清秋:明净爽朗的秋天。
② 囿:局限,拘泥。
③ 寒暄:泛指见面时彼此问候起居或泛谈气候寒暖之类的应酬话。此处指寒暖。
④ 盟鸥:与鸥鸟订盟同住水乡,喻退隐;指结为伴侣的鸥鸟。

西江月·立秋

塘坳悠悠蓬①逝,林枫渐渐丹幽。倏忽夏杪②已清秋,最契金天③时候。　意寄高穹阔宇,情羁鸿雁白鸥。人生归宿只鳌丘④,沧浪濯缨渔叟。

注　释

① 塘坳:池塘;低洼积水的地方。蓬:指蓬草。草本植物;叶像柳叶,边缘有齿,瘦果上有白色刺毛。
② 夏杪:夏天的末尾。
③ 金天:西方之天;指秋天,秋天的天空。
④ 鳌丘:海上仙山。

西江月·处暑

昨日方辞溽暑,今朝已沐清凉。柳梢蝉噪总难央,犹待与君同唱。　　但醉金风①百里,期擎醑酒千觞。人生莫负几秋光,情寄五湖碧漾。

注　释

① 金风:秋风。

西江月·白露

今日仲秋①白露,翌朝旻杪②寒霜。飞鸿捎去几清光③,悄染层峦叠嶂。　　遍赏尘寰姹紫,何羁碧宇苍凉④。浮生绮梦总悠长,不枉人间天上。

注　释

① 仲秋:秋季的第二个月,即农历八月。
② 旻杪:秋末。
③ 清光:清美的风采;清亮的光辉。
④ 苍凉:荒芜悲凉。

西江月·秋分

正恰寒暄相较,何因昼夜等长①。秋风衰飒②总苍凉,把酒凄然③北望。　　塞外黄沙漫野,江南落叶飘江。枫林凋尽见修篁④,莫负平生高亢。

注　释

① 昼夜等长:值秋分日,白天和夜晚的时间相等。
② 衰飒:枯萎;衰落。
③ 凄然:凄凉悲伤貌。
④ 修篁:修竹,长竹。

西江月·寒露

苍宇滴滴寒露,尘间飒飒泠风。塞鸿不过祝融峰①,疑与火神②同梦。　捎去北疆落紫,携来南苑飞红。穹高宇阔任征程,秋杪③谁人能竟。

注　释

① 塞鸿:塞外的鸿雁。祝融峰:南岳衡山最高峰和主峰。参见前文《浪淘沙·衡山》注。

② 火神:是民间俗神信仰中的神祇之一,汉族民间信仰和传说中最著名的火神为祝融。

③ 秋杪:暮秋,秋末。

西江月·霜降

丛柳缃丝殚霭,林枫丹叶知秋。乾澄坤彻一眸收,莫与寂寥邂逅①。　宇际欹翔鸿雁,溟中簇邀白鸥。谁人可共碧穹游,莫负江天依旧。

注　释

① 邂逅:不期而遇。

西江月·立冬

南国犹悭片雪,北疆已是寒冬。草凋无处不伤情,紫杳嫣赊孤另。　莫怪尘间落寂,难疏嚣世惜惺。人生何计几征蓬,天地由谁蹀躞①。

注 释

① 蹀鞚：谓跨马驰骋。

西江月·小雪

踏遍北疆皑雪①，掇穷南苑②落英。琼瑶③天降绪难平，最契穹高地迥。　意殚萧萧塞野，情随杳杳飞鸿。何因羁旅枉迷踪，是处人间憧憬④。

注 释

① 皑雪：白雪。亦比喻素服。
② 掇：拾取，摘取。南苑：位于北京城南，原是元明清三代皇帝出游狩猎的地方，也称南海子。
③ 琼瑶：美玉；喻别人酬答的礼物、诗文、书信等。此比喻似玉的雪。
④ 憧憬：对某种事物的期待与向往。

西江月·大雪

瑞雪人间皓皓①，琼瑶②岩壑森森。清寒总是彻乾坤，只憾尘缘未尽。　何怨今朝漠漠，未期来日茵茵。轮回天地净俗魂，睥睨倏忽凄凛③。

注 释

① 皓皓：洁白貌；高洁貌。
② 琼瑶：指雪。
③ 睥睨：眼睛斜着看；表示傲视或厌恶。凄凛：寒冷；寂寞冷落。

西江月·冬至

冥界幢幢①鬼影，人间冽冽清寒。妄心何拟九重天②，徒滞宵长昼短。　袅袅焚香三炷,茕茕趺坐^③一禅。释佛聊道可穷年,奚处红尘坎壈。

注　释

① 冥界:佛教语,地狱、饿鬼、畜生三道的总称。俗谓阴间。幢幢:回旋貌,晃动貌;往复不绝貌。

② 九重天:古人认为天有九重,比喻天的高远。喻指帝王。

③ 茕茕:形容忧思的样子,孤独无依的样子。趺坐:指佛教徒盘腿端坐,左脚放在右腿上,右脚放在左腿上。

西江月·小寒

寂夜何因徒短,寥宵奚故庸长。皆缘寒骤^①甚疏狂,凄怆乾坤模样。　不惮冬倾凛冽,唯期胸蕴青阳。此心安处是吾乡^②,天地任凭俯仰。

注　释

① 寒骤:天气忽然变冷。

② 此心安处是吾乡:最早出自唐白居易《初出城留别》:"我生本无乡,心安是归处。"让其闻名天下的,却是宋代一名叫柔奴的歌姬。当年,苏轼的朋友王定国被贬谪到荒凉之地岭南,其歌姬柔奴毅然随行。几年后,王定国携柔奴北归,跟苏轼重逢。酒席上,苏轼问柔奴这几年过得如何?柔奴说:"此心安处便是吾乡。"苏轼听后大为感动,乃作《定风波》一首:"常羡人间琢玉郎,天应乞与点酥娘。尽道清歌传皓齿,风起,雪飞炎海变清凉。万里归来颜愈少,微笑,笑时犹带岭梅香。试问岭南应不好,却道:此心安处是吾乡。"

西江月·大寒

几度神州肃杀^①,一夕华夏青阳。自然道法只寻常,犹冀春

风殆荡。　寒柳垂丝尚袅,翠筠琅玕难央。已臻②化境总无疆,
莫负人生倜傥。

注　释

① 肃杀:形容秋冬季树叶凋零、寒气逼人的情景。
② 臻:达到(美好的境地);引申为周全。

西江月·西溪湿地

　　澹月①幽波曲岸,蒹葭杨柳鸣蝉。人生何处可穷年,应是西
溪宵晚。　漫啜东坡碧醑,轻楫居易楼船。与伊绮梦总无边,一
曲缠绵歌远。

注　释

① 澹月:清淡的月光。亦指月亮。

西江月·桃花

　　信步郊坰溪畔,春风杨柳毵毵。桃花流水总儵然,正是青阳
缱绻。　莫枉红尘浪漫①,但期绮梦重圆。人生不负只婵娟,崔
护②今朝无憾。

注　释

① 浪漫:富有诗意,充满幻想。
② 崔护(?—831):唐诗人。字殷功,以《题都城南庄》流传最广;该诗
以"人面桃花,物是人非"这样一个看似简单的人生经历,道出了千万人都
似曾有过的共同生活体验,为诗人赢得了不朽的诗名。

【南歌子】

南歌子·闲情

春孟①采红缕,夏仲②漾扁舟。谁人可与共白头,唯愿天涯海角两偕游。　　不枉青穹碧,任凭江水流。蓬山瀛海总难休,最契携伊纤手到沧洲。

注　释

① 春孟:孟春;初春。
② 夏仲:即仲夏;夏季的第二个月,即农历五月。

南歌子·畅怀

误入红尘境,倏忽已卅年。几曾情滞是桃源,只憾人生羁绊总难阑。　　品尽谪仙酒,瞻穷五柳天。吾心安处即林泉,犹待烟蓑雨笠海瀛间。

南歌子·相思

翠鬟①轻轻挽,黛眉俏俏鬈。娉婷卅载是谁人,长忆君醺吾醉俩销魂。　　难揾②醒时泪,唯惜梦中真。苍天不负总痴心,捎寄相思今藉只白云。

注　释

① 翠鬟:指黑而光润的鬟发。

② 揾：按，浸没；拭，擦。

南歌子·离恨

无奈梦俄醒，使吾枉寄情。六年分袂总惺惺，长恨江川^①西注只流东。　不信暌离命，牛织自有凭。朝夕遥对盼朱明，犹待鹊桥倏就泪频倾。

注　释

① 江川：江河，河流。

南歌子·寄妻

漫画春山黛，难遮娇态羞。人生不悉是风流，最幸与君千载共白头。　偕啜合欢^①酒，同栖筑爱楼。谁侔爱侣并情俦，直到海枯石烂地天休。

注　释

① 合欢：联欢；和合欢乐。

南歌子·时光

昨日方青鬓，今朝已皓头^①。时光荏苒几时休？应记名缰利锁^②只浮沤。　不恋金丝带，何惜毳貂裘^③。江天万里任眸收，踏遍蓬山瀛海践鸿猷^④。

注　释

① 皓头：白头；借指老年人。
② 名缰利锁：名利束缚人就像缰绳和锁链一样，会把人束缚住。

③ 毳(cuì)：鸟兽的细毛。貂裘：用貂的毛皮制做的衣服。

④ 鸿猷：鸿业，大业；深远的谋划。

南歌子·小年①

点起香三炷，来祇曩灶王。红尘滚滚总无央，祈福风调雨顺②梦悠长。　离泪何时竟，绵思奚处藏。寥宵寂夜酿恓惶，但冀一轮圆月照吾乡。

注　释

① 小年：北方多是腊月二十三过小年，南方则多是腊月二十四过小年。小年，也被称为祭灶节、灶王节。灶王爷要上天向玉皇大帝禀报人间善恶，到除夕夜再返回灶底，奉旨赏善惩恶，或赐福或降灾。

② 风调雨顺：风雨及时适宜；形容风雨适合农时。调：调和；顺：和协。

南歌子·辛丑年

漫理白髯①首，轻拂破衲襟。犹欣牢狴最铮魂，使我不羁钟鼎殢泉林。　勘破畴昔惘，彻澄今日心。人生莫忝只清樽，情寄清风明月待深醺。

注　释

① 白髯：白胡子。

南歌子·辛丑除夕

摆起清汤宴，悠欣牢狴年。银花火树①九重天，试问一轮缺月几时圆？　坎壈何须惧，坦夷岂必耽②。人生莫负鬓皤然③，岁月轮回吾辈总扬帆。

注 释

① 银花火树：比喻灿烂的焰火或灯火。犹大树银花。
② 坦夷：宽而平坦；也指坦率平易。耽：迟延；沉溺。
③ 皤然：头发斑白的样子。

南歌子·岁杪遥祝

昨遣一鸿雁，今托几青鸾。①封封缱绻百回缄，遥祝娇伊爱女总婵娟。　　九夏忧衣暖，三冬悼衾寒。谁人岁杪可穷年，犹倩银花火树酹遥天。

注 释

① 鸿雁、青鸾：皆比喻书信。

南歌子·家信

满纸叮咛①语，盈笺②缱绻言。笃情字里并行间，犹信娇妻纤笔大如椽。　　常赴酬宾宴，频积孝亲贤。千斤重担一人肩，六载爱巢依旧待吾还。

注 释

① 叮咛：再三嘱咐；殷勤；仔细。
② 笺：写信或题词用的纸；此指信札。

南歌子·冬雨

窗外潇潇雨，衾中漠漠魂。清寒何故凛乾坤，长憾世人计果不寻因。 唯望红尘净,最希阆苑春。悄将吾愿寄鸿鳞①,捎去虔情挚爱慰离魂②。

注　释

① 鸿鳞:雁与鱼;指代书信。

② 挚爱:真诚的爱;指非常珍爱的人或物事。离魂:指远游他乡的旅人;指游子的思绪;脱离躯体的灵魂。

南歌子·岁末雨夜闻莺声

莺啭声声细,客心①寂寂寒。谁人病榻度徂年②?悄伴青冥泫泪洒江天。 勿把发搔③断,何须香篆残。清茗一盏寄鸿鸾④,犹待娇伊梦里共婵娟。

注　释

① 客心:游子的心情。

② 徂年:流年,光阴。

③ 搔:挠;用手指甲轻刮。

④ 鸿鸾:鸿指大雁;鸾指青鸾,西王母的信使。此合指书信,讯息。原意为鸿、鸾高飞凌空,因用以指贤德之士。

南歌子·参禅

勘破红尘境,方疏嚣世喧。谁人悟道①并参禅,一去昏暝②是处艳阳天。 本就无牵挂,何须枉盖缠③。名缰利锁只徒然,五柳随风摇曳总氅氅。

注　释

① 悟道:证悟真理;佛教指领会佛理。

② 昏暝:昏暗;黑暗。

③ 盖缠:佛教谓五盖与十缠皆烦恼之数,故以之指代烦恼。

南歌子·春游

畅沐晨时雨,微熏暮际花。波亭水榭几人家。且弄陶琴桓笛①醉烟霞。　　踏遍田间路,采归陌上茶。桃源市井只桑麻。冀伴情俦佳侣走天涯。

注　释

① 陶琴:即陶令琴。《晋书·陶潜传》:"(潜)性不解音,而畜素琴一张,弦徽不具,每朋酒之会,则抚而和之,曰:'但识琴中趣,何劳弦上声!'"后用为典实。桓笛:即桓郎笛或桓伊笛。《晋书·桓伊传》载,桓伊为江州刺史,善吹笛,独擅江左。谢安位显功盛,为人所谮,孝武帝疑之。会帝召伊饮宴,安侍坐。帝命伊吹笛,吹一弄后,伊请弹筝,而歌《怨诗》曰:"为君既不易,为臣良独难;忠信事不显,乃有见疑患。"声节慷慨。安泣下沾衿,乃越席捋其须曰:"使君于此不凡!"帝甚有愧色。后因以"桓郎笛"为巧用乐曲传达心曲的典故。

南歌子·闲情

未晓红尘寂,何言阆苑婷。人生不愧只桑麻。安放心灵何处是吾家。　　漫啜东坡酒,细烹五柳茶。但思欹倚可烟霞。佛法聃思①伴我走天涯。

注　释

① 聃思:指老子的道家学说。

南歌子·闲思

拼却①红尘酒,方珍阆苑茶。人生不过只桑麻,凭借清风明月走天涯。　利锁昔羁绊,名缰今逼拶②。觳觫五柳翳谁家?携伴佳俦挚友倚烟霞。

注　释

① 拼却:豁出去;不顾;舍得。
② 逼拶:犹逼迫。

南歌子·元旦

尚未苍灵①至,犹弗凛冽终。最惜一载太匆匆,何奈春来冬去总无凭。　莫滞畴昔怅,唯羁今日行。轮回四季总冥冥,应是循坤顺宇了余生。

注　释

① 苍灵:即青帝。我国古代神话中的五天帝之一,是位于东方的司春之神。

南歌子·腊八节①

有幸佛成道,方堪世湛清②。菩提树③下破无明,千载法轮④常转果因中。　食罢腊八饭,再敲宝刹钟。人间最喜泰康平,睥睨残冬料峭只冥冥。

注　释

① 腊八节:在每年的农历十二月(腊月)初八日,又称为“佛成道日”“腊日”等。民间这一天有喝腊八粥的习俗。
② 湛清:清澈。
③ 菩提树:印度的一种著名榕属植物,因植株高大、寿命长和经济用途上为虫胶的来源而著称。传说两千多年前佛祖是在菩提树下修成正果

的,因此被视为"神圣之树"。

④ 法轮:梵语,意指佛法。又称梵轮,或宝轮。依据印度的传说,佛陀说法,如同转轮圣王治天下时转宝轮降伏众魔,能摧破众生之恶,济度一切众生,因此以车轮为喻而称之为法轮。故佛之说法称为转法轮,而佛最初说法的经典也叫作《初转法轮经》。

南歌子·春节

　　鼓乐息天寂,烟花破宇鸣。神州大地沐春风,应是人间年兽①杳无踪。　　门上倾情对,檐间报喜灯。当歌对酒饮千钟,祈福亲朋挚爱顺安平。

注　释

　　① 年兽:民间神话传说中的恶兽,每到新年之夜便会出来行凶作恶,故名。

南歌子·元宵节

　　仰望天穹月,环看宇际星。山河大地漾春风,正可乾高坤阔展鹏程。　　结彩亭楼翼,偕鸣锣鼓声。臆猜谜语竞钟灵,擎起一杯碧醑酹遥空。

南歌子·情人节①

　　爱侣思难竟,情侪意未终。圣徒②千载尚惺惺,猜臆五湖四海两心同。　　送汝千金钻,赠伊万贯③屏。何如三世俱偕行,期效文君司马贯平生。

注　释

　　① 情人节:欧美等国的节日,在每年2月14日。这一天,情人们会赠

送礼物互诉衷情。

②圣徒：指罗马基督教殉教者瓦伦丁（Valentine）。神父在公元 270 年（一说 269 年）2 月 14 日受害而死，因其亦为情人的护卫者，后遂定此日为 Valentine's Day（即情人节）。

③万贯：指一万贯铜钱；形容钱财极多。

南歌子·三八妇女节

漱玉填词婉①，木兰②替父军。巾帼千载驻精魂，犹记三迁孟母③圣贤心。　哺乳苍生壮，舐犊④孙子荫。频忧惟只碌劳⑤身，有待温柔乡里醉乾坤。

注　释

①漱玉：指李清照。婉：和顺；（说话）曲折含蓄。

②木兰：文学故事人物。曾女扮男装，代父从军。故事最早见于北朝民歌《木兰辞》，其姓氏或作花，或作朱，或作木，并无确证。

③三迁孟母：即孟母三迁，出自汉刘向《列女传·母仪》。指孟轲的母亲为选择良好的环境教育孩子，三次迁居。

④舐犊：老牛舌舔小牛，所以示爱；喻人对子女的疼爱。

⑤碌：繁忙；平凡（指人）。

南歌子·端午节

食罢青蒿①粽，再将五彩②缠。神州竞渡看龙船，千载星辉熠熠只屈原。　频咏《离骚》赋，屡吟《天问》篇。人间大美总椒兰③，应是今贤往圣法尘寰。

注　释

①青蒿：菊科二年生草本植物。叶互生，细裂如丝，有特殊气味。茎、

叶可入药。嫩者可食。

② 五彩:指五彩绳,又称五彩丝、五色丝等。传统节日习俗,一般在端午节佩戴五色丝线以辟邪,兼有祈福纳吉的美好寓意。

③ 椒兰:指椒与兰,皆芳香之物,故以并称。喻美好;美好贤德者。

南歌子·癸卯七夕

冀觅穹中月,犹瞻宇际星。牛郎织女杳冥冥,最憾迢迢银汉阻归程。　契阔红尘事,暌离天上情。纵然千载也相逢,但愿人间大爱越时空。

南歌子·中元节

魍魉①频游荡,魅魑屡肆②张。何疑冥府有阎王③,不信乾坤朗朗④鬼猖狂。　心里荷菊净,胸中兰蕙⑤香。宜将绮梦寄苍茫⑥,应是自然道法总无疆。

注　释

① 魍魉:古代传说中的山川精怪。一说是疫神,为颛顼之子所化。亦可指代影子。

② 魅魑:即魑魅。中国古代神话传说中的山神,也指山林中害人的鬼怪。肆:不顾一切,任意妄为。

③ 冥府:亦称"阴间",迷信的人指人死后鬼魂所在的地方。阎王:即阎罗,地狱的主宰。

④ 乾坤朗朗:指政治清明,天下太平。

⑤ 兰蕙:兰和蕙,皆香草。多连用以喻贤者。

南歌子·中秋

碧宇寥寥月,人间漠漠风。牵牛织女杳冥冥,正是银河澹澹①熠归程。　品罢暌离酒,再擎团聚盅。人生契阔总无凭,纵使天涯海角也相逢。

注　释

① 澹澹：水波荡漾貌；恬静貌。

南歌子·国庆

　　昔日积孱弱①，今朝垒壮雄。病夫东亚已无踪，汉武秦皇唐宋元明清。　　立下凌云志，期逾往圣功。悄将夙愿付鲲鹏，宇阔天高万里任凭风。

注　释

① 孱弱：(身体)疲弱；软弱无能；薄弱，不充实。

南歌子·重阳节

　　祭祖思贤迹，登高祈福长。重阳九九未渠央，应是茱萸①遍插佑安康。　　默祝椿萱寿，常思孙子②强。菊繁桂茂裛清香，宜借秋高气爽入苍茫。

注　释

① 茱萸：又名"越椒""艾子"，是一种双子叶植物纲、山茱萸目、山茱萸科、山茱萸属常绿带香的植物，具备杀虫消毒、驱寒祛风的功能。旧俗重九登高饮酒，人折萸囊佩带或插头，谓可避邪。
② 孙子：指子孙。

南歌子·立春

　　小草初蔓绿，柳条渐碧长。黄鹂鸣翠总难央，正是复苏万物待春光。 踏遍梅花径,寻穷荷芰塘。无边旖旎任徜徉,期冀嫣红姹紫遍遐疆①。

注 释

① 遐疆:广阔无垠之境界。亦指边疆。

南歌子·雨水

浩宇蒙蒙雨,人间漠漠容。潇潇①淅沥酿春风,吹遍天涯海角嶂峦青。 悦目田畦翠,珍馐野蕨英。郊原踏遍觅芳踪,一派桃红柳绿②到蓬瀛。

注 释

① 潇潇:落雨貌。比喻举止自然大方,毫不扭捏。
② 桃红柳绿:桃花嫣红,柳枝碧绿。形容花木繁盛、色彩鲜艳的春景。

南歌子·惊蛰

塞上泠泠雨,江南煦煦①风。人间万物醒苏中,一扫神州萧索向欣荣②。 悄觅鸣虫迹,遍寻野蕨踪。芳尘③草木最怡情,期望桃源五柳杪犹青。

注 释

① 煦煦:温暖貌;和悦貌;惠爱貌。
② 萧索:缺乏生机;不热闹。欣荣:欣欣向荣;犹荣幸。
③ 芳尘:香尘;指落花。

南歌子·春分

昼夜平分际,当歌对酒①行。莫辜沪上正春风,宜趁生机无限作鲲鹏。　漫溯桃源径,期循五柳踪。人生有梦即千重,丝缕红尘不滞有无中。

注　释

① 当歌对酒:犹对酒当歌。参见前注。

南歌子·清明

　　静沐缤纷雨,悄折杨柳青。幽魂相送在清明,纵使阴阳两界亦心通。　祭祖呈醇酒①,忆贤供素英②。世尘道法总冥冥,应是西方净土有相逢。

注　释

① 醇酒:味厚的美酒。
② 素英:白花。宋周云《满庭芳》词:"黄蕊封金,素英缕玉,此花端为君开。"

南歌子·谷雨

　　撒下塍畦种,携归山野烟。人间大事只桑田,宜奉嫣红姹紫送春天。　携上黄藤酒,撑摇桂棹①船。轻篙漫溯到桃源,凭任红尘冷暖总悠然。

注　释

① 桂棹:桂木做的船桨。指船。

南歌子·立夏

　　柳上鸣蝉噪,林中百鸟喧。屋梁雏燕待飞旋,牵伴耆年家犬踏郊原。　　畦菜频浇水,庭花屡莳^①间。红尘小院可桃源,漫啜一杯村醑逝流年。

注　释

① 莳: 移植;栽种。

南歌子·小满

北塞秧苗绿,南国禾稻丰。神州大地遍葱茏,喜看生机无限宇穹清。　　涤荡红尘垢,凭依^①五柳风。高歌一曲到蓬瀛,宜趁今宵明月醉千盅。

注　释

① 凭依: 倚靠,依据。

南歌子·芒种

碧宇清澄寂,人间种作^①忙。中华千载赖蚕桑,最喜江天万里稻禾香。　　阆苑时难现,红尘久未央。悄将绮梦寄苍茫,悄伴桃源五柳品醪芳。

注　释

① 种作: 犹耕作。

南歌子·夏至

不患清宵短,唯欣白昼长。人间熠熠正清光,宜借红尘雨露济蚕桑。　　春夏轮回替,秋冬交互央。不知绮梦寄何方,应是自然道法总无疆。

南歌子·小暑

米酒方饮罢，菜饺未品完。炎炎烈日正狂欢，宜倩袭袭凉月待娥仙。　不忌红尘瀍，唯期阆苑闲。天人合契逝流年，凭任红尘寒暑只悠然。

南歌子·大暑

有待秋风至，不期夏瀍残。常思大暑纵醪欢，正望人生酣畅①醉流年。　爽月能添梦，清宵可枕闲。如如不动②安如山，宜借诗词歌赋悟佛禅。

注　释

① 酣畅：指饮酒尽意，畅快。
② 如如不动：事物常在，没有什么变化。出自《金刚经》："不取于相，如如不动。"

南歌子·立秋

盛暑依然在，荷花尚未残。炎炎瀍热①滞江南，正可倾聆蝉唱待宵阑。　不患繁霜鬓，何忧减躁烦。宜将绮梦化婵娟，凭任寒来暑往只心闲。

注　释

① 瀍热：潮湿而闷热。

南歌子·处暑

塞上秋初现，江南夏尚酣①。神州大地两重天，鸿雁回归捎寄几斑斓。　不惧红尘扰,唯求五柳闲。任凭寒暑只悠然,宇阔穹高是处艳阳天。

注　释

① 酣:酒喝得很畅快;尽量,痛快;浓,盛。

南歌子·白露

白露迎秋泪,寒霜祭夏愁。红尘何故总悲秋? 正可穹高宇阔信天游。　一扫阴霾气,两息落寂忧。人生无欲不白头,喜看丰登五谷①遍神州。

注　释

① 丰登五谷:犹五谷丰登。指年成好,粮食丰收。登:成熟。

南歌子·秋分

旱柳①疏黄袅,鸣蝉嘹唳②啾。人间万物俱悲秋,宜倩缤纷五彩济闲悠。　澹月当空照,亲朋念未休。应知河汉可行舟,载去千般思念慰离愁。

注　释

① 旱柳:即河柳,华北地区通称柳树。
② 唳嘹:形容声音响亮而凄清。

南歌子·寒露

小草悉凋敝①,枫林渐渥丹②。无边秋意正阑珊,犹待一朝霜降皜尘寰。　四野丰禾稻,村墟袅霭烟。人间大道只桑蚕,宜借滴滴寒露润心田。

注 释

① 凋敝：衰败，残缺破烂，破败。
② 渥丹：有光泽的朱砂；形容润泽鲜艳的红色。

南歌子·霜降

皑皑白桦树，寥寥禾稻田。丰登五谷正余闲，一派河山大好袅炊烟。 仰睨排空雁，遥瞻湛碧①天。秋高气爽澈尘寰，消去庸烟俗霭济人寰。

注 释

① 湛碧：泛指青绿之色。

南歌子·立冬

叶落斑斓寂，溪澄壑谷幽。寒霜已上柳梢头，一派人间萧瑟正辞秋。 刈获①休耕事，冬藏免饿愁。彭泽陶令胜王侯，应是轻篙漫溯五湖舟。

注 释

① 刈获：收获；收割。

南歌子·小雪

塞上千重雪，江南百寂林。犹欣玉絮①落纷纷，疑是散花仙女泪凝痕。 不惧何时凛，未思奚际春。任凭风雨只平心，煮饮一壶浊酒醉乾坤。

注　释

① 玉絮：比喻雪花。

南歌子·大雪

　　天上洁洁雪，人间皑皑魂。银装素裹满乾坤，宜借穹高宇阔了尘心^①。　　冀觅琼芳^②迹，期拥玉絮身。一生唯只岁寒^③亲，犹憾轮回四季总无痕。

注　释

① 尘心：指凡俗之心，名利之念。

② 琼芳：色泽如玉的香草；犹玉浆；指琼花；此喻雪花。

③ 岁寒：指岁寒三友松、竹、梅。松、竹经冬不凋，梅花迎寒开放，都有骨气，值得人们效法为友。

南歌子·冬至

　　漫漫孤独夜，戚戚^①落寞天。神州大地遍凄然，疑是魑魅魍魉^②正狂欢。　　祖坟焚香竟，宗祠祭祀^③阑。中华神佑越千年，期冀风调雨顺寿福全。

注　释

① 戚戚：相亲貌；忧惧、忧伤貌；心动貌。

② 魑魅魍魉：古代传说中的鬼怪；指形形色色的坏人。

③ 祭祀：祀神供祖的仪式。

南歌子·小寒

　　凛气^①难倾尽，寒风未肆阑。茫茫萧索尚人间，无奈残冬犹冽②冻尘寰。　梅杪悄花迹,竹枝尚碧然。青松傲立正凌寒,应是生机无限待春天。

注 释

① 凛气:寒气。

② 冽:寒冷。

南歌子·大寒

柳杪犹难绿,梅花尚未残。东风渐煦①唤春天,应是倏忽蓊郁满尘寰。　不患坤寒冻,唯期宇碧蓝。轮回四季总依然,正可放飞思绪海瀛②间。

注 释

① 煦:温暖;暖和。

② 海瀛:指瀛洲。

南歌子·柘林湖

百岛皆浮碧①,千林俱隐幽②。桃源妙境欲何求? 正可觥筹交错③醉寥秋。　竞泳清波漾,偕登翠嶂楼。人生不忝只雄赳,驾起扁舟一叶溯瀛洲。

注 释

① 浮碧:浅蓝色。谓岛屿浮在水面貌。

② 隐幽:幽静偏僻。

③ 觥筹交错:酒杯和酒筹交互错杂;形容许多人聚在一起饮酒的热闹情景。

南歌子·游柘林湖

吐尽污浊气,携归翠绿魂。波光水色正粼粼,宜挹一湖碧漾洗红尘。 圜阓千壶酒,桃源百抹云。重峦叠嶂①气氤氲,期冀今宵明月照乾坤。

注　释

① 重峦叠嶂:山峰一个连着一个,连绵不断。

南歌子·柘林湖醉酒

大盏方倾尽,小杯再饮干。杜康今日竟成仙,唤侣呼朋醉里有坤乾。 频祝椿萱寿,屡教子辈贤。宏图①大业安如山,一曲高歌唱彻柘林天。

注　释

① 宏图:宏伟的计划;远大的谋略。

南歌子·船游柘林湖

蹊径随山曲,长桥卧漾闲。何惜浃背①屡登攀,犹冀微茫秋意叶初斓②。 凭槛③亭台上,驻足草木间。人生是物俱拳拳,宜借夕阳无限杳尘烟。

注　释

① 浃背:即汗流浃背。形容流汗很多,衣服都湿透了。浃:湿透。
② 斓:颜色驳杂,灿烂多彩。
③ 凭槛:靠着栏杆。槛:栏杆;圈兽类的栅栏。

南歌子·柘林湖夜游

脚踏朦胧①径,眸瞻烁熠星。人生笃定②要前行,应是佳俦挚友共征程。　漫赏松竹月,轻聆谷壑风。庐山西海正冥冥,宜趁红尘渐邈到蓬瀛。

注　释

① 朦胧:模糊不清;隐隐约约;月光不明。

② 笃定:极有把握;从容不迫;安心,放心。

南歌子·登黄山

拄起筇竹杖,穿结蓑笠衣。人生莫负谢公屐,踏遍天涯海角猎千奇。　登陟莲花①顶,攀缘天都②梯。茫茫云海现虹霓,凭借清风明月待晨曦③。

注　释

① 莲花:指莲花峰,是黄山第一高峰,为 36 大峰之首,海拔 1 864.8 米。

② 天都:指天都峰,是黄山第三主峰,高达 1 810 米,直冲云霄,为黄山三大峰中最险峻者。因为四周雾气环绕,古称"群仙所都",意为天上都会,所以被命名为"天都峰"。

③ 晨曦:黎明后的微光。

南歌子·登华山

涧险惊魑魅,峰高破宇空。西尊五岳有何凭?势倚青天谁可竞奇雄。　论剑八方客,说禅九派风。苍龙岭①上两携行,钓月登云浩宇挹②繁星。

注 释

① 苍龙岭：华山著名险道之一,位于救苦台南、五云峰下,以其苍黑色的外部和其似悬龙般的地势而得名。

③ 扼(yì)：舀;拉;牵引。

南歌子·登泰山

五岳千秋寂,岱宗①百世雄。秦皇汉武杳无踪,诗圣跂足裂眦②望东溟。　　玉顶③谁人陟,南天④奚客凭。十八盘⑤上任君行,歌倚凌霄绝壁啸天风。

注 释

① 岱宗：泰山别名岱,因其居五岳之首,故尊称为岱宗。

② 诗圣：指杜甫,其《望岳》云："岱宗夫如何？齐鲁青未了。造化钟神秀,阴阳割昏晓。荡胸生层云,决眦入归鸟。会当凌绝顶,一览众山小。"跂：抬起脚后跟站着。裂眦：目眶瞪裂。

③ 玉顶：指玉皇顶,位于碧霞祠北,是五岳之首泰山的主峰之巅,旧称太平顶,又名天柱峰,因峰顶有玉皇殿而得名。玉皇顶殿前有"极顶石",标志着泰山的最高点。极顶石西北有"古登封台"碑刻,是历代帝王登封泰山时设坛祭天之处。

④ 南天：指南天门,古称天门关,因古时泰山代表着上天,故而泰山之顶即是天庭的位置所在。天庭一共有东、西、南、北四大天门。此门向南,所以称"南天门",同时也是天庭的正门入口,直通玉皇大帝的灵霄宝殿,在九重天之上。

⑤ 十八盘：泰山登山盘路中最险要的一段,此处两山崖壁如削,陡峭的盘路镶嵌其中,远远望去,恰似天门云梯。参见前注。

南歌子·登嵩山

凭槛盈眸嶂,任足凌宇峰。巍然雄峙破天庭。五岳三山唯汝屹华中^①。　　洞隐达摩迹,松栖书院^②踪。少林英武藉禅空,秀水灵山道法总冥冥。

注　释

① 三山:指传说中的海上三神山方丈、蓬莱、瀛洲。屹:山势直立高耸的样子;后泛指耸立。华中:此指中原。

② 书院:指嵩阳书院,在河南登封太室山南麓。始建于北魏太和八年(484 年),初名嵩阳寺,隋唐时改为嵩阳观。五代周改为太乙书院,北宋太宗时改称太室书院,并赐"九经"。景祐二年(1035 年)重修时赐名嵩阳书院,并设山长掌理院务。为宋代四大书院之一,程颢、程颐曾讲学于此。

南歌子·登恒山

绝塞千峦杳,北天一柱悬。太行余脉渺云烟,笃信全真圣地^①法尘寰。　　寺庙依空寂,仙佛藉道槃^②。人生福寿两难全,犹是龙蟠虎踞^③百重关。

注　释

① 全真圣地:指恒山为道教圣地,号称"第五小洞天"。全真:保全天性;即全真教;指道士。

② 槃:快乐。

③ 龙蟠虎踞:像龙盘着,像虎蹲着。形容地势险要。

南歌子·登衡山

钧物依衡器①,登仙借道缘。巍巍南岳百重关,鸿雁何时可过祝融②巅。 夏禹③治洪地,释佛弘法庵。火神熠熠越千年,多少洞天福地助涅槃。

注 释

① 衡器:称量轻重的器具。因衡山位于星座二十八宿的轸星之翼,"变应玑衡""铨德钧物",犹如衡器,可称天地,故名衡山。

② 祝融:指祝融峰,参见前注。

③ 夏禹:即大禹,夏代开国之主。

南歌子·梵净山

一柱擎穹宇,百峦拱昊乾①。人间此处九重天,聆受②晨钟暮鼓香尘寰。 汉代武陵郡,今朝梵净山。如如不动只佛禅,登陟黔中高顶驾云烟。

注 释

① 昊乾:昊天,苍天。昊:元气博大貌。

② 聆受:倾听并接受。

南歌子·登麦积山

峭壁徒遗险,何妨我陟缘。麦积千载筑佛龛①,无数禅痕释迹法尘寰。 不恋红尘地,奚羁阆苑天。性空缘起塑坤乾,宜借西天净土使人槃。

注 释

① 麦积：指麦积山石窟，在甘肃天水东南。佛龛：供奉佛像、神位等的小阁子。

南歌子·登黄鹤楼

万里长江水，千年黄鹤楼。白云舒卷总悠悠，芳草萋萋①漫溯鹦鹉洲。　扬子②波难寂，谪仙③意未休。人生化境只风流，凭槛高台阅尽几春秋。

注 释

① 芳草萋萋：出自唐崔颢《黄鹤楼》："昔人已乘黄鹤去，此地空余黄鹤楼。黄鹤一去不复返，白云千载空悠悠。晴川历历汉阳树，芳草萋萋鹦鹉洲。日暮乡关何处是？烟波江上使人愁。"

② 扬子：此指长江。

③ 谪仙：指李白。有《黄鹤楼送孟浩然之广陵》："故人西辞黄鹤楼，烟花三月下扬州。孤帆远影碧空尽，唯见长江天际流。"

南歌子·登岳阳楼

水逝湖天际，波衔海宇洲。凭高揽胜岳阳楼，正是人间萧瑟落寥秋。　不患风尘滚，唯期方丈①幽。湘灵凭吊几时休？洽请君山皓月照心头。

注 释

① 方丈：指方丈山，传说中的海上三神山之一。

南歌子·登蓬莱阁

冀觅八仙迹,期寻海市踪。谁人羽化总无凭,宜乘清风明月到蓬瀛。　　祈寿唐槐树,消灾天后宫①。何须福祸付神灵,应是一帘幽梦入沧溟。

注　释

① 天后宫:蓬莱阁天后宫始建于宋崇宁年间(1102—1106),庙额为"灵祥"。宋宣和四年(1122 年)路允迪出使高丽,因遇路风"八舟溺七"后获妈祖庇护,唯路允迪坐舟有惊无险。路允迪奏明圣上,扩建成四十八间规模。道光十六年(1826 年)毁于火灾。第二年重修,把原来"灵祥"改为"显灵",成为我国北方最大的天后宫之一。读本词可参阅《南乡子·蓬莱阁》注释。

南歌子·登滕王阁

一望洪州①尽,百瞻赣②宇空。王勃《阁序》几凭踪,孤鹜落霞千载杳冥冥。　　不滞红尘旅,何须阆苑行。人生有待只空蒙,羽化登仙借雨又凭风。

注　释

① 洪州:南昌古称。读本词可参阅《南乡子·滕王阁》注释。
② 赣:江西简称;赣江。

南歌子·谒南华寺

古刹萧森①寂,佛钟袅渺轻。曹溪千载尚空灵②,有待一朝顿悟破无明。　　礼谒③达摩迹,因循④六祖踪。人生自在益禅行,冀盼碧空熠熠满天星。

注 释

① 萧森：幽寂冷清；错落疏立。读本词可参阅《唐多令·南华寺》注释。

② 空灵：灵活而无法捉摸。

③ 礼谒：指以礼谒见。

④ 因循：此指顺应万物天性，非因循守旧之义。

南歌子·谒大昭寺

　　熠熠黄金顶，巍巍碧宇甍。大昭寺里且安行，笃信高天厚土蕴神灵。　　公主①赠佛像，蕃王②筑圣宫。千年道法可凭踪，礼谒神龛幡幢破无明。

注 释

① 公主：指文成公主。读本词可参阅《江城子·大昭寺》注释。

② 蕃王：指松赞干布。

南歌子·谒布达拉宫

　　傍水萦佛迹，凌山作宇宫。藏疆释界任君行，凭槛布达①高处望天庭。　　礼谒世尊②像，观瞻达赖陵。痴思妄念杳无踪，应是冥冥道法贯平生。

注 释

① 布达：指布达拉宫。读本词可参阅《江城子·布达拉宫》注释。

② 世尊：佛陀的尊号之一，意为世间及出世间共同尊重的人。

南歌子·有感

不怕红尘寂,唯惜佛愿空。泰山犹若鸿毛轻,水复山重柳暗转花明。　　今日潇潇雨,明朝朗朗风。人生何迹可凭踪,路转峰回①道法自然平。

注　释

① 路转峰回:犹峰回路转。形容山路随着山峰而曲折回转。比喻事情有了转机。

南歌子·悟禅

佛祖何须寂,吾侪岂必空。五毒攘攘扰①三生,有待春风化雨郁青葱。　　万事鸿毛重,千烦毳羽②轻。人间无物可惜悝,不染纤尘丝垢自蓬瀛。

注　释

① 五毒:佛教指"贪、嗔、痴、慢、疑"五种情绪。攘扰:纷扰;扰乱。
② 毳羽:指羽毛。

【定风波】

定风波·家信

字里行间俱是情，犹疑君蕴只叮咛。谁谓醍醐堪灌顶①，我道，千年夙爱②最宜凭。　　羁旅悠悠皆幻梦，寐醒，惜吾铁骨尚铮铮③。回首人生萧瑟处，酩酊，神思无限寄飞鸿④。

注　释

① 醍醐灌顶：即将牛奶中精炼出来的乳酪浇到头上。佛家以此比喻灌输智慧，使人得到启发，彻底醒悟。

② 夙爱：遗爱；平素的爱顾。

③ 铁骨铮铮：比喻人刚正不阿、坚强不屈的骨气。铮铮：形容撞击声；比喻坚贞、刚强；比喻声名显赫。

④ 飞鸿：此指音信。

定风波·立春有思

明月清风一水间，伊人远去万重山。今日孟春倾浪漫①，云汉，情思无限寄君边。　　嚣世谁能疏坎壈，羁绊，何时吾辈可翛然。纵有万难吾岂惧？偕渡，五湖漾棹不须还。

注　释

① 浪漫：富有诗意，充满幻想。

【满江红】

满江红·少林

莞对嵩山,倚岩壑,千年古刹。谁人倩,开宗立派,纵横天下。十三棍僧犹救主,徒迷钟鼎添华发。可知否?朗月与清风,最无价。 红尘寂,总纷沓①;天地迥,乾坤霸。怅南拳北腿,雄凌华夏。面壁达摩称始祖②,佛禅自此渔樵话。是物空,岁月任轮回,只一霎③。

注 释

① 纷沓:纷冗繁杂。

② 始祖:有世系可考的最早祖先;比喻某个学派或行业的创始。达摩被尊为中土禅宗初祖,即始祖。

③ 霎:谓时间极短。顷刻之间;一下子。

满江红·武当

宇阔穹高,栖烟雨,群峰竞矗①。钟磬杳,清香缭绕,天低鄂楚②。不愧人间真妙镜,太极两仪③应无数。心犹怅,漠漠只斜阳,须纵目④。 三丰迹,隐何处?红尘渺,时凝伫。幸昨宵月戴,今朝露宿。乾道赢得频眷顾⑤,伯阳道韵澄肺腑⑥。任凭栏,千里宵苍茫,鸥鹭萧。

注 释

① 矗:高耸直立。

② 鄂楚：武当山所在地湖北省，属古楚国，今简称鄂。

③ 太极：天地沌沌未分以前，称为太极。两仪：指天地。《易经·系辞上》："易有太极，是生两仪。"

④ 纵目：放眼远望。

⑤ 乾道：天道，阳刚之道。眷顾：十分关爱照顾。

⑥ 伯阳：指老子。肺腑：比喻内心深处。

满江红·龙门石窟

敧倚苍穹，毗伊水①，龛窟漠漠。卢舍那②，红尘睥睨，千载倏过。将相王侯咸邈渺③，吾侪何处栖魂魄。天地迥，俗世总难托，空寥落④。　惟妙肖⑤，武曌⑥塑。开盛世，黎元祚⑦。怅何人道骨，奚仙云鹤。枉梏解除消宿厄⑧，人生境界宜卓荦⑨。况吾辈，不辱自风流，观盈昃⑩。

注　释

① 毗：连接；依附，辅佐。伊水：指伊河，流经洛阳。

② 卢舍那：佛有三身，分别为毗卢遮那佛、卢舍那佛和释迦牟尼佛。卢舍那佛即报身佛，是表示证得了绝对真理，获得佛果而显示佛智的佛身。传龙门石窟的卢舍那佛是依照武则天的形象塑造的。

③ 邈渺：渺茫貌。

④ 寥落：稀少而又冷落。相似。

⑤ 妙肖：谓刻画描摹既好又像。

⑥ 武曌（zhào）：即武则天（624—705），并州文水（今山西文水）人。唐朝至武周时期政治家，武周开国君主（690—705），也是中国历史上唯一的正统女皇帝、即位年龄最大（66 岁）及寿命最长的皇帝之一（81 岁）。"曌"为武则天自造的字，意谓日月凌空。

⑦ 黎元：百姓、民众。祚：福；赐福。

⑧ 厄：灾难，困苦；受困。

⑨ 卓荦（luò）：超群出众。

⑩ 昃(zè)：太阳西斜。

满江红·壶口瀑布

千里潺湲，只顷刻①，壶悬高瀑。疑地坼，流分秦晋，波迤隘②蠹。呵气成霓龙咆哮③，依霏倩霭云飞度。逢化境，悄沐只氤氲，几凝伫。　　裹沙砾，挈黄土。穿涧壑，旅峡谷。任湖遥溟迥，重岚障雾。一叶扁舟斜阳暮，风流吾辈应无住。桃源外，不染总红尘，知何处！

注　释

① 顷刻：极短的时间。

② 隘：狭窄；险要的地方。

③ 咆哮：形容人的暴怒喊叫；形容水的奔腾轰鸣；猛兽怒吼。

满江红·韶关

叠嶂层峦①，悉嫣渥，千重烟幂。阳元柱②，茕茕孑立③，势凌苍际。犹幸阴石尚骈对，两仪太极方天地。览元化，万物自钟灵，总丹碧。　　南华寺④，六祖寂。红尘漠，时雾翳。觅桃源世外，人生长憩。秀水灵山无限意，长空落雁韶关去。心禅境，梵宇⑤亦茫茫，唯情寄。

注　释

① 叠嶂层峦：形容山峦重叠，连绵不断。

② 阳元柱：即阳元石。参见前注。

③ 茕茕孑立：形容无依无靠，非常孤单。

④ 南华寺：坐落于韶关曲江马坝东南曹溪之畔，人称"东粤第一宝刹"。参见前注。

【满江红】

·191·

⑤ 梵宇：佛寺。

满江红·秋日有思

万丈红尘，何曾扰，桃源世外。心犹怅，泉林钟鼎，情天恨海①。胸滞无明悉侂傃，佛禅境界开茅塞②。只欣遇，朗月与清风，聆宇籁。　弃蹭蹬，罢市侩③。光荏苒，时不待。任坦途逆境，果成④奚败。纵使霁空犹瑷瑶，人生难负唯豪迈。正秋日，地镜映穹庐⑤，堪千载。

注 释

① 情天：语出唐李贺《金铜仙人辞汉歌》："衰兰送客咸阳道，天若有情天亦老。"后因以称爱情的境界。恨海：比喻怒恨之深。

② 茅塞：茅草塞山径。比喻思路闭塞；或愚昧无知。典出《孟子·尽心下》。

③ 市侩：原指买卖的中间人；后指唯利是图、庸俗可厌的人。

④ 果成：已经完成。

⑤ 地镜：传说中的大地之镜，可以照见地下宝物；谓地面的积水。穹庐：原指古代游牧民族所住毡帐。此指苍天。北朝民歌《敕勒歌》："天似穹庐，笼盖四野。"

满江红·久雨初霁

缕缕阳光，值六载，犹栖心上。空嗟叹，人非物是①，奚荣何谤②。羁旅浮生莫惆怅③，红尘一滞皆成悯。任牢狴，傲骨尚铮铮，唯疏放。　息钟鼎，辞将相④。情香渺，心浩荡⑤。自坦途逆境，吾吟君唱。纵使天荒兼地老⑥，巫山神女应无恙。幸伊伴，海角到云涯⑦，偕英傥⑧。

注 释

① 人非物是：指人事变迁，景物依旧。犹物是人非。

② 谤：本指议论或批评别人的过失；引申为恶意地攻击他人。

③ 惆怅：因失意或失望而伤感、懊恼，用来表达人们心理的情绪。

④ 将相：将帅和丞相。亦泛指文武大臣；指郡守一级的长官。

⑤ 浩荡：水势大；形容广阔或壮大。

⑥ 天荒地老：指经历的时间极久。语出唐李贺《致酒行》。

⑦ 云涯：与云相接之处；高远之处。

⑧ 英偗：俊逸豪爽。

满江红·秋日烟台凭海

　　万里苍穹,悉澄碧①,盈眸无际。帆樯竞,三山杳渺,云飞雾翳。几抹霓虹衔落日,白鸥翔鬵犹情寄。值秋杪,心事付苍茫,游遐逖②。　　心舒畅③,何戚戚。正寥廓,总旖旎。怅蜃楼海市,讵悭胜迹④。是处红尘堪世外,扁舟一叶蓬莱去。携佳侣,羽化可登仙,遨天地。

注 释

① 澄碧：清澈而碧绿。

② 遐逖：远方。《书·多士》："明致天罚,称尔遐逖。"逖：远。

③ 舒畅：舒服畅快。

④ 胜迹：名胜古迹。

满江红·酒狂

　　千载神州,有多少,今贤往圣。最欣羡,谪仙①把酒,七贤②醉箦。不是红尘堪阻梦,惟惜皆醉无人醒。犹铭记,阮籍恸途穷③,

佯酩酊。　　百杯醑,一饮罄。咸弗滞,是心净。怅无关运转,何来天命。勘破迷津臻化境,泉林懒觅疏钟鼎。幸吾辈,寥廓正长空,穿云迸④。

注　释

① 谪仙:指李白。

② 七贤:即竹林七贤。

③ 阮籍恸途穷:本意是因车无路可行而悲伤;后亦指处于困境所发绝望之哀伤。恸:极悲哀,大哭。出自《晋书·阮籍传》。

④ 穿云:喻飞得极高。迸:冒出。

满江红·十载未逢

十载难逢,红尘累,人生若梦。忆畴昔,觥筹①竟夜,几曾酩酊。缘浅情深皆悱恻②,与君长契何其幸。纵分袂,鸿雁尚苍穹,何遥迴。　　情未了,任倥偬。心抑郁③,行踬踵④。怅王侯无种,将相悭圣。钟子伯牙⑤总琴瑟,高山流水犹难罄。期吾辈,共济度余生,寻佳境。

注　释

① 觥筹:酒杯和酒筹;酒筹是用以计算饮酒的数量。

② 悱恻:内心悲苦凄切。

③ 抑郁:忧愤愁闷。

④ 踬踵:犹困顿。

⑤ 钟子伯牙:指钟子期与俞伯牙。参见前注。

【高阳台】

高阳台·悼宗南兄①

心绪难平,惊闻噩耗②,霎时③涕泪频倾。无眼苍天,令君遭此污名④。痛失良友兼失长⑤,纵万言、何诉悲情⑥。况而今、咫尺天涯,地杳穹暝。　　廿年莫逆奚能竟,忆横刀立马,商界驰骋⑦。交错觥筹,醉醺吐尽心声。高山流水悉弦断,总惜惺、旧梦难凭。但诚祈⑧,三世轮回,与汝重逢。

注 释

① 宗南:王宗南,原光明集团董事长,死在狱中。领导加兄弟,以此词悼之。

② 噩耗:指极度不好的消息。耗:消息。

③ 霎时:刹那;极短的时间。

④ 污名:坏名声,恶名。

⑤ 长:辈分高或年纪大;领导人,负责人。

⑥ 悲情:哀伤的心情。

⑦ 驰骋:纵马奔驰。

⑧ 诚祈:虔诚的祈祷。

高阳台·清明悼国安舅妈①

驾鹤②西归,甥失叩送,迄今③心绪难平。幸借苍天,替余泪雨频倾。音容笑貌何曾杳,总贴心④、且况清明。举茗觞、遥酹青阳,魂寄三生。　　千年凤愿方亲眷⑤,忆谆谆⑥诲嘱,款款叮咛。

师表为人,芬芳桃李繁英。拳拳卅载奚能忘,永记铭、挚爱深情。怅胸襟、百缕绵思,几度春风。

注 释

① 国安舅妈:姓王名国安,妻之舅妈也。与吾感情笃深,常以吾狱中为忧。憾不能亲临祭送,泫然。长歌当哭,以此悼之。

② 驾鹤:犹骑鹤;喻得道成仙。此谓人去世的婉辞。

③ 迄今:到现在。

④ 贴心:谓亲近,知己。

⑤ 亲眷:亲戚;与其有血缘或姻缘关系的人;尤指有血缘关系的人。

⑥ 谆谆:忠谨诚恳貌;反复告诫、再三叮咛貌。

高阳台·清明祭岳母①

冥界人间,倏忽十载,音容笑貌依然。痛彻心肝②,恨犹寿未百年。一朝合卺承膝下,纵晤违、挚爱拳拳。耄耋身、护佑吾侪,宵昼绵绵。　清明万物咸营奠③,正苍穹洒泪,杨柳飞绵。告慰萱堂,梦娇恒健侠安④。轮回六道谁弗信,把茗醇、遥醉西天。任阴阳、今浼⑤春风,翌倩青鸾。

注 释

① 岳母:姓李,名淑梅。作者和妻结婚时已70岁,我们共同生活逾十年。

② 痛彻心肝:犹痛彻心腑。痛楚深入心底肺腑;形容受到极大伤害。

③ 营奠:设祭。

④ 梦:郭梦,吾女儿;恒:郭本恒,本人;侠:郑侠,妻子。

⑤ 浼(měi):央求,恳托。

高阳台·祭大姐二哥①

　　杳渺红尘,姊兄驾鹤,留余②独寂黄昏。缱绻人生,吾侪偶幸姻亲③。深情卅载成离梦,恨阎罗④、不假年辰⑤。恰清明、缕缕哀思,彻宇盈坤。　　还寒乍暖⑥犹残凛,怅霏霏细雨,洒泪仍频。六道轮回,阴阳两处伤心。浊醪一盏西天祭,愿尘寰、冥界咸春。冀今朝、柳絮杨绵,俱悼亡魂。

注　释

　　① 大姐:姓郑,名重;妻之大姐。二哥:姓郑,名林松;妻之二哥。
　　② 余:人称代词,我。
　　③ 姻亲:因婚姻关系而形成的亲属。
　　④ 阎罗:佛教称主管地狱的神。通称阎王。
　　⑤ 年辰:岁月。
　　⑥ 还寒乍暖:犹乍暖还寒。形容气候忽冷忽热,捉摸不定。

高阳台·辛丑寄妻

　　恰值新年,时光荏苒,茕茕分袂凄凉①。一盏清茗,佐余客梦悠长。无情岁月添华发,纵戚戚、讵减疏狂。问苍穹、何处鹊桥,奚故荒茫②。　　人生境界唯心畅,任昨宵聚醑,今日离觞。渐邈玄英③,萋萋骀荡青阳。风轻云淡吴天④阔,总殷期、比翼颉颃⑤。怅寥廓、杳渺红尘,瀛宇蓬疆。

注　释

　　① 凄凉:寂寞冷落;凄惨。
　　② 荒茫:犹渺茫,旷远迷茫。
　　③ 玄英:纯黑色;指冬天。

④ 吴天：指江南。

⑤ 颉颃：鸟上下飞，泛指不相上下，互相抗衡。

高阳台·寄铭远哥①

兄弟缘成，交情畅洽②，卅年高蹈③风尘。钟子伯牙④，高山流水知音。泉林钟鼎羁犹惑，倩谁人、勘破迷津。几何曾、明月清风，酩酊微醺⑤。　　浮生驹隙真如梦，枉名缰牵颈，利锁扃⑥心。甫⑦过残冬，奚愁阆苑俄春。长思与汝天涯旅，陟峰峦、最扩胸襟。纵暌违、权把绵思，遥寄鸿鳞。

注　释

① 铭远：姓李，名铭远；妻之表哥，吾之挚友也。卅年风雨同舟，人生知己，幸甚。

② 畅洽：通达周遍。

③ 高蹈：高超；超脱。喻指隐居或隐士。

④ 钟子伯牙：指钟子期和俞伯牙。

⑤ 微醺：稍有醉意。

⑥ 扃：指从外面关门的闩、钩等；上闩，关门；门户。

⑦ 甫：刚；才。

高阳台·值妻生辰见寄

梅袅残英，桃舒媚眼，正逢驹荡青阳。绵邈春霖，悄栖共命鸳鸯。一行塞雁遥穹际，借伊足、捎去兰芳①。怅暌违、纵是天涯，缱绻无央。　　依稀耄饮②犹昨日，念娥眉屡画，碧醑盈觞。登顶三清③，览观④阆苑苍茫。普陀⑤啸泳平生畅，总冥冥、佛道无疆。贺君辰、万里征蓬，共渡偕航。

注 释

① 兰芳：兰花的芳香。常以喻贤人。

② 卺饮：饮合卺酒。

③ 三清：指三清山。

④ 览观：观察；阅览。

⑤ 普陀：指普陀山。

高阳台·南昌洪崖山①

　　白日飞升，一人洞悟②，仙踪多少西山。乐祖伶伦③、爆竹肇始④音缘。神功妙济真君⑤现，净明宗⑥、百代承传。藉聃庄⑦、朗月清风，渐邈尘寰。　　谁言华夏稀⑧贤圣，契廉忠谨孝，忍裕容宽。⑨治世能臣，灾民易种随迁⑩。效禹斩蛟平水患⑪，弃宦缨⑫、妙法自然。迄如今、海外神州，道统犹绵。

注 释

　　① 洪崖山：指南昌西山。又名逍遥山，位于江西南昌新建西部。是中国音乐发源地，道教净明宗发祥地，为道教第十二小洞天和第三十八福地。黄帝的乐官伶伦曾隐居西山养身修道，因其号为洪崖先生，故西山又称洪崖山。

　　② "白日"二句：白日飞升：犹白日升天，道教谓人修炼得道后，白昼飞升天界成仙；后喻指一朝显贵。洞悟：透彻地领会理解。此处指许逊（239—374 年），字敬之，豫章南昌人。晋朝道士，道教净明派祖师，与张道陵、葛玄、萨守坚并称道教四大天师。相传著有《灵剑子》《玉匣记》等道教经典。

　　③ 伶伦：传为黄帝乐官，古以为乐律和乐器的发明者：《吕氏春秋·古乐篇》"昔黄帝令伶伦作为律。"

　　④ 肇始：开始。

　　⑤ 神功妙济真君：此为宋徽宗给予许逊的封号。

⑥ 净明宗：即净明道。由南宗西山万寿宫道士何真公所创,奉尊许真君为祖师。

⑦ 聃庄：指老子与庄子。

⑧ 稀：少;罕有。

⑨ "契廉忠"二句：即"忠、孝、廉、谨、宽、裕、容、忍",是许逊任蜀旌阳令时提出的吏民行为准则。

⑩ 易种随迁：旌阳水患,低田无收,许逊便让百姓迁到官田耕种,以工代税,使灾民获救。

⑪ "效禹"句：许逊辞官东归后,隐居西山修道。时逢鄱阳湖蛟龙为害,他便飞剑斩蛟,平定水患。效禹：效仿大禹。

⑫ 宦缨：官帽上的缨带。

高阳台·麻姑山①

沧海桑田,麻姑献寿②,千年酿酒河边。掷米成珠③,青春得道成仙。红尘毳毳寻常事,憾几人、不羡林泉。趁青葱、养性修真④,吐纳⑤坤乾。   双飞玉练⑥白龙现。幸鲁公碑⑦上,阅尽前贤;垂玉亭中,思栖福地洞天⑧。龙门桥畔仙都观,几何曾、羽化娟娟⑨。总踯躅、宝殿三清,颜翰铭坛⑩。

注 释

① 麻姑山：在江西南城西南,山顶有坛,相传麻姑在此得道。

② 麻姑献寿：献寿指祝贺寿辰。出自晋葛洪《神仙传》卷七："麻姑,建昌人,修道于牟州东南余姑山。三月三日西王母寿辰,麻姑在绛珠河畔以灵芝酿酒,为王母祝寿。"

③ 掷米成珠：麻姑有种种变化之术,能用法术将米点化成珠。见晋葛洪《神仙传》卷三。

④ 养性修真：涵养性情,学道修行。

⑤ 吐纳：道家养生之术。吐故纳新;泛指呼吸。

⑥ 双飞玉练：指麻姑山半山亭左,两道飞泉犹如白龙,飞流直下百余

尺,削崖入潭。

⑦ 鲁公碑:即颜真卿《麻姑仙坛记》碑,全称《有唐抚州南城县麻姑山仙坛记》,是我国书法历史上的一块丰碑。惜原碑遭雷电毁佚,今有大中小三种帖本。颜官至吏部尚书,封鲁郡公,人称"颜鲁公"。

⑧ 福地洞天:道家语,指神仙居住的名山胜地。后比喻风景优美的地方。

⑨ 娟娟:美好,柔美;长曲貌;明媚貌;飘动貌。

⑩ 颜翰铭坛:唐大历三年(768年)颜真卿为抚州刺史,路过南城,游览麻姑山后,撰写《麻姑仙坛记》。大历六年(771年)立碑。翰:长而硬的羽毛,古代用来写字;后来借指毛笔、文字、书信等。

高阳台·葛仙山①

樟树医宗②,灵宝始祖③,葛玄④熠熠千年。《肘后急方》⑤,几曾济世壶悬。自然道法依聃老,揖三清、兼蓄佛禅。任红尘、云客熙熙⑥,香火绵延。 九龙窜顶⑦苍穹拱,睹仙遗圣迹⑧,炉炼金丹。试剑石边,看谁豪气冲天。幽幽化境皆心臆⑨,龙舌池、荷芰翩跹。井七星⑩、斗柄悄寻,冀挹甘泉。

注 释

① 葛仙山:位于江西铅山中部,地处武夷山北麓,主峰葛仙峰海拔1 094米。登顶眺望,周围九条支脉如九条苍龙,盘旋腾跃,人称"九龙窜顶"。怪峰、异石、云海、松涛,堪称美景;试剑石、道人石、龙舌池、七星井、仙人足印则蔚为奇观。相传葛玄曾在此修道成仙而得名。

② 樟树医宗:即樟树药帮。樟树位于江西赣中地区,药业始于东汉末年,葛玄在其东南阁皂山炼丹、采药行医,开创先河。后经南宋侯逢丙奠定基础,至明代逐渐发展成熟。樟树中药炮制十分考究,独树一帜,成为南北药材集散和炮制中心,有"药不到樟树不齐,药不过樟树不灵"之誉。2013年,获得中国中药协会颁发的"中国药都"称号。

③ 灵宝:即灵宝派,因主传与主修《灵宝经》而得名。相传三国吴赤乌年间,太极真人徐来勒以此经授葛玄,玄传郑隐,隐传葛洪,洪传葛巢甫。

巢甫则"造构《灵宝》,风教大行"(南朝宋陶弘景《真诰·翼真检》)。

④ 葛玄:葛玄(164—244),字孝先,丹阳句容(今属江苏)人。三国吴方士,道教灵宝派祖师。据《抱朴子》记述葛玄以左慈为师,修习道术,得《太清丹经》《九鼎丹经》《金液丹经》等经书。葛洪为玄侄孙,葛巢甫为玄曾孙。

⑤《肘后急方》:即《肘后备急方》,葛洪撰著。

⑥ 云客:云游四方的人;隐者或出家人。熙熙:和乐貌;繁盛貌;纷杂貌。

⑦ 九龙窜顶:从葛仙峰上俯瞰四周,可以看到有九条山脊如九条乘云而来的巨龙,汇聚于大葛仙殿后,其势生动雄伟。九龙汇聚之处也为风水极佳之地。

⑧ 圣迹:有关某种宗教或其传说的遗迹。

⑨ 臆:指臆想,推测。

⑩ 井七星:指七星井。

高阳台·龙虎山①

道法自然,张陵②五斗,三山符箓③渊源。云锦④炼丹,功成虎啸龙盘⑤。千年香火犹绵续,迄而今、几客升天。请聘方⑥、永建贞观⑦,盛世开元⑧。　人天合契鲜曾见,望九十九巘,二十四巉;⑨十大道宫,八十一座观庵。⑩清尘⑪缕缕皆缥缈,只唯唯、碧水潺湲。宇寰心、奂际萧寥⑫,何处喧阗。

注　释

① 龙虎山:在江西贵溪西南。由龙、虎二山组成,故名。相传东汉道教祖师张道陵曾在此炼丹,其后裔世居于此,袭天师之称,为正一道发源地。有上清宫、天师府等古迹,为道教圣地。

② 张陵:张道陵(34—156),原名张陵。东汉沛国丰(今江苏丰县)人。本太学生,博通五经。曾任江州令。顺帝时入鹄鸣山(一作鹤鸣山,在今四川大邑境内)修道。著道书二十四篇,自称"太清玄元",谓逢天人,授以"正一盟威之道",创立道派。受道者出五斗米,故称"五斗米道"。自号"天师"(一说系道徒对其尊称),亦称"天师道"。

③ 三山：元代张天师被封为正一教主，主领三山（龙虎山、茅山、阁皂山）符箓。符箓：是道教中的一种法术，亦称"符字""墨箓""丹书"；符箓是符和箓的合称。符箓术起源于巫觋，始见于东汉。

④ 云锦：指龙虎山，原名云锦山。宋白玉蟾《赞历代天师》："云锦山前炼大丹，六天魔魅骨毛寒。"

⑤ "功成"句：张陵在此炼丹，传说"功成而龙虎现，山因得名"。

⑥ 聃方：指老子学说。

⑦ 永建：为汉顺帝第一个年号，张陵在彼时开始创道立派。贞观：是唐太宗李世民年号。唐朝姓李，崇尚道教，认老子李聃为始祖，并追尊其为太上玄元皇帝。

⑧ 盛世开元：即开元盛世，又称"开元之治"，是指在唐玄宗治理下出现的盛世。任用贤能姚崇、宋璟等，提倡文教，整顿吏治，励精图治。

⑨ "望九十九"二句：龙虎山有九十九座小山、二十四景。巘：大山上的小山。巉：山势高峻。

⑩ "十大"二句：指龙虎山香火大兴盛时的道宫、道观数量。此外，还有五十座道院和十座道庵。

⑪ 清尘：比喻清静无为的境界；清高的遗风；高尚的品质。

⑫ 萧寥：寂寞冷落。

高阳台·三清山

众壑骈叠，群峰竞矗，人间化境三清。道法自然，登仙羽化天庭。浮生何处堪羁梦，与坤合、总驻蓬瀛。越千年、只断残垣①，讵杳苍穹。　欣游九夏②兹福地，叹出山巨蟒③，指日飞龙。司春女神，竟夕描抹霓虹。吾侪心意应灸寄，只期求、无限幽冥。愿翌朝、是物拳拳，渐辟鸿蒙。

注释

① 残垣：残肢或倒塌的墙壁；垣：矮墙，也泛指墙，多指废墟。

② 九夏：九州华夏。

③ 出山巨蟒：指巨蟒出山是由风化和重力崩解作用而形成的巨型花岗岩石柱，峰身上有数道横断裂痕，但经过亿万年风雨，依然屹立不倒。顶部扁平，颈部稍细，最细处直径约 7 米，状极突兀；垂直高度 128 米，峰端略粗形似蟒头，峰腰纤细有若蛇身，云飞雾绕之时，蟒头窜动，蛇身微摇，形似一条巨大蟒龙，吞云吐雾，撼天动地。

【念奴娇】

念奴娇·岁月

时光荏苒,世尘杳、曾几乾坤轮替。华发频添,心怅惘①、多少人生逆旅。饿我体肤,劳吾筋骨,素志②犹难寄。天涯牵绊③,征蓬何止千里。　回首漠漠风尘,与君悉不负,少年豪气。共筑爱巢,襄盛举④、卅载鹣鹣比翼。岁月悠悠,莫哀昔坎壈,叹其磨砺。白驹驰隙⑤,凤缘三世连理。

注　释

① 怅惘:惆怅迷惘。

② 素志:向来怀有的志愿。

③ 牵绊:惦念、羁绊。

④ 襄:帮助,辅佐。盛举:盛大的活动;美事。

⑤ 白驹驰隙:犹白驹过隙。形容时间过得飞快,像白马在细小的缝隙前一闪而过。

念奴娇·离情

寂宵梦断,倚栏处、牵念萦回无数。孤对残檠,拥冷衾、心海迢遥①难渡。昨夜清樽,今朝别袂②,最患离情苦。长亭③相送,望穿秋水④凝伫。　豆蔻花季春城⑤,南湖频⑥漾棹,鹣鹣合鹜。岜饮家乡,倏八载、多少轻歌曼舞⑦。沪上红尘,任凭几风雨,鲽鲽比目。迥途⑧佳境,海天涯角同路。

恒言词数

注　释

① 迢遥：远貌；时间久长貌。

② 别袂：犹分袂，举手道别。

③ 长亭：古时道路每十里设长亭，供行旅休息。近城者常为送别之处。

④ 望穿秋水：形容对亲友的盼望之切。秋水：喻眼睛。

⑤ 春城：指长春。

⑥ 南湖：指长春南湖。

⑦ 轻歌曼舞：音乐轻快，舞姿优美。

⑧ 迥途：漫长的道路。

念奴娇·长春忆旧

卅年倏过，惜寒暑、多少红尘列列。豆蔻青葱，心野旷、最契人生落拓。寂昼书声，春宵爱意，呵气成霓魄。谁人堪埒，风花兼济雪月①。　　未觉两鬓斑驳，青丝任消磨，真情你我。再棹南湖，借清漾、旧日时光漫溯。往事如昨，与君重领略，林泉岩壑。此生何幸，尚余无限约绰。

注　释

① 风花雪月：原指旧诗文经常描写的自然景物。此指爱情浪漫之事。

念奴娇·沈园

沈园春杪①，睃巡②遍、唐琬放翁③蹊径。翰草④残墙，心更怅、曩日惊鸿⑤倩影。锦字难托，悲情宛在⑥，一曲《钗头凤》。犹怜绵缱，徒成诀别尘梦⑦。　　往事今已难凭，任凄清满眼，无边孤另。老柳毵毵，潘岳鬓⑧、萦念何时能竟。漠漠红尘，失一生挚爱,剑南⑨何幸? 千年倏过,但遗长恨哀哽⑩。

注 释

① 春杪:春末。

② 睃巡:环视。

③ 唐琬:(1128—1156),字蕙仙,越州山阴(今浙江绍兴)人。陆游表妹兼发妻,还是一名才女。与陆游两情相悦,但因陆母偏见而被拆散。后未到十年,唐婉便去世了。放翁:指陆游,此为其号。

④ 翰草:指题写在墙上的两首《钗头凤》词。

⑤ 曩日:往日,以前。惊鸿:比喻体态轻盈的美女。

⑥ 宛在:仿佛犹在。

⑦ 诀别:指再无会期的离别;死别。尘梦:尘世的梦幻。

⑧ 潘岳鬓:即潘鬓,谓已生白发。

⑨ 剑南:指陆游,有《剑南诗稿》传世。

⑩ 哀哽:悲哀哽咽。

念奴娇·孤山

孤山踏遍,叹犹怅、和靖难寻踪迹。鹤影婆娑,梅拗曲、唯憾茕荚荒瑂。往日登临,今朝凭吊,情绮吾长踯。仙风道骨,谁人且待铭记。　暗香浮动黄昏,横斜水清浅①,无穷诗意。羁旅人生,钦处士②、落寂何须臧否③。廿载超尘④,禅心堪世外,只栖天地。悄携俦侣,烟蓑一任风雨。

注 释

① "暗香"二句:出自林和靖《山园小梅》:"疏影横斜水清浅,暗香浮动月黄昏。"

② 处士:有才德而隐居不仕的人。

③ 臧否:褒贬;评比;评定。

④ 超尘:超脱尘俗。

念奴娇·三清夜宿

三清遥渺①,值明月、辉熠②星河迢递。偕对幽冥,畅心曲、倾尽几杯碧醑。众壑漾声,群峰剪影,杜宇犹嘹唳。人生化境,一任红尘来去。　万笏揖拜朝天③,女神尚司春④,乾坤浩气。巨蟒出山⑤,乘霭雾、归宿应宜苍宇。道法自然,葛洪探杳窅,浣谁凭迹。登仙羽化,吾侪幕天席地⑥。

注　释

① 遥渺:遥远渺茫。

② 辉熠:辉煌灿烂。

③ "万笏"句:指三清山一大景观"万笏朝天"。

④ "女神"句:指"女神司春"景。

⑤ 巨蟒出山:三清山绝景之一。

⑥ 幕天席地:以天为幕,以地为席;比喻胸襟高旷开朗,不拘行迹。

念奴娇·登黄山

探幽蹊径,隐时现、虬曲九天霄外。脚踏清岚,缘绝壁、路转峰回暧嗳。始信①初逢,天都②尚杳,期顶唯豪迈。莲花③巅际,宝光灼耀④千载。　欹倚列列青松,与伊同睥睨,苍茫叠黛。险峙飞来⑤,频顾觅、箕踞石猴⑥何在?化境独钟,生花捉妙笔⑦,诗情澎湃⑧。凭栏高处,神游缥缈云海。

注　释

① 始信:指始信峰。

② 天都:指天都峰。

③ 莲花:指莲花峰。

④ 宝光：神奇的光辉。灼耀：明亮耀眼。

⑤ 险峙：险峻。飞来：指飞来石。

⑥ 箕踞：两脚张开，两膝微曲地坐着，形状像；这是一种不拘礼节、傲慢不敬的坐法；比喻轻慢傲视对方的姿态。石猴：指"石猴观海"景观。

⑦ "生花"句：指"妙笔生花"景。

⑧ 澎湃：波浪互相撞击；喻声势浩大，气势雄伟。

念奴娇·泰山日出

危岩欹倚，值秋夜、明月清风霄籁。万物潜形，苍莽①际、晨杲朝暾②犹待。顿彻东峦，渐明北麓，刹那③腾霓霭。乾坤清朗，几曾天地澎湃。　一去肺腑阴霾，壮怀生海宇④，神游三界。方丈蓬莱，缘素意、唯盼吾侪青睐⑤。羁绊卅年，频添只华发，今疏瘿瘲。田园归去，菇羹兼及鲈脍。

注　释

① 苍莽：犹苍茫。

② 杲：光明。暾：刚出的太阳。

③ 刹那：极短暂的时间。

④ 海宇：犹海内，宇内。

⑤ 青睐：青眼，垂青。形容重视，看得起。

念奴娇·长白秋色

重峦叠嶂，望嫣紫、千里长白秋色。涧壑溪澄，波流碧、杳渺晴空云鹤。枫簇丹栖，松茏翠渥，桦白缃竞叶。江山如画，苍天眷顾桑柞①。　何幸息隐林泉，红尘堪是处，几曾漠漠。秋高气朗，心化境、情寄只唯碧落。百曲回肠，依清彻肺腑，禅佛勘破。缕丝不滞，人生最契寥廓。

注　释

① 柞(zuò)：栎的通称；大风子科，常绿灌木或小乔木，生棘刺，叶卵形或长椭圆卵形；木质坚硬，宜做家具，叶可入药，可作观赏树。

念奴娇·呼伦贝尔

淡烟茵草，看青碧、万里长天如洗。湖澹川幽，皆迤逦、绵渺①苍茫无际。翥宇雄鹰，驰原骏骥②，是处牛羊戏。虫鸣天籁，更谐莺啭声细。　　篝火曼舞轻歌③，千杯悉饮罄，几重心绪。共挈白云，偕朗月、遥睇牵牛织女。杳袅④琴音，敖包谁契会⑤，只须情寄。宇高穹迥，但期平野⑥长憩。

注　释

① 绵渺：水面遥远广阔貌。

② 骏骥：泛指良马。

③ 曼舞轻歌：犹轻歌曼舞。

④ 杳袅：犹飘渺；渺茫。

⑤ 契会：约会，盟会；符合，相通；领悟，领会；谓关系融洽。

⑥ 平野：平坦广阔的原野。

【木兰花慢】

木兰花慢·天目湖

自天张炯①目,睨濑水②、览三吴。正白鹭偕飞,客樯竞渡,叟网澄湖。唏嘘③人间妙境,嶂峦赊、悄隐几村坞④。心旷穹遥宇阔,情羁霭杳云浮。　　朋俦鱼宴畅山庐,鲈脍莼羹殊。愧久别乡音⑤,时疏蕨味,总逊蓬壶。今朝顿开茅塞,乐天伦、谁胜一渔夫。冀借扁舟一叶,期循五柳高躅⑥。

注 释

① 炯:光明,明亮。

② 濑水:溧阳的古称;溧水。

③ 唏嘘:有所触动而感慨。

④ 村坞:村庄;多指山村。

⑤ 乡音:说话的语调具有家乡特色;家乡的口音。

⑥ 高躅:崇高的品行;指有崇高品行的人;指归隐。

木兰花慢·终南山

自层峦叠嶂,倚秦岭、望长安。辋川谒摩诘①,伯阳函谷②,韩愈蓝关③。曾游武陵涧壑,现方知、大隐有终南。云起与君坐看,水穷任汝行探。　　凝眸碧宇向江天,胜境俱惓惓④。愿一管长笛,两杯碧醑,共酹清寒。尘心寄将何处?倩岚烟⑤、萦绕几重山。冀浣三楹茅屋,悄栖吾辈心禅。

注　释

① 辋川：水名,即辋谷水;诸水会合如车辋环凑,故名;在陕西蓝田县南,源出秦岭北麓,北流至县南入灞水。摩诘：指王维。

② 伯阳：指老子。函谷：指函谷关。

③ 蓝关：指蓝田关,在蓝田县东南。韩愈有"云横秦岭家何在,雪拥蓝关马不前"诗句。

④ 惓惓：深切思念;念念不忘。

⑤ 岚烟：山间雾气。

木兰花慢·龙宫①

正扁舟一叶,乘溪漾、向龙宫。叹绝壁峥嵘,危石错落②,玉蠹琼横。徘徊虬曲蹊径,几潆洄、漫溯只幽冥。悄憩人间化境,唯余绮梦千重。　　天崩地坼不须惊,欲辟总鸿蒙。赏霞翳岚栖,曹衣出水,吴带当风。③勿寻桃源阆苑,破无明、画意自心中。万物悉由心造,红尘是处蓬瀛。

注　释

① 龙宫：位于贵州安顺西秀区境内,集溶洞、峡谷、瀑布、峰林、绝壁、溪河、石林、漏斗、暗河等多种喀斯特地质地貌景观于一体,是喀斯特地貌形态展示最为全面、集中的景观,被誉为"天下喀斯特,尽在龙宫"。

② 错落：交错纷杂。

③ "曹衣"二句："曹衣出水"与"吴带当风"相对的一个概念,主要是指古代人物画中衣服褶纹的两种不同的表现方式。前者笔法刚劲稠叠,所画人物衣衫紧贴身上,犹如刚从水中出来一般;后者笔法圆转飘逸,所绘人物衣带宛若迎风飘曳之状。

木兰花慢·三峡

自清江万里,破三峡、向沧溟。正险锁瞿塘①,情羁巫雨②,思邈西陵③。昔曾襄王④梦断,越千年、神女尚云峰。难觅纤夫何处,犹闻两岸猿声。　人生寂寂总无凭,杨子⑤最遗情。溯工部⑥诗痕,谪仙履迹,落雁⑦茕踪。凝眸绮波东逝,冀潺湲、载吾到洞庭⑧。不惮红尘未杳,只怜心绪难平。

注　释

① 瞿塘:即瞿塘峡。位于重庆市奉节县东的白帝城,至巫山县的黛溪镇,长约八千米,为长江三峡之一。两岸岩壁高峙,江水怒激,峡口滟滪堆,矗立江心,形势险恶,为全蜀江路的门户。

② 巫雨:指巫山云雨。

③ 西陵:即西陵峡,因宜昌市的西陵山而得名。西起湖北省秭归县西的香溪口,东止宜昌南津关,全长76千米;历史上以其航道曲折、怪石林立、滩多水急、行舟惊险而闻名,是长江三峡中最长的峡谷;自上而下,共分四段:香溪宽谷,西陵峡上段宽谷,庙南宽谷,西陵峡下段峡谷。

④ 襄王:指楚襄王。

⑤ 扬子:此指长江。

⑥ 工部:指杜甫。

⑦ 落雁:指王昭君。

⑧ 洞庭:指洞庭湖。

木兰花慢·登青城

自拄藜藤杖,趁晨旦①、陟青城。正鸟啭筠丛,钟鸣古刹,天籁和声。憩息溪边亭榭,与君偕、快步谒三清。不滞山重水复②,唯期点亮心灯。　清风明月最怡情,道法自然平。愿霭寄吾思,云托汝梦,万物惜惺。轻挹岩间泉漾,洗风尘、澄澈吾胸膺。奚辨释迦③老子,且沉妙境心中。

注　释

① 晨旦:天亮。

② 山重水复:指山峦重迭,水流盘曲。

③ 释迦：即释迦牟尼。

木兰花慢·黄果树瀑布

正危崖泻瀑，舞白练、罥虹霓。幸雨燕衔波，白鸥戏水，无限涟漪。凝眸悠悠天际，曲流东、不尽只萋萋。犹臆一川碧漾，潆洄几处村扉①。　人间化境总迷离，冀与海瀛期。畅叠嶂栖烟，重峦覆翠，宇阔云低。悄寻霞客游迹②，纵千年、月逝鸟犹啼。宜把岩间雨露，为君湔洗③征衣。

注　释

① 村扉：农家的门扉。
② 游迹：游览所到之地。
③ 湔洗：洗濯；除去。

木兰花慢·黄帝陵

望层峦叠嶂，瘗雄骨、葬英魂。正廊曲亭薧，鼓喧香袅，柏翠松荫。悄寻贤踪圣迹，总尊崇①、千载尚津津。不尽山巍岭峻，几多宇寂寰森。　鸿蒙初辟是谁人？轩辕②定乾坤。自火种刀耕，仓颉造字，教化氓民③。煌煌④九州一统，纵漂杵⑤、何惜此战身。耿耿炎黄血脉，绵绵华夏子孙。

注　释

① 尊崇：尊敬推崇。读本词可参阅前文《一剪梅·黄帝陵》注释。
② 轩辕：指黄帝，被尊祀为中华"人文初祖"。
③ 氓民：民众，百姓。犹民氓。
④ 煌煌：明亮辉耀貌；光彩夺目貌。
⑤ 漂杵：浮起舂杵；形容恶战流血之多。

木兰花慢·西安碑林①

自飞薨碧宇,越千载、熠碑林。赏褚柳欧颜②,苏黄米蔡,翰墨谁人。犹思《兰亭集序》③,水流觞、椽笔④撼古今。僧素⑤愁怀《自叙》,颠张⑥杯酒知音。　　龙蛇飞舞破迷津,勘点只唯心。忆篆始李斯⑦,隶行黥首⑧,楷盛右军⑨。悉依高格精气,畅胸襟、蕴藉⑩铸书魂。但愿人生不老,只因不滞红尘。

注　释

① 西安碑林:在陕西西安南城墙内侧文庙内。建于宋元祐五年(1090年),原为保存唐《开成石经》而建,历代陆续将珍贵碑刻入藏。内储汉魏直至明清的各种碑石文物 11 000 余件,是中国保存碑石最多的地方。著名书法家如唐欧阳询、褚遂良、张旭、怀素、颜真卿、柳公权,宋苏轼、米芾、蔡京,元、明赵孟頫、董其昌等代表作的碑石大都集中于此;还藏有唐昭陵四骏石像浮雕。

② 褚柳欧颜:指唐代书法家褚遂良、柳公权、欧阳询、颜真卿。

③《兰亭集序》:指王羲之的书法和文章。

④ 椽笔:指大手笔,称誉他人文笔出众。典出《晋书·王珣传》。

⑤ 僧素:指怀素(737—799 年),史称"草圣",唐代书法家。字藏真,僧名怀素,俗姓钱,永州零陵(湖南永州)人。自幼出家为僧,经禅之暇,锐意草书,继承张旭,谓"颠张醉素"。存世书迹有《自叙帖》《苦笋帖》《论书帖》等。

⑥ 颠张:指张旭。

⑦ 李斯:秦宰相。创制小篆。

⑧ 黥首:在额头刺字、涂墨;古代多用于对犯人的刑罚。传隶书的创始者程邈,曾因得罪始皇,被关押于云阳狱中。

⑨ 右军:指王羲之。擅长行楷,《兰亭集序》号称"天下第一行书"。

⑩ 蕴藉:含蓄而不显露。

木兰花慢·延安

瞻龙蟠虎踞,旅延府^①、望神州。叹窑洞膏灯^②,绳床书策^③,十载雄纠。斡旋^④西安事变,赴国忧^⑤、抗日共仇雠。屈指^⑥长征万里,扪心僻壤^⑦千秋。　依稀宝塔^⑧矗高楼,一水尚东流。睨原上黍波,塍间麦浪,雨润风酬。畴昔敝庐^⑨犹在,忆峥嵘、情绮总难休。何惧风尘仆仆^⑩,但看天地悠悠。

注　释

① 延府:指延安。

② 膏灯:燃油的灯。

③ 绳床:一种可以折迭的轻便坐具;以板为之,并用绳穿织而成。书策:书册,书籍。

④ 斡旋:调解;扭转僵局。

⑤ 国忧:国家的忧患;国家的危难。

⑥ 屈指:弯着指头计数。

⑦ 扪心:指抚摸胸口,表示反省。僻壤:偏僻的地方。

⑧ 宝塔:始建于唐,现为明代建筑。平面八角形,九层,高约44米,楼阁式砖塔。

⑨ 敝庐:破旧的房子。亦作称自家的谦辞。

⑩ 风尘仆仆:形容旅途奔波劳累。风尘:指行旅;仆仆:行路劳累貌。

木兰花慢·游览西安古城

倚谯垣^①凝伫,看落日、忆长安。怅汉武鸿猷,唐宗霸业,千载凭栏。神州谁堪雄俊^②?只唏嘘^③、往圣与今贤。思借一轮皓月,逡巡绮梦无边。　依稀灞上渺风烟^④,高塔^⑤雁犹衔。览太液^⑥芙蓉,未央^⑦杨柳,冢茂陵乾^⑧。漠漠钟楼鼙鼓^⑨,邈苍穹、尚动吾心弦。有幸炎黄苗裔⑩,情羁万里江天。

注 释

① 谯:谯楼。垣:墙;城。

② 雄俊:英武健壮,与众不同。指英雄俊杰。

③ 唏嘘:哭泣后不由自主地急促呼吸;通常指无奈,感慨,叹息。

④ 灞上:在陕西省西安市东、灞水西高原上,故名。风烟:指朦胧的景物;比喻战乱。

⑤ 高塔:指大雁塔。

⑥ 太液:即太液池,汉唐皆有。西汉太液池在建章宫北,今陕西西安西北,水源引自城北渭水。唐太液池在大明宫北,今西安市北偏东,分东西两部,中以渠道相连,水源或来自禁苑漕渠。

⑦ 未央:即未央宫。西汉帝国的大朝正宫,汉朝的政治中心和国家象征,建于汉高祖七年(前 200 年),由刘邦重臣萧何监造,在秦章台的基础上修建而成,位于汉长安城地势最高的西南角龙首原上,因在长安城安门大街之西,又称西宫。自未央宫建成之后,西汉皇帝都居住在这里,成为汉帝国二百余年间的政令中心,所以后世将未央宫作为汉宫的代名词。遗址在西安西北郊汉长安故城内西南隅。

⑧ 茂:指茂陵,汉武帝墓。乾:指乾陵,唐高宗与武则天合葬墓。

⑨ 鼙鼓:中国古代军队中用的小鼓,汉以后亦名骑鼓;古代乐队也用。

⑩ 苗裔:指后代子孙。

木兰花慢·喀纳斯湖

正湖波荡漾,皑岚袅、碧空澄。自水鉴透①峦,游皴曲嶂,棹任兰舲②。何人烟蓑雨笠,牧牛羊、漫溯岸边行。无觅浪间水怪,犹期宇际苍鹰。　　浮生有梦即千重,化境总心中。愿云抹舒眉,桦丛媚眼,是物羁情。渐疏红尘俗世,冀羌笛、吹彻吾胸膺。袖蕴一轮明月,襟怀百缕清风。

注　释

① 鉴:照;仔细看。逶:即逶迤。读本词参阅前注《临江仙·喀纳斯湖》。

② 兰舻:游船的美称。

木兰花慢·秋游雁荡

正秋高雁荡,眼嫣紫、耳鸿声。望瀑泻危崖,枫丹绝巇①,云渺高穹②。清湫③两潭碧漾,竞涟漪、猜臆尚藏龙。静伫百重岩壑,凝眸千仞峦峰。　　永嘉④山水畅心胸,二谢⑤最遗情。冀攀霭缘岚,游穷毓秀,踏遍钟灵。期循昔贤游迹,挈佳侪、道骨伴仙风。不畏红尘杳杳,但期苍宇冥冥。

注　释

① 绝巇:极高的山峰。读本词参阅前注《南乡子·雁荡山》。

② 高穹:苍天。

③ 湫:水潭;洞穴。

④ 永嘉:雁荡山所在地乐清,古属永嘉郡。

⑤ 二谢:指谢灵运和谢朓。前为晋宋诗人,后为南齐诗人;均以写山水诗见长,称大谢和小谢。

木兰花慢·过楠溪江①

正一川迤逦,曲青嶂、绕村扉。喜笠媪禾塍,襄翁稻陌,暮霭②牵衣。乍见炊烟袅袅,诧桃源、今日躲楠溪。尘世难疏秦晋,人间应有犬鸡。　　寒沙雾翳总迷离,化境讵须期。愿共践鸥盟,同欣旨趣,偕隐茅茨。悄寻永嘉足迹,纵千年、不负谢公屐。行遍天涯海角,携归无限虹霓。

注　释

① 楠溪江：位于浙江温州永嘉境内。以水美、岩奇、瀑多、村古、林秀闻名，被誉为"永远的山水诗，最美的桃花源"。

② 暮霭：指黄昏时的云雾。

木兰花慢·水乡

探水乡杳渺，踏青旅、诣遥程。正一棹莼波，两楫荷浪，三网渔风。绕墟桃红柳绿，总萋萋、禾稻漾田塍。随处莺歌燕舞，是时犬吠鸡鸣①。　　桃源世外最怡情，栖隐茅茨中。自漫啜村醪，欣聆俚曲②，笑对俗丁。何寻心灵归宿？只期许、野蕨佐杯羹。晨起一轮明月，暮归几抹霓虹。

注　释

① 犬吠鸡鸣：比喻聚居在一处的人口稠密。犹"鸡鸣狗吠"，出自《孟子·公孙丑上》："鸡鸣狗吠相闻而达乎四境。"

② 俚曲：通俗的歌曲。也叫"俗曲"。

木兰花慢·伊人

纵红尘漠漠，俩萍水、亦相逢。醉眉上春山，眸中秋水，梦里娇声。沉吟风花雪月，满尘寰、海誓并山盟。偕点韩香缕缕，犹怜潘鬓星星。　　流云世事总难凭，情雨尚依风。愿织锦回文①，当垆卖酒②，燕子③深情。今朝幸能比翼，自鹣鹣、遂宇向苍冥。连理何曾一世，夙缘有待三生。

注　释

① 织锦回文：用五色织成的回文诗图。《晋书·列女传》："窦滔妻苏

氏,始平人也,名蕙,字若兰,善属文。滔,苻坚时为秦州刺史,被徙流沙,苏氏思之,织锦为回文旋图诗以赠滔。宛转:循环以读之,词甚凄婉。"相传其锦纵横八寸,题二百余首,计八百余言,循环往复,皆成章句。后遂以之借借妻子的书信诗简,亦用于赞扬女性的绝妙才思。

回文:即回文诗,也写作"爱情诗""回环诗";是汉语特有的一种使用词序回环往复的修辞方法,文体上称之为"回文体"。唐代上官仪说,"诗有八对",其七曰"回文对","情新因意得,意得逐情新",用的就是这种措词方法。

② 当垆卖酒:出自《史记·司马相如列传》:"相如与俱之临邛,尽卖其车骑,买一酒舍酤酒,而令(卓)文君当垆。相如身自著犊鼻裈,与保佣杂作,涤器于市中。"当垆:即卖酒。垆:放酒坛的土墩。

③ 燕子:指燕子楼。唐白居易《燕子楼诗序》:"徐州故张尚书(建封)有爱妓曰盼盼,善歌舞,雅多风态。……尚书既没,归葬东洛,而彭城有张氏旧第,第中有小楼名燕子。盼盼念旧爱而不嫁,居是楼十余年,幽独块然。"

木兰花慢·冰灯

偕伊游阆苑,臆穹昊①、尚尘寰。正玉宇凝虹,琼楼②胃碧,羽化登仙。心驰一轮皓月,与姮娥、同醉几婵娟。不怅诗情杳渺,唯惜绮梦阑珊。   人生仙境欲何堪,心旷邈云闲。愿手擎银花,肩摩火树,巡地游天。奚时携君归去,共徜徉、瀛海并蓬山。不滞红尘漠漠,但余冽冽清寒。

注　释

① 穹昊:犹穹苍。苍天;指天帝。

② 琼楼:诗文中指仙宫里的楼台,形容华美的建筑物。

木兰花慢·值小雪夜思

恰节侯小雪,骤寒凛、冻莹心。正逼仄①板床,破棉冷衾,无寐蜷②身。娇伊几曾梦里,念牢挈、泪眼总萱椿③。但叹凡常吾辈,何疏万丈红尘。　　浮生羁旅莫逡巡,最契孤山人④。羡一世梅妻,三生鹤子,岩壑知音。携君心归何处?藉佛禅、情寄只泉林。兴至几杯碧醑,闲来百缕诗魂。

注　释

① 逼仄:狭窄。
② 蜷:身体弯曲。
③ 萱椿:指父母。参见椿萱。
④ 孤山人:指林和靖。

木兰花慢·冬雨

　　怅凄凄冬雨,侵寒骨、断离魂。正柳袅残丝,桐飘败叶①,梅溢清馨②。吾疑欲问天帝,是奚由、连日竟霾阴③。循道澄清碧宇,参禅勘破迷津。　　宜期穹昊降甘霖,霁止几溪云。正郁郁黄花,青青翠竹④,总畅胸襟。尘间一如同理,敬佛陀、万法只唯心。有幸今朝顿悟,可期厥后通人⑤。

注　释

① 败叶:凋零的树叶。
② 清馨:清香;淡淡的香气。
③ 霾阴:此即阴霾。
④ 郁郁黄花,青青翠竹:佛教禅宗语,见前注。
⑤ 通人:通达之人。

木兰花慢·牢中悟

　　怅五年缧绁,未囚志、尚萦身。自晨练舒筋,昼工壮骨,夜笔销魂。吾侪何曾牢狴，请佛陀、去妄破迷津。莫效凡夫畏果，应循菩萨思因。 浮生谁可越红尘，万法只唯心。愿悉物参禅，是时问道，洞彻痴嗔①。迦叶拈花一笑②，祖达摩、面壁自乾坤。唯冀今朝顿悟，且期来日真人。

注 释

① 洞彻：透彻了解。痴嗔：指贪嗔痴慢疑，佛教所说的五毒心。此五种心会使人造作恶业，清除五毒心是修行的重要目标；若五毒心不除而修禅定，则终究是邪定；修大神通或各种玄妙大法，若五毒心尚存，则可能会变成魔通或各种恶法。因此，欲修佛道必先除五毒心。

② 拈花一笑：比喻心心相印，会心。宋释普济《五灯会元·七佛·释迦牟尼佛》："世尊在灵山会上，拈花示众，是时众皆默然，唯迦叶尊者破颜微笑。"释迦牟尼对众说："吾有正法眼藏，涅槃妙心，实相无相，微妙法门，不立文字，教外别传，付嘱摩诃迦叶。"因此，迦叶成为禅宗的始祖。

木兰花慢·食鱼①

久疏腥膻②味，幸餐鱼、几梦萦。正腹里馋虫，嘴边涎水③，佐我杯羹④。诓嗔同侪啖相⑤，笑何人、逆旅不营营⑥。饿死拒食周粟⑦，夷齐⑧千载谁凭？ 浮生未惧履征蓬，困境骨难轻。总乐啜糙茗⑨，欣嚼粝饭，壮己胸膺。岂哀红尘漠漠，俭与奢、不必滞心中。缧绁犹堪消业⑩，囚絷权作修行。

注 释

① 食鱼：狱中一年仅有的几次吃鱼机会。

② 腥膻：指肉食。

③ 涎水：口水，北方方言又叫哈喇子。

④ 杯羹：肉汁；多指可分享的部分利益。

⑤ 同侪：辈份相同的人；同伴，伙伴。啖相：指吃相。

⑥ 营营：往来频繁的样子；追求奔逐；内心烦躁不安。

⑦ 周粟：周代的禄食。《史记·伯夷列传》："天下宗周，而伯夷、叔齐耻之，义不食周粟，隐于首阳山，采薇而食之。"后多指有气节者所不能接受的新朝的俸禄。

⑧ 夷齐：即伯夷和叔齐。《史记·伯夷列传》："伯夷、叔齐，孤竹君之二子也。父欲立叔齐，及父卒，叔齐让伯夷。伯夷曰：'父命也。'遂逃去。叔齐亦不肯立而逃之。国人立其中子。于是伯夷、叔齐闻西伯昌善养老，盍往归焉。"古人排行曰伯仲叔季，伯为长子，叔为三子。

⑨ 糙茗：粗劣的茶水。

⑩ 消业：佛教语，是"消除业障"或者"中断罪报"的简化。典籍中并无，但有些法师在讲经时会用。

【风入松】

风入松·贺兰山[①]

逶迤高耸御风寒,疑是卫中原。何因苏武[②]从羊牧,驾长车、难破贺兰。西夏王陵千载,穹苍毡帐百年。　谁言迥异[③]汉和蛮,谬见[④]隐皇权。刀耕火种兼岩画,迄而今、震旦[⑤]家园。不惧桑田沧海,只唯道法人天。

注　释

① 贺兰山:读本词可参阅前注《浪淘沙·贺兰山》。

② 苏武:(? —前 60),西汉杜陵(今陕西西安)人,字子卿。天汉元年(前 100 年),奉命以中郎将出使匈奴,被扣留。匈奴多次威胁诱降,又被迁到北海(今贝加尔湖)边牧羊,留居匈奴十九年,持节不屈。至始元六年(前 81 年)方获释归汉,拜典属国。神爵二年(前 60 年)去世,享年八十余岁。

③ 迥异:迥然不同;完全不同。皇权:皇帝或皇室的权力。

④ 谬见:荒谬的见解;亦谦称自己的见解。

⑤ 震旦:指中国。梵语 ciña 的音译,古印度对中国的称呼。

风入松·祁连山[①]

祁连横亘[②]欲云端,穷尽碧穹间。渐渐去病[③]清泉酒,依稀见、孟起[④]扬鞭。谁喟[⑤]群贤悉杳,犹余万里江天。　黍波麦浪尚依然,迤逦总婵娟。但凝马踏轻飞燕[⑥],凉州曲、杨柳管弦[⑦]。唯愿春风再度,只期明月重圆。

· 224 ·

注 释

① 祁连山：位于甘肃张掖西南，是甘肃、青海两省的界山。

② 横亘：横跨；横卧。

③ 去病：霍去病（前140—前117），西汉名将。河东平阳（今山西临汾）人。汉武帝皇后卫子夫及大司马大将军卫青的外甥，大司马大将军霍光的同父异母兄长。十八岁为剽姚校尉，率领八百骑兵深入大漠，两次功冠全军，封冠军侯。十九岁时升任骠骑将军，指挥两次河西之战，歼灭和招降河西匈奴近十万人，俘匈奴祭天金人，直取祁连山。元狩四年（前119年），与卫青率军深入漠北，消灭匈奴左贤王部主力七万余人，追击匈奴军直至狼居胥山与姑衍山，分祭天地，临翰海而还。元狩六年（前117年），病逝，年仅二十四岁。武帝赐谥号"景桓"，陪葬茂陵，并仿照祁连山的形状为其修筑坟墓。

④ 孟起：即马超（176—222），字孟起，扶风茂陵（今陕西兴平）人。汉伏波将军马援的后人，马腾之子。三国时期蜀汉名将，领凉州牧。勇武超群，羌人畏之。

⑤ 喟：叹息。

⑥ 马踏飞燕：铜奔马，又名"马超龙雀"。为东汉青铜器，1969年10月出土于甘肃武威雷台汉墓。通高34.5厘米，长45厘米，宽13.1厘米，重7.3千克，造型矫健精美，作昂首嘶鸣，疾足奔驰状，显示了一种勇往直前的豪情壮志，是中华民族伟大气质的象征。国宝级文物，为甘肃博物馆镇馆之宝。

⑦ 管弦：管乐与弦乐；泛指音乐。

风入松·龙虎山①

悠悠碧水曲潺湲，叹虎踞龙蟠。天师②道法何曾竟，青峰顶、阡陌桑田。莫道幽魂冥幻③，但瞥崖际悬棺④。　寄怀犹恐负流年，羽化几登仙。扁舟一叶期何往，白云边、五柳桃源。雨笠烟蓑相伴，红尘世外等闲。

注　释

① 龙虎山：读本词可参阅前注《高阳台·龙虎山》。

② 天师：指张道陵。详见前注。

③ 冥幻：虚幻，不实在。

④ 悬棺：是中国古代的一种奇特葬俗。在悬崖上凿数孔钉以木桩，将棺木置其上；或将棺木一头置于崖穴中，另一头架于绝壁所钉木桩上。人在崖下可见棺木，故名。龙虎山卢溪河两岸绝壁上有许多洞穴，隐藏着难以计数的悬棺。据考古发现，这些悬棺均由独根楠木制成，轻则数百斤，重则上千斤，俱为春秋战国的古物，当时是如何放置上去的，成了千古之谜。

风入松·壶口瀑布[①]

狂涛吼破百重岩，秦晋两圻[②]间。黄沙淘尽情难寂，几曾负、厚土高天。为有悬壶济世[③]，始迤万里波澜。　　欲增豪气伫流边，聆啸瀑声喧。秦皇汉武皆遥杳，但欣尔、不忝流年。一喟千溪壅聚，再思滴水石穿。

注　释

① 壶口瀑布：读本词参阅前注《满江红·壶口瀑布》。

② 圻(yín)：通"垠"，指边际。

③ 悬壶济世：原颂誉医者救人于病痛；此处借指灌溉等为民众造福。

风入松·鼓浪屿[①]

日光岩[②]上欲凭栏，小屿隐榕间。幽街漫溯寻昔迹，琴声起、鼓浪和弦。天际情衔何处，夕霞落日归帆。　　悄拾螺贝海滩边，惬意[③]复悠闲。郑公[④]孤立犹回首，疑凝望[⑤]、马祖[⑥]台湾。浩淼[⑦]盈盈一水，难隔血脉拳拳。

注 释

① 鼓浪屿：位于福建厦门岛西南。本一荒岛，郑成功曾屯兵于此，清光绪辟为租界。今有海上花园美称。

② 日光岩：俗称"岩仔山"，别名"晃岩"。相传 1641 年，郑成功来到晃岩，看到这里的景色胜过日本的日光山，便把"晃"字拆开，称之为"日光岩"。

③ 惬意：称意，满意；舒服。

④ 郑公：指郑成功。

⑤ 凝望：目光凝聚在某个物体上；引申为期望、盼望。

⑥ 马祖：指马祖岛。

⑦ 浩淼：水面广阔；广大辽阔的样子。

风入松·避暑山庄①

何疑塞外是江南，亭榭水流潺。神州不枉丘峦壑，兰舟载、杏雨荷烟。楠木殿②中御笔，苍穹帐下琴弦。　　人生境界谓达观，碧宇任悠然。康乾踪迹皆缥缈，何须羡、往圣今贤。棒槌山间云鹤③，外八庙里佛天。

注 释

① 避暑山庄：读本词参阅前注《浪淘沙·承德避暑山庄》。

② 楠木殿：原澹泊敬诚殿，建于康熙五十年（1711 年），本为松木结构，匾额为康熙亲笔所题。乾隆皇帝于其十九年（1754 年）用金丝楠木改建了这座大殿，后俗称楠木殿。

③ 云鹤：即鹤。常以喻清奇的骨格、气质；又以喻隐居之人。

风入松·富春江上①

扁舟一叶溯春江，不悉碧流长。高台严子②犹独钓，加帝腹^③、谁圬疏狂？熠熠坡翁^④翰墨，悠悠公望^⑤画廊。　放歌纵酒古贤乡，豪气总飞扬。人生何处堪桑梓，借云履^⑥、踏遍苍茫。白鹿衔花君戴，青猿献果吾尝。^⑦

注　释

① 富春江上：读本词参阅《临江仙·千岛湖》。

② 严子：指严光，东汉隐士。

③ 加帝腹：即足加帝腹。指严子陵和刘秀同眠，向脚放刘秀腹上事。

④ 坡翁：指苏东坡。

⑤ 公望：指黄公望，画有《富春山居图》。

⑥ 云履：绣有云霞花纹的鞋子。比喻步仙人履迹。

⑦ "白鹿"二句：出自宋仁宗《赞僧赋》："白鹿衔花，青猿献果。春听莺啼鸟语，妙乐天机；夏闻蝉噪高林，岂知炎热。秋睹清风明月，星灿光耀；冬观雪岭山川，蒲团暖坐。任他波涛浪起，振锡杖以腾空；假饶十大魔军，闻名而归正道。"

风入松·雪窦寺^①

悠悠古刹对青山，大肚纳坤乾。时值末法颓佛力，祈弥勒、度众涅槃。不惮红尘漠漠，只钦笑口拳拳。　人生侘傺总难阑，无住自翛然。沧溟浩渺因容水，惜吾辈、尚愧溪川。细咀^②清风列列，饱餐明月娟娟。

注　释

① 雪窦寺：南宋被敕封为"五山十刹"之一，明代列入"天下禅宗十刹五院"之一，民国跻身"五大佛教名山"之一。为弥勒佛道场，内有雪窦山弥勒大佛。参阅前注《江城子·雪窦寺》和《江城子·蒋公故里》。

② 咀：细嚼；玩味。

风入松·佘山^①

沪垌难有百寻丘,陟顶一眸收。参差^②楼宇皆盈目,何处觅、稻埂禾洲。天主堂^③中虔拜,观星台上暝搜。 人生最患负风流,阛阓匿清幽。谁言大隐难于市,心中寂、无处闲愁。侧耳时聆天籁,丰膺总纳春秋^⑩。

注 释

① 佘山:位于上海松江区,为国家森林公园。分东西两山,两山海拔100.8米,是上海陆地第一高峰。
② 参差:长短、高低不齐的样子。
③ 天主堂:指佘山圣母大教堂。
④ 观星台:指佘山天文台。

风入松·豫园灯会

银花火树竞澄天,熙攘^①几流连。徘徊九曲^②猜谜语,遍豫园、聆尽管弦。是处紧牵伊手,人间最契团圆。 郎女^③遥对怜星汉,朗月照坤乾。长生莫履姮娥迹,唯萦系^④、桂魄蟾缘。莫道红尘不老,吾心只寄婵娟。

注 释

① 熙攘:形容人来人往,非常热闹。
② 九曲:指豫园九曲桥。
③ 郎女:牛郎和织女。
④ 萦系:牵挂。

风入松·梅雨

人间何处有清凉,梅季正兹狂。无端潴暑兼淅沥,犹疑是、天漏难央。多少红尘风雨，迍羁[①]肺腑胸腔。　　频忧外境总彷徨，心寂讵苍茫。积霖[②]权且湔身垢，心弗染、道界佛疆。有待幽幽禅意，悄栖阆苑仙乡。

注　释

① 迍羁：困顿拘束。

② 积霖：久雨。

风入松·听雨

黄昏细雨正凄迷，点点浥荷衣。倾聆芭叶安魂曲[①]，竞参差、偕伴蛩机。阶上悄生苔碧，池中渐荡涟漪。　　吾侪注定悦琼滴，最契天人一。红尘洗却澄苍宇，禅心净、柳下桃蹊[②]。庄老[③]佛陀同在，勘穷沥沥淅淅。

注　释

① 安魂曲：一种天主教会的合唱歌曲。

② 桃蹊：指桃树众多的地方。

③ 庄老：庄子和老子。

风入松·遐思

桃花源里事躬耕，陶令[①]乐偕行。清宵把酒邀明月，慕谪仙[②]、遥酹星空。不计红尘多少，唯期妙境心中。　　天涯海角任萍踪，何处是三清。蓬山瀛海悉行遍，总祈愿、同践鸥盟。阆苑疑犹百世，华胥期冀千重。

注　释

① 陶令：指陶渊明。

② 谪仙：指李白。

风入松·风筝

　　纤纤一线系纸鸢,魂魄杳青天。红尘是际皆遥渺,凭高举[①]、洞彻尘寰。不计桃源何处,讵思佛祖奚边。　　今朝有幸挽青鸾,悄伴绮云闲。迢迢银汉何须渡,捎羿[②]信、慰藉娥仙[③]。谁谓娇身难觅,痴情只在萦牵。

注 释

　　① 高举:高飞,高扬。亦喻隐居。
　　② 羿:指后羿,嫦娥之夫。
　　③ 娥仙:此指嫦娥。

风入松·遨游

　　昨宵绮梦任清风,浩宇数繁星。牛织银汉犹茕对,与姮娥、几竞痴钟。北斗[①]欹横犹柄,把浆将与谁倾。　　蓬山行遍踏瀛溟,天地总怡情。谪仙共酒千杯蟹,偕摩诘、水迹云踪。五柳桃源难觅,自栖化境心中。

注 释

　　① 北斗:指北斗七星,是由天枢、天璇、天玑、天权、玉衡、开阳、摇光七星组成。古代把这七星联系起来想象成古代舀酒的斗形。天枢、天璇、天玑、天权组成为斗身,古曰魁;玉衡、开阳、摇光组成为斗柄,古曰杓。

风入松·桑梓

　　莼羹鲈脍几多香,故土梦悠长。堪怜上蔡东门犬[①],魂归处、村梓墟桑。一缕红尘未染,何须空负苍茫。　　少年懵懂[②]总疏狂，天地任徜徉。坦途歧路悉行遍，讵能忘、椿地萱邦③。钟鼎泉林皆杳，人生化境无疆。

注 释

① 东门犬：即东门黄犬。用以作为为官遭祸，抽身悔迟之典。出自《史记·李斯列传》："斯出狱，与其中子俱执，顾谓其中子曰：'吾欲与若复牵黄犬俱出上蔡东门逐狡兔，岂可得乎！'遂父子相哭，而夷三族。"

② 懵懂：指头脑不清楚或不能明辨事物。

③ 椿地萱邦：指父母之都，故乡。

风入松·阳关①

高歌一曲正阳关，心荡②越荒原。岑参高适③今安在？西风④烈、鸿雁戻天。故垒堞楼⑤烽火，长河落日孤烟⑥。　犹疑塞外是江南，麦黍总萋然。悠悠大漠陈穹帐，羌笛曲、几诉流年。有幸今朝驰马，可期明日扬鞭。

注 释

① 阳关：位于甘肃敦煌西南的古董滩附近。为中国古代陆路对外交通咽喉之地，是丝绸之路南路必经的关隘。西汉置关，因在玉门关之南，故名。和玉门关同为当时对西域交通的门户。宋代以后，因与西方和陆路交通逐渐衰落，关遂圮废。

② 心荡：心情激荡。

③ 岑参：（约715—770）：唐诗人。江陵（今湖北荆州）人。与高适并称"高岑"。长于七言歌行，对边塞风光、军旅生活，以及异域的文化风俗有切身感受，边塞诗尤多佳作。高适（约700—765）：唐诗人。字达夫，沧州渤海县（今河北省景县）人。与岑参齐名，并称"高岑"，风格也大略相近。有《高常侍集》。

④ 西风：如名，多指秋风。

⑤ 堞楼：城楼。堞：城上如齿状的短墙。

⑥ "长河"句：出自唐王维《使至塞上》："大漠孤烟直,长河落日圆。"

风入松·梦伊

　　人生有爱俱白头,频梦诉离愁。无端咫尺难牵手,枕华胥、情寄西楼。讵患他日纷扰①,只思此际清幽。　　依稀往事重回首,娇语几堪羞。金秋明月青阳酒,俩鹣鹣、比翼难休。唯愿红尘不老,谁人可负风流。

注 释

　　① 纷扰：混乱;骚动不安。

风入松·禅悟①

　　缘何吾辈总无明,天地二元中。穷极思辨难穷意,借禅悟、顿彻迷踪。窥尽红尘奥妙,犹如列子凭风②。　　另寻蹊径自茕行,万法几消融③。囡縈正可成三昧④,无一物、讵必执空。有月波心悄落,无云岭上徒生。

注 释

　　① 禅悟：谓洞达禅理。清袁枚《随园诗话》卷十六："(庐江孙啸壑)《夜吟》云:'有灯相对好吟诗,准拟今宵睡更迟。不道兴长油已没,从今打点未干时。'余爱其末句,颇近禅悟,故录之。"

　　② 列子凭风：指列子御风。出自《庄子·逍遥游》："夫列子御风而行,泠然善也。"列子：即列御寇,相传为先秦早期道家。

　　③ 消融：融化;消失。

　　④ 三昧：梵语的音译,意思是止息杂念,使心神平静,是佛教的重要修行方法;借指事物的要领、真谛。

风入松·参话头①

念佛二六②是谁人？究竟③话头真。一思不起悉澄澈，可指日、见性明心④。菩萨弥陀⑤筇杖，渐觉顿悟⑥禅身。　莫嗟吾辈染红尘，世事总羁魂。轮回因果皆缘起，不生灭⑦、勘破迷津。随处山间野鹤，是时江上行云。

注 释

① 参话头：为禅宗最具代表性的法门。公案中大多是有一个字或一句话供学人参究之用，称为"话头"。如问："狗子还有佛性也无？"答："无。"此"无"字即是"话头"。参禅时，在公案的话头下工夫，称为"参话头"。关于狗子有否佛性的对话，出自唐文远《赵州录》。

② 二六：即十二时。旧时以地支分一昼夜为十二时辰，因以谓一天到晚，整日整夜。

③ 究竟：结果，原委；深入研究之意。佛教语至极，最高境界之意。

④ 见性明心：明心是发现自己的真心；见性是见到自己本来的真性。明本心，见不生不灭的本性，乃禅宗悟道之境界。言语道断、心行处灭。

⑤ 弥陀：指弥勒佛。

⑥ 渐觉顿悟：即渐悟和顿悟。顿悟犹如醍醐灌顶，豁然开朗，对于一件事或者一个道理因为某个因素或者原因突然领悟，顿悟需要的是特定的环境和因素；渐悟则不同，如静坐参禅，经过内心空灵状态下长时间的思考而领悟。当年佛祖释迦摩尼也是在菩提树下参禅，而渐悟佛理真谛。

⑦ 不生灭：佛家语，即不生不灭。认为佛法无生灭变迁，即"常住"之异名。生灭：依因缘和合而有，谓之"生"；依因缘离散而无，谓之"灭"。

【一丛花令】

一丛花令·太湖远眺

穹晴宇朗太湖秋,悄伫在鼋头①。三山②遥渺浮波际,正虹霓、衔送樯舟。落日熔金,圆蟾泄玉,天地一眸收。 人生最契是恬幽,情寄只沧洲③。范蠡西子归何处? 世尘寂、宜觇盟鸥。共陟吴山,同游越水,千载几匹俦。

注　释

① 鼋头:指鼋头渚。独占太湖风景最美一角,山清水秀,天然胜景。

② 三山:指三山岛。位于苏州城西南的太湖之中,因一岛有三峰相连而得名。苍山碧水,风景优美。

③ 沧洲:靠近水的地方;常喻指隐士的居处。

一丛花令·夜宿太湖三山

携伊仲夏宿蓬瀛,世外最怡情。五湖正可思覃①寂,幸同契、无限幽冥。漫啜莼羹,细嚼鲈脍,世味自心中。 人生只待入空蒙,化镜总盈胸。吴山越水栖禅意,冀共聆、宇籁佛钟。尽数繁星,穷瞻朗月,道法任凭踪。

注　释

① 思覃:深思。唐杨炯《卧读书架赋》:"庶思覃于下帏,岂遽留而更读。"

一丛花令·阳澄湖食蟹

年年食蟹借秋风,朋侣宴兰舻。花雕①屡上醒复醒,品殊味、竞饮千钟。螯脚敲残,膏黄暴珍,欲醉趁迷蒙。　碧波万顷荡阳澄,百籁隐蛙声。笙歌邻舫时缥缈,一皓月、歆若天灯。雾霭初浮,红尘渐杳,鸿雁过渔汀。

注　释

① 花雕:最上等的绍兴黄酒。旧俗以外部雕花的坛子贮酒,作为陪嫁之礼,故名。

一丛花令·游垌

小舟一叶任篙轻,人醉似醪浓。正逢絮袅花凌乱①,臆她是、嫁与东风。柳径迂回②,桃蹊蟠曲③,是处总偕行。　游垌伊伴最遗情,携手踏幽冥。但怜梅蕊皆凋尽,为煮酒、有果初青。同倚斜阳,并吹红雨,天地几怀中。

注　释

① 凌乱:杂乱;纷乱。
② 迂回:回旋、环绕。或指在思想或表达方式上绕圈子的性质或状态;也指路十分曲折或一种自然景象;也常比喻作战时的战术。
③ 蟠曲:同"盘曲",曲折环绕。

一丛花令·携登八达岭长城①

携伊登陟北高峰,关山邈千重。苍龙迤逦犹天际,始榆关、嘉峪②而终。汉武雄狮,秦皇铁骑,朔碛任驰行。　攘夷③御虏倚长城,道法自然平。尧阶④三尺何难越,正秋色、万里青红。燕岭逶迤,昆仑高峻,苍莽隐溟蒙。

注 释

① 八达岭长城:位于北京延庆军都山关沟古道北口。是明长城的一个隘口,为居庸关的重要前哨,古称"居庸之险不在关而在八达岭"。

② 榆关:即山海关。嘉峪:指嘉峪关。

③ 攘夷:抗拒异族入侵。

④ 尧阶:指尧帝宫殿前的台阶。出自唐汪遵《咏长城》:"秦筑长城比铁牢,蕃戎不敢过临洮。虽然万里连云际,争及尧阶三尺高。"

一丛花令·云台山①

云台秋杪正溟蒙,高瀑自天倾。潺湲碧漾循丹壁,几虹曲、疑隐萍踪。众壑悍夷,群峰竞矗,浩宇渺峥嵘。 地杰总会蕴人灵②,漫溯古贤踪。子房③湖里千年水,浇旻霁、鱼潜波澄。汉献④别宫,阮嵇⑤翠箐,晋豫⑥桃源行。

注 释

① 云台山:位于河南焦作修武县境内,面积190平方千里。含红石峡、青龙峡、万善寺、子房湖、仙苑、圣顶等景点,并有亚洲落差最大的瀑布云台瀑布,景区山高水秀,景色宜人。

② "地杰"句:犹人杰地灵。出自唐王勃《滕王阁序》:"人杰地灵,徐孺下陈蕃之榻。"此反其义而用之。

③ 子房:指张良。

④ 汉献:指汉献帝。

⑤ 阮嵇:阮籍和嵇康,竹林七贤的代表人物。

⑥ 晋豫:指山西和河南。云台山在河南而靠近山西。

一丛花令·长江

潺潺涓净自天庭,银汉几疑倾。百流雍聚悉东注,裹浩荡、渊薮沧溟。湘楚波平,三峡浪涌,黄鹤①杳无踪。　匡庐千载总迷蒙,川逝任吴中。瓜洲京口②何人渡,燕子矶③、雾涴金陵④。淞沪帆远,太湖棹渺,东海畅归情。

注　释

① 黄鹤:指黄鹤楼。

② 瓜洲:即瓜洲古渡,位于江苏扬州大运河下游与长江交汇处。京口:镇江的古称。

③ 燕子矶:位于南京栖霞幕府山东北角观音门外,有"万里长江第一矶"的称号。山石陡立江边,三面临空,形似燕子展翅欲飞,故名为燕子矶,在古代是重要渡口。

④ 金陵:南京的古称。

一丛花令·黄河

黄河九曲卧虬龙①,滥觞②自天庭。湍流壶口悬一瀑,总咆哮、晋调秦声③。浪淘泥沙,溉汲④沃土,华夏事耘耕⑤。　九州横贯向沧溟,万里赴征程。蓄羊牧马穿宁陕⑥,夏续春、不捺秋冬。常灌齐禾,频浇豫麦,浩荡炎黄情。⑦

注　释

① 虬龙:古代传说中一种无角龙。

② 滥觞:江河发源的地方,水少只能浮起酒杯。借指事情的起源。

③ 晋调秦声:指壶口,为山西、陕西二省共管之地。

④ 溉汲:汲水浇田。

⑤ 耘耕:即耕耘。

⑥ 宁陕：宁夏和陕西。
⑦ 齐：指山东。豫：指河南。

一丛花令·家书

　　一封鱼雁百回缄，欲寄恐遗言。眉头心上皆牵念，但凭梦、分袂重圆。九夏忧寒，三冬惮暖，是意俱拳拳。　　文君司马尚千年，牛织总依然。时空漠漠悉无憾，地天迥、难阻因缘①。青鸟传情，白云捎信，潸泫②未曾阑。

注　释

　　① 因缘：双关语。佛教谓使万物生起、变化和坏灭的主要条件为因，辅助条件为缘。亦指姻缘。因，通"姻"。
　　② 潸泫：泪流貌。

一丛花令·修行

　　修行几载未成空，五欲①尚盈胸。佛陀万法应依仗②，且待余、踽踽而行。俱遁迷踪，咸息妄念，不滞有无中。　　跏趺是日向幽冥，悄对满天星。涓埃③是处皆弗殢，尘心净、乾彻坤澄。慧祖禅幡④，达摩面壁，凡圣⑤只凭风。

注　释

　　① 五欲：佛教指染著色、声、香、味、触五境所引起的五种欲望。
　　② 依仗：依靠；凭借。
　　③ 涓埃：细流与微尘；比喻微小。
　　④ 慧祖：指六祖慧能。禅幡：源自《六祖坛经·行由品第一》："时有风吹幡动，一僧曰风动，一僧曰幡动，议论不已。惠能进曰：非风动，非幡动，仁者心动。"
　　⑤ 凡圣：佛教语，谓凡夫与圣者。佛教小乘初果以上，大乘初地以上，皆为圣者；自此而下，未断惑证理之人，皆是凡夫。

【沁园春】

沁园春·庐山

秋杪匡庐,雄控九江,千里汤汤。畅嵯峨五老①,嶙峋香炉②;危崖飞瀑,苍宇斜阳。欹倚虬松,踯躅鹿洞③,人生不减只疏狂。任浩渺,正潺湲扬子④,曲尽苍茫。　犹疑碧落无疆,料何处栖心堪梓桑。纵桃源五柳,尘缘未断;谪仙坡老,诗意难央。毛祖蒋公⑤,风云叱咤⑥,尘土终为触绪⑦伤。唯吾辈,倩清岚明月,绮梦悠长。

注　释

①嵯峨:山势高峻。也指坎坷不平,或者形容盛多。五老:指五老峰。

②香炉:指香炉峰。

③鹿洞:指白鹿洞书院。

④扬子:指长江。

⑤毛祖:指毛泽东。蒋公:指蒋介石。

⑥风云叱咤:大声怒喝,使风云变色。形容威风凛凛,足以左右世局。

⑦触绪:触动心绪。

沁园春·泰山①

茕倚苍冥,五岳独尊,齐鲁岱宗。览十八盘上,游宾登陟;南天门里,诗客摘星。昏晓四时,霁阴一壑,漠漠神州几滞情。仁铭壁,与昔哲共勉,千载凭风。　萦回华夏何曾,料往圣今贤定有踪。忆屡禅梁父②,频封岱顶;祈求国泰,勒记勋功。汉武秦

皇,唐宗宋祖,百代天骄总在膺。值秋杪,借长空万里,正可
征蓬。

注 释

① 泰山:参阅前注《南歌子·泰山》。

② 梁父:即梁父山,别名映佛山,迎福山。位于山东泰安徂徕山南麓,
海拔 288 米,山势峭拔险峻;山巅有北齐时期刻经巨石一处,巨石状如坐佛,
故又称"映佛山";据史籍记载,上古至秦汉时期历代帝王君主封泰山必禅
梁父,有"地神"之称。因此梁父山在华夏古代文明史上占有重要的地位。

沁园春·漓江^①

　　曲水潺湲,翠嶂连绵,无限江天。正扁舟一叶,轻篙漫溯;鸥
俦鹭侣,笠雨蓑烟。渔唱飘飘,墟岚袅袅,化境犹宜修涅槃。红
尘否,与漓波共醉,谁圬谪仙。　　濛洄九马画山^②,喜币帑^③叠峦
总悦颜。恁濯足岸畔,湔缨壑涧;心栖五柳,情住桃源。细啜清
茗,复斟素醑,快意人生须尽欢。崦嵫^④处,任鸱鸺猎晚,幽梦
难阑。

注 释

① 参阅前注《临江仙·漓江即景》。

② 九马画山:漓江著名景观,位于兴坪溯江而上四千米处。石壁如
削,临江而立,高宽各一百多米,宛如画屏,隐约可见九匹骏藏匿其中,
故名。

③ 币帑:此指人民币上印有漓江山水的图案,清澈的漓江在兴坪古镇
拐了一个弯,漓江的山水在此成经典,于是有了第五套 20 元人民币背面的
图案。

④ 崦嵫:山名,在甘肃天水西;古代传说中太阳落山的地方。

沁园春·仙居①

　　叠嶂连绵,曲水潺湲,墟舍天然。尽门前五柳,篱边桑梓;悠悠翠箐,袅袅炊烟。叟弈②槐荫,童横牛背,犬吠鸡鸣塍陌③间。红尘杳,自青山染墨,碧漾倾弦。　　人生何处桃源,旅岩壑烂柯④讵羡仙。任浊醪一盏,清风两袖;妻孥⑤偕伴,是意悉欢。李杜诗情,苏辛词笔,羽扇纶巾只等闲。心寥寂,正岚遥云邈,息憩林泉。

注　释

　　① 仙居:浙江省台州市下辖县。历史文化悠久,自然景色秀丽。北宋景德四年(1007年),宋真宗以其"洞天名山屏蔽周卫,而多神仙之宅",诏改命名至今。

　　② 弈:围棋;下棋。

　　③ 塍陌:田间小路。

　　④ 烂柯:语出南朝梁任昉《述异记》:"信安郡石室山,晋时王质伐木,至,见童子数人,棋而歌,质因听之。童子以一物与质,如枣核,质含之,不觉饥。俄顷,童子谓曰:'何不去?'质起,视斧柯烂尽,既归,无复时人。"后遂用为围棋之典。

　　⑤ 妻孥:妻子和子女的统称。

沁园春·西湖夜游①

　　楼宇迷离,芳草萋萋,春晓苏堤。恁闻莺柳浪,风荷曲院;三潭寻月,花港观鱼。岳庙钟赊,南屏磬杳,化境人生总冀期。时凝伫,正烟波浩渺,无限涟漪。　　孤山鹤迹梅蹊,惜小小情痴几泪滴。忆东坡潋滟,香山暖树②;钱王保俶,宋赵幡旗③。白娘何时,许仙奚处,恨海情天几叹嘘④。怅寥寂,渐阑珊灯火,犹待晨曦。

注　释

① 西湖庭游：参阅前文有关西湖的多篇词牌注释。

② 香山：指白居易。暖树：出自白居易《钱塘湖春行》："孤山寺北贾亭西，水面初平云脚低。几处早莺争暖树，谁家新燕啄春泥。乱花渐欲迷人眼，浅草才能没马蹄。最爱湖东行不足，绿杨阴里白沙堤。"

③ 宋赵：指宋代赵家王朝。幡旗：旗帜。

④ 叹嘘：叹息，唏嘘。

沁园春·杜甫草堂①

翠箐锦茵，杜甫草堂，千载诗人。喟寒儒一介②，茅茨半翳；秋飙肆虐，大庇③茕吟。笔落风惊，诗成鬼泣④，穷而后工⑤只此身。犹凝伫，自浣花⑥流水，玉垒⑦浮云。　　何曾天府独亲，疏故土人生总旅魂。怅三峡帆杳，襄阳梦断；长安游宦⑧，白帝⑨逶巡。《三吏》《三别》，《春望》《秋兴》，沉郁胸臆顿挫⑩心。恰旻杪，睨芳林雁过，无限黄昏。

注　释

① 杜甫草堂：在四川成都西郊浣花溪畔，为唐诗人杜甫流寓成都时的故居。北宋时在此建园立祠，内有大廨、诗史堂、工部祠、杜甫塑像等建筑和遗迹。堂内梅树成林，堂外溪水萦回，幽深，雅致。

② 寒儒：贫寒的读书人。一介：一个；指微小的数量；耿直。

③ 大庇：广大护庇。出自杜甫《茅屋为秋风所破歌》。

④ "笔落"二句：出自杜甫《寄李十二白二十韵》："笔落惊风雨，诗成泣鬼神。"

⑤ 穷而后工：文人越是穷困不得志，诗文就写得越好。出自宋欧阳修《梅圣俞诗集序》。

⑥ 浣花：指浣花溪，又名濯锦江。在成都市西郊，为锦江支流。溪旁有杜甫故居浣花草堂。

⑦ 玉垒：指玉垒山。位于岷江上游，逶迤而南而直趋都江堰，为内江宝瓶口的一侧山体。

⑧ 游宦：离开家乡在官府任职。

⑨ 白帝：指白帝城。

⑩ 沉郁：低沉郁闷。顿挫：谓声调抑扬，有停顿转折；指诗文、绘画、书法、舞蹈的跌宕起伏、回旋转折。

沁园春·武侯祠

锦官①逢春，翠柏森森，香火氤氲。谒武侯诸葛，气高节劲；鞠躬尽瘁②，千载英魂。妙算神机，纵横阖捭③，华夏堪称最慧人④。定巴蜀，自双肩只手⑤，鼎立三分⑥。　隆中对策殊勋⑦，《出师表》雄文励后昆⑧。钦联吴抗魏，火烧赤壁；六出七纵⑨，空计⑩瑶琴。白帝托孤，死而后已⑪，独挽危局是此身。频揖拜，与清风明月，共鉴君心。

注　释

① 锦官：锦官城的略称。成都的别名。成都又称芙蓉城，简称"蓉"。参阅前注《浪淘沙·谒武侯词》。

② 鞠躬尽瘁：恭敬谨慎，竭尽心力。出自诸葛亮《后出师表》。

③ 纵横阖捭：即纵横捭阖，指在政治、外交上运用手段进行联合或分化。纵横：用游说来联合；捭阖：开合。

④ 慧人：聪明、智慧的人。

⑤ 只手：喻指一人之力，独力。

⑥ 鼎立三分：指诸葛亮奠定了蜀与魏、吴国鼎立、三分天下的局面。

⑦ 隆中对：东汉末诸葛亮隐居隆中，刘备三顾茅庐，诸葛亮提出占领荆、益二州，联合孙权，安抚西南各族等策略，史称"隆中对"。殊勋：卓越的功勋。

⑧《出师表》：是三国时期蜀汉丞相诸葛亮在决定北上伐魏、克复中原之前给后主刘禅呈上的前、后《出师表》。后昆：后代子孙。

⑨ 六出七纵：指六出祁山，七纵孟获。

⑩ 空计：指空城计。取自《三国演义》，作者罗贯中根据《三国志》裴松之注"条亮五事"改编的一段故事。后被用于明、清之际成书的《三十六计》，意指虚虚实实，兵无常势。虚而示虚的疑兵之计，是一种疑中生疑的心理战，多用于己弱而敌强的情况让对方撤退。

⑪ 死而后已：死了以后才罢手；形容为完成一种责任而奋斗终身。出自诸葛亮《后出师表》。

沁园春·洛阳关林①

柏翠松青，锦绣画屏，古刹飞薨。仰桃园结义，单骑千里；疗毒刮骨，独赴江东②。七军水淹，华容③义释，千载谁能坊此英。唯嗟叹，自勋功未竟，败走麦城。　神州多少豪雄，纵古今唯堪武圣④名。纵金银美色，难移素志；封侯列位，不改初衷⑤。公未失名⑥，私何负友，华夏风标⑦耀碧穹。中州⑧寂，正悄悄揖拜，无限幽冥。

注　释

① 关林：位于洛阳南郊，相传为埋葬三国蜀汉大将关羽首级之地，为海内外三大关庙之一。始建于明万历年间，在千百座关庙中独称"林"，是中国唯有的冢、庙、林三祀合一的古代经典建筑群。

② 独赴江东：指单刀赴会。

③ 华容：古县名，西汉置，治所在今湖北潜江西南，南朝梁废。东汉建安十三年（208年）曹操在赤壁战败后北归，取道于此。《三国演义》写关羽在此埋伏，最后放曹操逃出生天。

④ 武圣：民间对关羽的尊称。

⑤ 初衷：最初的愿望或心意。

⑥ 失名：丧失名节。

⑦ 风标：风度，品格；形容优美的姿容神态。

⑧ 中州：古豫州（今河南省一带）地处九州之中，故称。

沁园春·七夕

玦月朦胧,银汉繁星,何处情钟。怅牛织茕对,几逾千载;鹊桥难渡,谁负鸳盟。天上泪潸,人间乞巧①,长憾红尘总爱慵。值遥渺,倩一帘幽梦,泯灭②时空。　　与君羁旅频仍,料应是凤缘枉弄情。纵天涯海角,奚疏缱绻;兴衰荣辱,讵阻心倾。几缕离思,一杯愁绪,多少幽怀只寄风。怜姮娥,自圆蟾独守,不与吾同。

注　释

① 乞巧:旧俗,农历七月七日夜(或七月六日夜),妇女在庭院陈瓜果、鲜花、胭脂,向织女星乞求智巧,称为"乞巧"。

② 泯灭:灭绝;消失。

沁园春·思念

窗外飞声,枕上梦萦,两处羁情。忆黛眉屡画,晕颊频敷①;双眸顾盼②,谁竞娉婷。何故征蓬,奚缘萍水,雪月风花卅载行。怅暌违,正青鸾未倩,鱼雁难凭。　　沈腰潘鬓几曾,今犹羡、牵牛织女星。总寥宵茕对,寂晨挥袂③;望穿银汉,是载重逢。来日弗期,曩时何滞,不信吾侪不股肱④。纵翁媪,任红尘漠漠,只践昔盟。

注　释

① 晕颊:指面颊有红晕。敷:搭上;涂抹。

② 顾盼:观看,左顾右盼。

③ 挥袂:挥袖;犹挥手,表示告别。

④ 股肱:腿和胳膊;喻左右辅助得力的人。

【桂枝香】

桂枝香·天涯海角

一石孤矗,镂海角天涯,引人肃目。碧水金沙无际,燕翔鸥翥。蓬莱方丈沧波①里,借长风②、千帆争渡。世尘飘渺③,乾坤睥睨,九州门户④。　　踏青冥,神思远数⑤。望白鹿回头⑥,观音⑦凝仁。亚龙湾中戏浪,浣脱俗骨。蜈支岛上拾螺趣,挈虹霓、百重烟树。斜阳渐邈,广寒宫去,情偕玉兔。

注　释

① 沧波：碧波。
② 长风：大风,远风。
③ 飘渺：同"缥缈"。
④ 门户：比喻出入口或必经之地。
⑤ 远数：犹远图。
⑥ 白鹿回头：指鹿回头景观。
⑦ 观音：指三亚南山海上观音造像。高 108 米,2005 年 4 月建成开光。

桂枝香·秋登八达岭长城①

北疆雄卧,镇华夏江天,千年倏过。熠熠神州龙脉,秦宫汉阙②。榆关嘉峪皆遥渺,济苍穹、荒原朔漠③。匈奴悉遁,突厥咸香,青冥碧落。　　趁秋杪,畴昔漫溯。怅塞外风烟,燕幽稼穑④。哭倒长城姜女,今应错愕⑤。金戈铁马⑥知何处?只唯余、万家灯火。携伊登陟,凝眸迥宇,几穷寥廓。

注 释

① 参阅前注《一丛花令·携登八达岭长城》。

② 阙：古代皇宫大门前两边供瞭望的楼；泛指帝王的住所；神庙、陵墓前竖立的石牌坊。

③ 朔漠：指北方沙漠地区。

④ 燕幽：即幽燕，古称今河北北部及辽宁一带。唐以前属幽州，战国时属燕国，故名。稼穑：春耕为稼，秋收为穑，即播种与收获；泛指农业劳动。

⑤ 错愕：仓促间感到惊愕。

⑥ 金戈铁马：比喻战争；也形容战士武将持枪驰马的雄姿。

桂枝香·端午吊屈原

汨罗昶昶①，自百世龙舟，千年碧漾。一曲《离骚》楚韵，迄今高亢。荷衣兰佩犹《天问》，怅渔翁、荣荣何谤。濯缨漱水，濯足浊漭②，几多沧浪。　　总唏嘘，人生跌宕③。喟屈子命蹇，怀王运怆。多少红尘已杳，九州无恙。艾蒿缕缕清香袅，彻乾坤、何驱魍魉。借渠清气④，青枫江上⑤，但凭俯仰。

注 释

① 汨罗：指汨罗江。昶昶：白天时间长；舒畅，畅通。读本词可参阅前写有关屈原的诸篇注释。

② 漭：水广大貌。

③ 跌宕：形容事物多变，不稳定；富于变化，有顿挫波折。

④ 清气：清明之气；光明正大之气。

⑤ 青枫江上：出自唐高适的诗，见前注。

桂枝香·清明

萋萋芳草，正偕伴梅魂，送冬杳渺。霏雨①细如泪线，酹春多少。寒食②一日清明到,祭昔贤、红尘堪老。折枝杨柳,争春桃李,俱怜薹薹。　请东君,频开怀抱。怅三世轮回,天荒地宧。何处人间净土,禅宗释道。形骸放浪③青阳暖,总期期、江湖笑傲④。苍穹熠熠,乾坤浩浩⑤,吾心杲杲。

注　释

① 霏雨:小雨。

② 寒食:节名,在清明前一天。晋文公时为求介子推出仕而焚林,之推抱木而死,全国哀悼,于是乃定是日禁火寒食。

③ 形骸放浪:即放浪形骸。指行动不受世俗礼节的束缚。

④ 笑傲:傲然优游自得。

⑤ 浩浩:广阔宏大;水势很大。

桂枝香·庚子小雪

五年桎梏,怅光阴荏苒,几曾虚度。沈腰频移带眼,犹余残骨。屡添华发悉潘鬓,总凄凄、空头枵腹①。飘摇风雨,红尘一粒,人生何处!　世纷纭②,群魔乱舞。纵百孔千疮,缕丝莫住。华夏千年熠熠,谁人黑虎③。乾坤万物悉一理,谩④荣辱、但须罔顾⑤。轮回生死,清樽碧醑,酹斜阳暮。

注　释

① 枵腹:空腹,谓饥饿;饥饿的人;喻空疏无学或空疏无学的人。

② 纷纭:多盛貌;杂乱貌;纷争貌。

③ 黑虎:喻勇士。

④ 谩:轻蔑,没有礼貌。

⑤ 罔顾:不顾及,没有顾及。

桂枝香·庚子冬至夜

人间凄冷,正冬至节候,幽幽魅影①。窗外鸱鸮②嘹唳,几曾

断梦。坤寰天宇皆心臆,怅畴昔、亲魂难竟。华胥屡会,胸膺长
殢,三生共命。　　鬓频衰,孱身孤另。纵寒夜寥寥,予情耿耿。
应借无边佛法,悉除妄佞。未期皆醉吾独醒,邈红尘、是时化境。
何羁神鬼,奚凭运幸,只唯龙凤。

注　释

① 魅影:传说中鬼怪的影子。

② 鸱鸮:猫头鹰一类的鸟;喻指邪恶之人。

桂枝香·庚子大雪

红尘列列,正晦雨①凄风,人生缧绁。世态炎凉②堪喟,几曾
漠漠。黑白泾渭悉颠倒,惫③身心、讵疏堕落④。何时晴霁,穹遥
宇阔,一轮皓月。　　趁羁旅,强膺健魄。叹剑走偏锋⑤,刀头舔
血⑥。贤圣畴昔困厄⑦,咸成巨擘⑧。天降大任于斯人,挽长戟⑨、
苍穹刺破。隆冬值遇,欣迎凛冽,赏漫天雪。

注　释

① 晦雨:指天气多变;喻生活中的艰难险阻。

② 世态炎凉:指在别人得势时百般奉承,失势就十分冷淡。世态:人
情世故。

③ 惫:极度疲乏。

④ 堕落:指脱落;掉落;喻思想、行为往坏里变。

⑤ 剑走偏锋:比喻不走常规,找不同以往的办法来解决问题,以求出
奇制胜。

⑥ 刀头舔血:在刀锋上舔血迹;比喻非常危险。

⑦ 困厄:困苦危难,或(处境)艰难窘迫。

⑧ 巨擘:大拇指;比喻在某方面居首位的人物。

⑨ 长戟:古兵器,长柄的戟。

桂枝香·庚子冬夜

清宵梦断,正大雪时逢,凄风凛霰。漫漫隆冬长夜,何消坎壈。伊人翠黛华胥见,顾无言、唯余泪泫。恁栖冷衾,怎消落寂,诓纾厄难①。　纵逆旅,无忧奚憾。自细语重温,绮情再眷②。织女牛郎千载,未疏冀盼。与君盟定三生誓,岂唏嘘几夕冷暖。吾留蹭蹬,汝遗佗傺,只留缱绻。

注　释

① 纾:解除;使宽裕,宽舒;延缓。厄难:苦难;灾难。

② 眷:顾念,爱恋。

桂枝香·秋怀

秋怀难诉,正旻杪乍寒,鸣蛩凄苦①。残叶飘零杨柳,独偕日暮。一杯浊酒崦嵫里,叹吾侪、浮生谁度。红尘渐杳,幽冥无限,几曾辜负。　纵羁旅,任凭风露。怅往圣今贤,何人千古?世事流云无据②,奚须凝伫。蓬山瀛海桃源地,总栖息高士③无数。烟蓑雨笠,扁舟一叶,携归皋渚④。

注　释

① 凄苦:凄惨悲苦。

② 无据:没有依据或证据;无所凭依。

③ 高士:品德高尚而隐居不仕的君子。

④ 皋渚:水边地。

桂枝香·自况

干云①豪气,叹岁月无情,消磨已矣②。老骥尚思伏枥③,孟德壮语④。太公⑤耄耋犹垂钓,冀匡扶⑥、江山社稷。草民一介,狂歌啸月,借余诗笔。　几追寻,畴昔足迹。怅钟鼎频迷,林泉悭系。屡负椿萱妻子,天伦难睇。人间万物随流水,总恒恒、春秋轮替。红尘何滞,蓬瀛奚恋,只唯睥睨。

注　释

① 干云：高入云霄。形容气魄伟大。

② 已矣：完了;逝去。

③ 老骥：年老的骏马;多喻年老而壮志犹存之士。伏枥：马伏在槽上;指受人驯养;喻指养育;指蓄养在厩中的马匹。为壮志未酬、蛰居待时的典故。出自三国魏曹操《步出厦门行》："老骥伏枥,志在千里。"

④ 孟德：指曹操,字孟德。壮语：豪迈的话语。

⑤ 太公：指姜太公。

⑥ 匡扶：匡正扶持。

【永遇乐】

永遇乐·庚子除夕

明月凝辉,繁星争曜①,银花火树。碧醑千杯,香烟百缕,万户咸福禄②。垂髫③嬉戏,媪翁纳寿,酬酢④欢欣无数。遍神州、喧阗竟夜,轻歌兼济曼舞。　　形孤影寡⑤,天涯咫尺,佳节谁人共度。冷炙残羹⑥,蓬头垢面⑦,吾辈知何处?老梅开蕾,虬松傲雪,穹宇几曾辜负。恰午夜、清茗一盏,为君遥祝。

注　释

① 曜:照耀,明亮。日、月、星均称"曜",日、月、火、水、木、金、土七个星合称"七曜"。

② 福禄:幸福与爵禄。喻指有福气有钞票。

③ 垂髫:古时儿童不束发,头发下垂,因以垂髫指儿童。

④ 酬酢:主客互相敬酒;泛指交际应酬。主敬曰酬,客敬曰酢。

⑤ 形孤影寡:形容孤独,没有同伴。犹形单影只。

⑥ 冷炙残羹:同残羹冷炙。指吃剩的汤菜;也喻别人施舍的东西。

⑦ 蓬头垢面:头发蓬乱,面有尘垢。言人不事修饰,外表不整洁。亦喻贫困落魄。

永遇乐·庚子中秋

皓月澄穹,繁星熠宇,银汉难渡。织女牵牛,年年分袂,千载犹凝伫。绮情君待,绵思吾寄,此际同眸玉兔。怅睽违、两心契会,纵遥何滞归路。　　一杯残酒,几碟冷炙,我辈天涯共苦。何计山高,岂忧溟阔,真爱铮风骨。独拥寒衾,孤眠短榻^①,犹信上苍眷顾。今宵梦、婵娟万里,与伊洽晤。

注 释

① 短榻:低矮狭窄的床铺。明何景明《雨夜》诗:"短榻孤灯里,清笳万井中。"

永遇乐·武夷山^①

连嶂栖丹,孤峰点翠,溪水流碧。玉女^②娥云,大王^③冕霭,九曲^④潺迤逦。潇筠摇曳,巉岩^⑤错落,鱼潜湛清波底。篙竹槎、苍茫漫溯,几曾天人合契。 红袍^⑥漫啜,村醪倾饮,五柳家家荫翳^⑦。百世民风,千年文脉,谒晦庵^⑧故里。红尘洗却,俗心浣净,悄觅武夷神迹^⑨。与佳侣、扶风挈月,携归旖旎。

注 释

① 武夷山:参阅前注《鹧鸪天·武夷山》。
② 玉女:即玉女峰。
③ 大王:即大王峰。
④ 九曲:指九曲溪。
⑤ 巉岩:险峻的山石。
⑥ 红袍:指大红袍茶。
⑦ 荫翳:枝叶茂密;遮掩,遮蔽。
⑧ 晦庵:指朱熹,其号晦庵。
⑨ 武夷神迹:相传上古仙人彭祖曾在此炼丹,因有二子武、夷,此山遂名武夷山。

永遇乐·西湖夜泛^①

灯火微明,青峦遥暗,西子秋灏^②。漫溯三潭,萦回两屿,曲院谁轻棹。南屏钟晚,雷峰塔寂,嗟叹漾波难老。畅胸襟、清风朗月,适时③入我怀抱。　　东坡酒曲,香山诗兴,高韵迄今犹裊。武穆沉冤④,江天长在,谩喟唯堂庙⑤。许仙情绮,白娘爱绕,铭忆犹遗小小。只欣羡、孤山和靖,千年笑傲。

注　释

① 夜泛:指夜里泛舟。读本词可参阅前写西湖诸篇。

② 灏:水势大;水无边际的样子。

③ 适时:适合时宜;时间上正合适。

④ 武穆:指岳飞,谥武穆。沉冤:难以昭雪的冤屈。

⑤ 堂庙:犹庙堂。指太庙的明堂;古代帝王祭祀、议事的地方。

永遇乐·婺源①

　　塍陌花盈,嶂峦青黪,墟落溪绕。雨燕阡飞,雏莺筱转,鸭戏陂塘草。舟横野渡②,桥通阛阓,酒肆壑岩林表③。觅桃源、难疏秦晋,笑逐几家翁媪。　　民丰物阜④,天人合契,千载平畴⑤禾稻。婺绿⑥佳茗,荷包红鲤⑦,歙砚缘此肇⑧。雪梨⑨皇贡,江湾⑩福地,龙脉潜藏堂奥⑪。游佳境、朋侪⑫庆幸,世尘杳渺。

注　释

① 婺源:唐置县,因近婺水之源而得名。原属江西省,民国十三年(1934年)划归江西省。名胜古迹有高湖山、吴楚分界碑、灵岩洞群、婺源古建筑群,农林产品尤以"婺绿"茶叶著名。

② 舟横野渡:出自唐韦应物《滁州西涧》:"春潮带雨晚来急,野渡无人舟自横。"

③ 酒肆:酒铺,酒馆。林表:林梢,林外。

④ 民丰物阜:同物阜民丰。物产丰富,人民安乐。

⑤ 平畴:平坦的田野。

⑥ 婺绿：指婺源所产的绿茶。在陆羽《茶经》中便有过记载，也是国家地理标志产品。其外形匀嫩，纤细似眉，条形紧结又壮实，色泽灰绿光润；冲泡之后，汤色黄绿透亮，滋味浓厚回甘，茶香高扬。素来以"色泽碧而天然，滋味香而馥郁，水叶清而润厚"的优秀品质著称。

⑦ 荷包红鲤：即中华荷包红鱼，1985 年被列入国宴。原产地婺源，是当地独有的传统养殖鱼类。因其色泽鲜红、头小尾短、背高体宽、背部隆起、腹部肥大、形似荷包而得名。

⑧ 歙砚：全称歙州砚，中国四大名砚之一，与甘肃洮砚、广东端砚、黄河澄泥砚齐名。歙石的产地以歙县与婺源交界处的龙尾山（罗纹山）下溪涧为最优，所以歙砚又称龙尾砚。肇：发生，引起；开始。

⑨ 雪梨：指江湾雪梨。明代由歙县引进，与当地野生棠梨嫁接而成。有六月雪、西降坞、白梨、苏梨等多个品种，据说曾是贡品。

⑩ 江湾：江湾镇，江泽民祖籍所在地。

⑪ 堂奥：堂之深处；深奥的义理。

⑫ 朋侪：朋辈。

永遇乐·西递①

青嶂幽屏，澄溪萦带，皖南墟落。黛瓦白墙，飞檐斗拱，牌坊敧亭榭。昔栖贾宦，今居黎庶②，千载绮情犹惬。时嗟叹、红尘列列，桃源世外难却。　漫啜村醪，细食臭鳜③，不枉吾侪口祚④。闾巷徘徊，喧街留恋，渐香庸俗涴。宜息心滞，期休妄念，几处人间萧瑟。是为客、遨游天地，只唯风月。

注　释

① 西递：中国传统村落。隶属安徽黟县，地处黄山南麓。始建于北宋皇祐年间，发展于明代景泰中叶，鼎盛清代初期。文化底蕴深厚，以其为代表的皖南古村落被列入世界文化遗产名录，并拥有徽州三雕、徽州传统民居营造技艺两项国家级非物质文化遗产。

② 黎庶：平民大众。犹黎民。

③ 臭鳜：即臭鳜鱼。皖南名菜，曾上《舌尖上的中国》美食记录片。鳜鱼，淡水鱼类，中国特产。体偏扁，性凶猛，味鲜美。俗称桂花鱼、桂鱼、花鲫鱼等。

④ 口祚：口福。

永遇乐·沧浪亭①

曲径重廊，飞甍亭榭，千载沧浪。锦鲤吞波，芰荷曳蒂，兰棹泊澄漾。竹影婆娑，叠石沆瀣②，无限青阳骀荡。悄凝仁、回萦绮梦，几多畴昔怀想③。　舜钦置苑④，章惇分半⑤，犹倚世忠⑥熙攘。宋荦留痕⑦，闱中集句⑧，徒倚犹凄怆。《牡丹亭》里，《桃花扇》上，曼舞轻歌偕畅。登扁舟、冠缨濯浣⑨，渐趋泱漭⑩。

注　释

① 沧浪亭：位于苏州城南，是苏州现存最古老的一所园林。诗人苏舜钦始建于北宋庆历五年（1045），南宋初年（12 世纪上半叶）曾为名将韩世忠的住宅。与狮子林、拙政园、留园一起列为苏州宋、元、明、清四大园林。园内除沧浪亭本身外，还有印心书屋、明道堂、看山楼等建筑和景观。

② 沆瀣：指夜间的水汽；比喻气味相投。

③ 怀想：怀念。

④ 舜钦置苑：苏舜钦（1008—1049），字子美，北宋梓州铜山（今四川中江县）人，生于开封。景祐进士。工散文，诗风瑰奇豪健，与梅尧臣并称"苏梅"。任集贤校理时遭黜，寓吴中，买地建沧浪亭。

⑤ 章惇分半：章惇（1035—1105），字子厚，号大涤翁，北宋建州蒲城（今属福建）人。举进士，哲宗时官至尚书左仆射。徽宗即位遭贬。舜钦死后，沧浪亭几经易主，章惇得其一半，将花园扩大，并建楼阁。

⑥ 世忠：韩世忠（1090—1151），字良臣，自号清凉居士，延安（今属陕西）人。南宋名将，与岳飞、张俊、刘光世合称"中兴四将"。

⑦ 宋荦留痕：宋荦（1634—1713），字牧仲，号漫堂、西陂、绵津山人，晚号西陂老人、西陂放鸭翁。归德府（今河南商丘）人。清代诗人、画家、政治

家。"后雪苑六子"之一。宋荦抚吴时访沧浪亭遗迹,得文征明隶书"沧浪亭"三字,构亭重建。

⑧ 闳中集句:梁章钜(1775—1849),清文学家,字闳中,晚号退庵,福建长乐人。嘉庆进士,官至江苏巡抚,署两江总督。道光七年(1827年),梁集苏舜钦、欧阳修诗句"清风明月本无价(欧),近水远山皆有情(苏)而得楹联,又重沧浪亭。

⑨ 冠缨:帽带,结于颔下,使帽固定于头上;指帽;指仕宦。濯浣:洗涤;洗衣物。

⑩ 泱漭:广大貌;水势浩瀚貌;指浩瀚的水面;昏暗不明貌。

永遇乐·梦李白

宵梦谪仙,童颜鹤发①,千载吟啸②。巴蜀垂髫,三峡仗剑,笃信唯仙道。朝辞白帝,暮登黄鹤,夜棹洞庭波邈。望庐瀑③、神游天姥④,冀穷九州遥浩。　　杯栖明月,胸怀社稷,天纵英才杲杲。力士⑤脱靴,贵妃⑥研墨,王侯皆笑傲。汪伦⑦挚友,襄阳⑧莫逆,工部谁人倾倒⑨。只嗟叹、吾生何幸,华胥未老。

注　释

① 童颜鹤发:鹤羽似的雪白头发,孩童似的红润面色。形容老年人气色好。

② 吟啸:吟咏歌唱。

③ 庐瀑:指庐山瀑布。

④ 天姥:指天姥山。

⑤ 力士:指高力士。

⑥ 贵妃:指杨贵妃。

⑦ 汪伦(722—762),字文焕,一字凤林,歙州黟县人。唐开元间任泾县县令,李白好友。

⑧ 襄阳:指孟浩然。

⑨ 工部:指杜甫。倾倒:极端赏识感佩。

永遇乐·偕游梁祝园

溪水潺湲,群峦怀抱,梁祝秋孟①。骈舞蝴蝶,双飞鸿雁,千载奚孤另。长亭寂寂,孤茔②漠漠,情绮迄今难竟。犹嗟叹、浇漓③嚣世,白头偕老何幸。　　青梅竹马,无猜两小,天妒良缘蹭蹬。死冀同穴,生期连理,但愿侪龙凤。巢莺互啭,池鸳共戏,是处人间化境。携伊手、斜阳凝伫,唯余酩酊。

注　释

　　① 秋孟:即孟秋;指农历七月。

　　② 孤茔:孤坟,无人祭扫的坟墓。

　　③ 浇漓:浮薄不厚;多指社会风气浮薄。又喻指文风浮艳不实;酒味淡薄,亦借指薄酒。

永遇乐·路南石林①

犹借神工,尚疑鬼斧,乾孕坤假。百嵌②钩心,千岩斗角,石危竞纷沓。奇峰虎踞,怪石龙潜,酷妙肖阿诗玛。叹女娲、补天五色,尚遗多少娬媚③。　　萦回曲径,踯躅水涘,悄与钟灵语话。藤古苔苍,泉幽瀑寂,最契天人洽。探幽浅洞,寻微隙罅④,粒粒红尘笑纳。君知否? 清风明月,几曾有价。

注　释

　　① 石林:参阅前注《南乡子·路南石林》《临江仙·路南石林》。

　　② 嵌:把较小的东西卡进较大东西上面的凹处。

　　③ 娬媚:形容女子体态娴静美好。

　　④ 隙罅:孔隙,裂缝;引申为小过失或感情上的裂痕。

【雨霖铃】

雨霖铃·庚子三九①

　　身虽牢狴,心犹疏旷,冬难晴霁。时值吾辈穷厄②,频铮傲骨,屡经砥砺。太史腐刑③奇辱,俾擎巨橡笔。拘羑里④、推演乾坤,天地涵容著《周易》。　　长空漠漠悉睥睨,畅胸襟、酝酿⑤春情绪。一任红尘滚滚,苍宇阔、风篷⑥正举。勘破无明,但冀、人间万物轻觑。纵凛冽、有待青阳,何处堪羁旅。

注　释

　　① 三九:即三九天。从冬至起,每九天作一单位,第三个九天,称为"三九天"。此为一年中最冷的时候。

　　② 穷厄:穷困,困顿,不亨通。

　　③ 太史:即太史公,指司马迁。腐刑:即宫刑,古代阉割男子生殖器的酷刑。

　　④ 羑(yǒu)里:古地名。在今河南安阳汤阴县北,为商纣囚禁周文王的地方。

　　⑤ 酝酿:造酒的发酵过程;喻做准备工作。

　　⑥ 风篷:船帆。

雨霖铃·庚子元旦守岁

　　厌床冷衾,形孤影吊,难禁寒凛。时逢骤冽三九,漫天霰雪,篷窗凄紧①。分岁钟声杳渺,借何鱼雁信。正羁旅、六载睽离,踽踽天涯谁人悯②。　　三生有幸堪合卺,卅余年、不负倾心悯③。

文君司马奚憾,涤器悭、当垆讵论④。频举清茗,遥对、繁星朗月潜饮。怅一霎、倏过隆冬,已是青阳讯。

注　释

① 篷窗:船窗。凄紧:寒风冷冽疾劲。
② 悯:哀怜;忧愁。
③ 悃:诚恳,诚挚。
④ 涤器、当垆:见前注引《史记·司马相如列传》。

雨霖铃·庚子元旦

久霏初霁,泠风骀荡,湛空如洗。清茗漫啜频举,犹欣味淡,何曾牢狴。多少人生羁旅,只缘妄心殢。纵冬凛、岁月轮回,无限青阳待君觑。　　犹怜梅萼轻如许,自倾聆、莺啭声声细。青松华盖咸翕,偕翠箐、默栖墙隅。三友凌寒,千载、唯唯天地相契。辛丑始、疏澹红尘,情寄只苍宇。

雨霖铃·夏游呼伦草原

旷野无际,逶峦雾黛,迤丘草翳。扬鞭策马何处?绮云百朵,清风千缕。漫溯河波九曲,滚尘①任其去。挈佳侣、天地遨游,万里征蓬奚须计。　　人生久困樊笼里,总汲汲②、难觅桃源地。长思岩壑归隐,犹忌惮③、海涯羁旅。一管牧笛,吹彻、余音④袅袅苍宇。值化境、五柳追寻,不忝青穹碧。

注　释

① 滚尘:翻滚的尘埃。
② 汲汲:心情急切,努力追求。
③ 忌惮:指对某些事或物有所顾忌、顾虑;表现为害怕、畏惧。

④ 余音：指歌唱或演奏后还留在耳边的声音。

雨霖铃·钓台①

钓台凝伫，清秋宇阔，富春遥目。澄江一泻千里，穿峦破嶂，东溟挹注②。漠漠山河依旧，几人亘今古。讵嗟叹、万丈红尘，埋没英豪终无数。　浮生归宿知何处？寄林泉、欲倩谁人度。悄寻严子③踪迹，疏钟鼎、足加帝腹④。啸月吟风，但滞、朝云午霭夕露。怅寥廓、杳渺乾坤，凭任吾侪矗。

注　释

① 钓台：参见前《临江仙·千岛湖》注。
② 挹注：把液体盛出来再注入。比喻取有余而补不足。
③ 严子：指严光，又名遵。
④ 足加帝腹：典出《艺文类聚》卷一："《会稽典录》(晋虞预撰)曰：严遵，字子陵，与世祖俱受业长安。建武五年，下诏征遵，设乐阳明殿，命宴会。暮留宿，遵以足荷上，其夜客星犯天子宿。明旦，太史以闻。上曰：'此无异也，昨夜与严子陵俱卧耳。'"

雨霖铃·蠡园①

叠石竞巧，榭亭骈翼，曲廊争绕。褰裾②荷荇摇曳，婀娜晨霭，婆娑夕照。堤岸依依杨柳，倩岚济烟袅。怅西子、偕隐陶朱③，一任五湖波遥渺。　长嗟岁月知多少，纵沉鱼④、未滞红颜老。吴山越水依旧，春秋事、谁人能晓。落日斜晖，唯愿、崦嵫千载仍杲。天地彻、明月清风，时入吾怀抱。

注　释

① 蠡园：位于无锡蠡湖之滨。蠡湖，原名漆湖、五里湖，相传春秋时越

国大夫范蠡偕美人西施泛舟于此,湖因人而得名,园因湖而得名。

② 褰(qiān):撩起;揭起(衣服、帐子等)。裾:衣服的大襟;衣服的前后部分。

③ 陶朱:指范蠡。

④ 沉鱼:指西施。

雨霖铃·华清池①

青峦迤逦,长安杳渺,华清池碧。潺湲泉水犹漾,千年宫阙,今咸颓圮②。多少畴昔旧事,几人尚铭记。自凝伫、悱恻缠绵,无限苍茫怅吾绪。　明皇贵妃悉已寂,只啼嘘、魂断马嵬驿③。羞花闭月何罪?《霓裳曲》奚关社稷。《长恨》④惜惺,唯借、香山居士椽笔。须纵目、宇阔穹高,犹待谁情寄。

注 释

① 华清池:在陕西西安临潼西北麓。唐贞观十八年(644年)建汤泉宫,咸亨二年(671年)改名温泉宫,天宝六载(747年)扩建并改名华清宫,温泉名华清池。宫室园林满山,唐玄宗与杨贵妃每于冬季居此。读本词参见《浪淘沙·玉环》。

② 颓圮:倒塌;败坏。

③ 马嵬驿:在马嵬坡,位于陕西兴平西。参见前注。

④《长恨》:指白居易的《长恨歌》。

雨霖铃·酒颠①

刘伶②酩酊,陶翁醺醉,屈子独醒。陈抟③千年咸寐,希夷茕守,一生醪瓮。斗酒才情王绩④,哺糟啜醨⑤兴。饮碧醁、张旭狂书,奇崛⑥谪仙诗难竟。　人生何处皆寄梦,只汲汲、不滞红尘境。泰山熟视无睹,何戚戚、泉林钟鼎。冀借千觞,耿耿、抒穷吾辈心性。效往贤、挈月凭风,天地任遥兴⑦。

注 释

① 酒颠:谓酒后态度狂放;亦指酒后态度狂放的人。唐刘禹锡《春日书怀》:"心知洛下闲才子,不作诗魔即酒颠。"

② 刘伶(约221—300):字伯伦,西晋沛国(治今安徽濉溪西北)人。"竹林七贤"之一。嗜酒,作《酒德颂》,对礼法不屑,宣扬老庄思想和纵酒放诞生活。

③ 陈抟(？—989):字图南,自号扶摇子,宋太宗赐号希夷先生。五代宋初道士,著有《无极图》(刻于华山石壁)、《先天图》和《指玄篇》。其学说后经周敦颐、邵雍推演,成为宋代理学的一部分。

④ 王绩(约589—644):字无功,号东皋子,绛州龙门(今山西河津)人。隋唐诗人。个性简傲,嗜酒,自作《五斗先生传》,撰《酒经》《酒谱》。其诗近而不浅,质而不俗,真率疏放,有旷怀高致,直追魏晋风骨。

⑤ 哺糟啜醨:吃酒糟,喝薄酒,指追求一醉;比喻屈志从俗,随波逐流;比喻文字优美,令人陶醉。出自《楚辞·渔父》。

⑥ 奇崛:奇特;奇拔。

⑦ 遥兴:起而远去;远行。

雨霖铃·赠潘冰易旺东二友

浮生逆苦,横遭缧绁,任人刀俎①。幸逢潘易二友,偕息坎壈,共铮傲骨。翰墨诗词欣洽,彻澄总心腑。任冷炙、宵昼劬劳②,岂负红尘几寒暑。　吾侪缘凤堪一路,恨伯钟③、流水高山笃。巨卿张劭④知己,奚生死、何曾辜负。结义桃园,千载、繁英今迄⑤无数。任宇阔、期践鸥盟,比翼同高鹜。

注 释

① 刀俎:刀和砧板;喻生杀之权掌握在他人手里,自己处于被人宰割的地位。

② 劬劳：劳苦，苦累。

③ 伯钟：伯牙和钟子期。

④ 巨卿张劭：范式，字巨卿，山阳金乡人。少游太学，与汝南张劭为友。张劭，字元伯。二人告归乡里，或谓元伯曰："后二年当还，将过拜尊亲。"两年后，巨卿果如期而至。此为朋友重然守诺之典，出自《后汉书·范式列传》。

⑤ 今迄：即迄今；到现在。

雨霖铃·赠娇女梦

三生夙幸，今夕父女，终圆绮梦。自侬呱呱坠地①，卅年倏过，休戚共命。京城初开茅塞，纽约始学竟。正合卺、比翼偕飞，万里征蓬待龙凤。　　人生最契唯化境，住泉林、兼济犹钟鼎。常期汝秉椽笔，伴漱玉、文君鸾影②。岁月轮回，不朽、高格贵品雅兴。吾老矣、冀享天伦，佐我千杯醪。

注　释

① 呱呱坠地：形容婴儿出生或事物问世。

② 漱玉：指李清照。文君：指卓文君。鸾影：比喻女子身影。

【满庭芳】

满庭芳·秦始皇陵①

高冢荒丘,依依杨柳,咸阳古道悠悠。满怀飞绪,情寄总难休。多少始皇旧事,斜阳外、归梦难收。怅今古、茫茫旷野,何处匿闲愁。 回首,六国②灭,风云叱咤,千里平畴。铸金人,阿房宫阙谯楼③。共轨同文④大略,郡县制华夏千秋。犹嗟叹,炎黄苗裔,永世共神州。

注 释

① 秦始皇陵:在陕西临潼东骊山北麓。陵园规模宏大,分内外二城。1974 年在外城以东一千米外发掘属于陵园的陶俑坑,出土兵马俑数千个;1980 年在陵丘两侧发现两具铜车马,为罕见的古代金工杰作。1987 年被列入世界遗产名录。

② 六国:指战国时函谷关以东的齐、楚、燕、韩、赵、魏六国。

③ 谯楼:古代城门上建造的用以瞭望的楼。

④ 共轨同文:即车同轨,书同文。

满庭芳·茂陵①

叠嶂蒙蒙,重岚渺渺,茂陵千载凭风。断垣残阙,浩气几曾经。屡忆畴昔往事,怅寥寂、心绪难平。寒烟外,纷纷塞雁,秋杪正归程。 魂萦,犹武帝,未央②杨柳,太液③芙蓉。叹金屋藏娇④,谁竞痴情。上苑旌旗猎猎⑤,匈奴杳、何处游踪。频凝仁,高天厚土,列列诋功名。

注　释

① 茂陵：汉武帝墓，在陕西兴平东北。建元二年（前139年）建，陵园规模宏大，东有卫青、霍去病和霍光墓，西有李夫人墓。霍去病墓前石雕众多，尤以马匹为最。

② 未央：即未央宫。

③ 太液：即太液池。

④ 金屋藏娇：出自东汉班固《汉武故事》："若得阿娇作妇，当金屋贮之也。"娇：原指汉武帝幼时喜爱表妹阿娇，并欲建金屋让她居住一事。后指娶妻或纳妾。

⑤ 上苑：即上林苑。汉武帝刘彻于建元三年（前138年）在秦代的一个旧苑址上扩建而成的宫苑，规模宏伟，宫室众多，有多种功能和游乐设施，今已无存。猎猎：风声或风吹动旗帜等的声音。

满庭芳·昭陵①

叠嶂苍苍，高穹熠熠，昭陵绮梦悠长。凭栏高处，天地渺无疆。六骏②犹驰猎猎，频纵鞚、心骋神翔。三秦③冑，征尘漠漠，最忆是隆唐。　疏狂，悉华夏，凌烟阁④上，几尽沧桑。孝悌⑤竟何堪，兄弟阋墙⑥。谁圬贞观之治⑦，开盛世、千古流芳。情寄处，天涯望断，独倚只斜阳。

注　释

① 昭陵：唐太宗陵墓，在今陕西礼泉东北九嵕山。贞观十年（636年）葬长孙皇后始建，二十三年（649年）葬太宗止。著名的昭陵六骏、石刻，原来列置在昭陵北面祭坛的东西两庑房内。

② 六骏：指伴随李世民征战，立下赫赫战功的六匹战马，分别名为拳毛䯄、什伐赤、白蹄乌、特勤骠、青骓、飒露紫。

③ 三秦：项羽破秦后，三分关中，以秦降将章邯为雍王、司马欣为塞王、董翳为翟王，谓之"三秦"。后用以称关中、陕西一带。

④ 凌烟阁：是唐代为表彰功臣而建筑的绘有功臣图像的高阁，位于唐长安城太极宫东北隅，因"凌烟阁二十四功臣"而闻名于世，后毁于战乱。

⑤ 孝悌：孝，指报答父母的养育之恩；悌，指兄弟姐妹之间的友爱。

⑥ 阋墙：比喻兄弟相争。引申为国家或集团内部的争斗。

⑦ 贞观之治：是唐朝初年唐太宗李世民在位期间出现的政治清明、经济复苏、文化繁荣的治世局面。因其时年号为"贞观"（627—649），故史称"贞观之治"。

满庭芳·乾陵①

石马嘶风，餐风饮露②，乾陵骈对苍穹。百峦千嶂，迤逦到天庭。四季悠悠浩气，时杳渺、总祭亡灵。凭栏处，夕阳西下，无限只幽冥。　　思萦，碑无字，是非功过，叵耐甄评。武曌垙雄才③，奚逊豪英？犹继贞观之治，启开元、万世功名。何须羡，巾帼不让④，吾辈正征程。

注　释

① 乾陵：唐高宗与武则天的合葬墓，在陕西乾县梁山。陵依山而建，十分雄伟。入口甬道排列石人、石兽、华表等一百余件，其中有著名的有翼马、石狮、述圣记碑和无字碑。陵东南有十七座陪葬墓，已发掘章怀太子、懿德太子、永泰公主等墓，内有大量珍贵文物。

② 餐风饮露：形容旅途或野外生活的艰苦。

③ 雄才：出众的才能；指才能出众的人。

④ 巾帼不让：为巾帼不让须眉的略语。

满庭芳·沈阳东陵①

松柏森森，碑亭列列，东陵正沐氤氲。白山黑水②，埋瘗后金③魂。凝伫逶迤巡古道，睹陈迹、今迳犹存。天地迥，凛然霸气④，

弥漫转乾坤。　　沉吟,七大恨⑤,十三铠甲⑥,崛起辽浑⑦。漠漠
迈雄关⑧,难阻征尘。满汉八旗子弟,冲陷阵、不惧亡身。唯嗟
叹,前清已杳,望眼⑨已黄昏。

注　释

① 沈阳东陵:即"福陵",在今辽东沈阳东北丘陵地上。清太祖努尔哈
赤和皇后叶赫那拉氏的陵墓,为清朝关外三陵之一。始建于清天聪三年
(1629 年),清顺治八年(1651 年)基本建成。前临浑河,后倚天柱山,古木
参天,风景优美。

② 白山黑水:长白山和黑龙江。泛指中国东北地区。

③ 埋瘗:埋葬,埋藏。后金:明时女真族所建政权。建州女真族首领
努尔哈赤统一女真各部。于 1616 年(明万历四十四年)即汗位,国号金,建
都赫图阿拉(今辽宁新宾西),史称后金。势力扩大,都城先迁辽阳,又迁沈
阳。天聪十年(1636 年)皇太极即皇帝位,改国号清。

④ 凛然:严肃,严厉;令人敬畏貌。霸气:霸王气象。

⑤ 七大恨:为后金政权君主努尔哈赤发布的讨明檄文。后金天命三
年(1618 年)正月,努尔哈赤对诸贝勒宣布:"吾意已决,今岁必征大明国!"
四月十三日以七大恨告天,起兵反明。

⑥ 十三铠甲:努尔哈赤用祖、父遗留下来的十三副铠甲武装噶哈善、
常书、杨书等亲信,联合萨尔浒部酋长之弟诺米纳,于万历十一年(1583 年)
五月,准备共同发兵攻打尼堪外兰。

⑦ 崛起:地势突起,隆起。喻指兴起,奋起。辽浑:辽河与浑河。喻指
辽沈地区。

⑧ 雄关:雄伟险要的关隘。此处指山海关。

⑨ 望眼:远眺之眼。

满庭芳·圆明园①

断壁残垣②,凄风苦雨,旦朝残梦星阑③。火烧明园,曾化日
光天④。百载神州丽宝⑤,只顷刻、袭作飞烟。心犹怅,堂堂华夏,

铁血讵无男。　　涅槃,重崛起,夷平外寇,驱策番蛮⑥。燕舞伴莺歌,无限翩跹。世上谁怜弱骨⑦,竞天择⑧、漠漠风寒。欣芳草,萋萋摇曳,不尽尚尘寰。

注　释

① 圆明园:遗址在北京海淀区东部。清康熙时建,雍正夏日在此避暑听政,乾隆时增筑,宏丽闻名中外,誉为"万园之园"。1860年秋,遭英法联军焚毁。

② 断壁残垣:残存和坍塌了的墙壁;形容残败的景象。

③ 星阑:谓夜将尽。

④ 化日光天:同光天化日。原指太平盛世。后比喻大家都看得非常清楚的场合。

⑤ 丽宝:华丽之宝物,稀世之珍宝。

⑥ 驱策:驾御鞭策;驱使,役使。番蛮:古代对周边少数民族的泛称。此指外寇。

⑦ 弱骨:伶仃疲骨。喻软弱可欺。

⑧ 竞天择:物竞天择之省。生物相互竞争,能适应者生存下来。

满庭芳·颐和园①

浩渺昆明②,彻澄苍宇,颐和秋日熏风。佛香阁③上,梵偈杳遥空。亭榭回廊影度,帝王迹、何处寻踪。铜牛④侧,长桥⑤卧碧,湖水窅然⑥平。　　情萦,留连处,清漪园⑦里,清晏舫⑧中。极欲又穷奢,谁罢歌笙。多少前清旧事,任凭吊、绮梦难终。红尘寂,幽怀未竟,浩气尚填膺。

注　释

① 颐和园:在北京西部。金代为皇帝行宫,明代为"好山园",清代改"清漪园"。1860年被英法联军所毁。1888年,慈禧太后移用海军军费重

建。分万寿山和昆明湖两部分,为著名的游览胜地。

② 昆明:指昆明湖。

③ 佛香阁:是颐和园的主体建筑,建在万寿山前高 20 米的方形台基上,南面昆明湖,背靠智慧海,以它为中心的各建筑群严整而对称地向两翼展开,形成众星拱月之势。佛香阁高 41 米,八面三层四重檐,阁内有八根巨大铁梨木擎天柱,结构复杂,为古典建筑精品。

④ 铜牛:安卧在颐和园昆明湖东堤岸边,为 1755 年乾隆下旨铸造的镇水宝物,英法联军攻入颐和园时惨遭破坏,幸得民众保护,才留存至今。

⑤ 长桥:指十七孔桥,清乾隆时建,是园内最大的石桥;桥由 17 个桥洞组成,长 150 米,飞跨于东堤和南湖岛,状若长虹卧波。

⑥ 宎然:精深貌;深远貌;岑寂貌。

⑦ 清漪园:颐和园的原名,慈禧太后挪用海军的经费重建、扩建清漪园后。太监李莲英为迎合慈禧渴望长寿的心意,特将园名改成颐和园。其义是让慈禧保全元气、长命百岁。

⑧ 清晏舫:即石舫。位于昆明湖的西北部,万寿山的西麓岸边,建于清乾隆二十年(1755 年)。船体乃用巨石雕成,全长 36 米。船上二层白色木结构楼房,都用漆饰成大理石纹样,顶部有砖雕装饰,精巧华丽,是颐和园内著名的水上建筑珍品。

满庭芳·北京故宫①

碧瓦飞甍,皇家禁苑②,千年列列如风。自元③伊始,隆盛④越明清。三殿庄严肃穆⑤,天下事、专断独行。逡巡遍,光明正大⑥,龙椅叹虚空。　惜惺,红尘邈,帝王何在,松柏犹青。物是伴人非,道法悉平。冀鉴悠悠往事,思化境、沧浪濯缨。凭栏处,苍穹晡晚,杳渺几归鸿。

注　释

① 北京故宫:旧称紫禁城。为明清两代的故宫,在北京市中心,南北中轴线上。规模宏大,有数十个院落,九千多间房屋。周围有十多米高的

围墙和五十多米宽的护城河。田隅有角楼,南面正中为午门。主要建筑分外朝和内廷两大部分:外朝以太和、中和、保和三大殿为主体,为帝王行使权力之地;内廷以乾清宫、交泰殿、坤宁宫为主体,是帝王办公和居住之地;其两侧东西六宫为嫔妃居住之地。此外,尚有文华殿、武英殿和御花园等。是中国现存规模最大、最完整的古建筑群,并已列入世界遗产名录。现为故宫博物院。

　　② 禁苑:帝王范囿;指宫廷。

　　③ 元:指元朝。

　　④ 隆盛:兴隆昌盛。

　　⑤ 三殿:指太和殿、中和殿、保和殿。太和殿,故宫最大的宫殿,是举行重大典礼的地方,如即位、生日、婚礼。中和殿,三大殿中面积最小,亭子型大殿,是举行大典前,皇帝的休息之地。保和殿,面积仅次于太和殿,自雍正以后,是举行最高一级殿试的地方。肃穆:严肃庄重。

　　⑥ 光明正大:指乾清宫里的正大光明匾;牌匾是由清入关第一位皇帝顺治写的。

满庭芳·长白①秋行

　　携侣遥程,长白梦宵,正值朗月清风。山峦绵亘②,漾碧济溪明。涤荡身间浣垢,犹期冀、浩气填膺。斜阳外,苍茫无限,坤宇两偕行。　　情倾,频陟顶,天池雾翳,高瀑岚萦。百涧簇千峰,姹嶂嫣屏。凝伫望天鹅谷③,叠书帙④、九曲洄潆⑤。欣鸿雁,携将秋色,一路到南溟。

注　释

　　① 长白:指长白山。

　　② 绵亘:绵延不断。

　　③ 望天鹅谷:位于长白山十五道沟内,全长 38 千米,最低处海拔 450米,最高处海拔 1 100 米。望天鹅山海拔 2 051.4 米,为东北第二高峰,距离天池 32 千米,是一个巨大的中心式喷发和溢流的玄武质火山堆,有一个巨

大的破火山口，沟内因破火山作用形成的火山地址遗迹和景观非常独特。

④ 书帙：书卷的外套；泛指书籍。此处指类似书籍排列的岩壁。

⑤ 洄潆：犹潆洄，水流回旋的样子。

满庭芳·嘉荫[①]行

万里征蓬，嘉荫旻杪，盈眸秋色泠风。扁舟一叶，江上钓鱼翁。撷饪邻家畦菜，赊村醪，醉饮千钟。红尘外，纷纷落雁，天际杳溟蒙。　偕行，任风雨，遥程何计，歧路奚凭。君伴最怡情，绮梦回萦。大隐岂须世外，纵阛阓、静阒无声。值此际，桃源五柳，袅娜有无中。

注　释

① 嘉荫：隶属于黑龙江省伊春市，位于伊春市北部，黑龙江中游右岸，小兴安岭北麓东段。

【八声甘州】

八声甘州·青海湖

怅穹高宇阔水波秋,渺渺只归舟。正重峦悭雪,暮云飞渡[1],千里平畴。青海茫茫云际,汀屿落白鸥。心旷情何寄,无限恬悠。 旃帐[2]琴声杳杳,借幽冥篝火,歌舞难休。怅平生旅迹,遨地任天游。自羌笛吹彻杨柳,望际涯、夐处可凝愁。偕驱策,由缰信马,悉往沧洲。

注 释

① 暮云飞渡:出自毛泽东七绝诗:"暮色苍茫看劲松,乱云飞渡仍从容。"

② 旃(zhān)帐:指北方游牧民族所用的毡制帐篷;像蒙古包。

八声甘州·泸沽湖

自泸沽湖畔舣行舟,天地一眸收。正波漾莎草[1],客羁兰棹,月淡西楼。明灭村墟灯火,共济落寥秋。今夜情侬处,唯狎白鸥。 婚嫁摩梭[2]殊迥,诧世遗母系,谁竞佳侪。怅情天恨海,市侩枉白头。乘仙槎携伊归去,纵天涯、梦寄只沧洲。心浩渺,红尘列列,讵辱鸿猷。

注 释

① 莎草:多年生草本植物。多生于潮湿地区或河边沙地,茎直立,叶细长,夏季开穗状赤褐色小花,地下块根称为"香附子",可入药。

②摩梭：指摩梭族。生活在云南省西北，四川、云南交界处风光秀丽的丽江泸沽湖畔，人口约五万，有自己的本民族语言，但没有文字，属纳西族一支。泸沽湖以其独特的摩梭风情和秀丽的山水风光闻名于世。

八声甘州·洞庭湖①

正烟波浩渺洞庭天，落日杳君山。怅霓霞抹抹，归帆点点，袅袅炊烟。凝伫岳阳楼上，千载俱翕然②。一任崦嵫去，绮梦难阑。　悄觅二妃③踪迹，总虔情缱绻，竹泪斑斑④。羡谪仙秋醉，买酒白云边⑤。云梦泽悠悠无际，莫喟嗟、沧海几桑田。欣依旧，鸥飞鹭绕，无限翩跹。

注　释

① 洞庭湖：参阅前注《临江仙·洞庭湖》《南乡子·岳阳楼》。

② 翕然：安宁，和顺貌；忽然。

③ 二妃：指舜帝的妃子娥皇、女英。

④ 竹泪斑斑：舜至南方巡视，死于苍梧。娥皇、女英二妃往寻，泪染青竹，竹上生斑，因称"潇湘竹"或"湘妃竹"。斑竹是一种茎上有紫褐色斑点的竹子，秆和分枝具紫褐色斑块与斑点。为著名观赏竹类。

⑤ 买酒白云边：出自唐李白《游洞庭湖五首》其二："南湖秋水夜无烟，耐可乘流直上天。且就洞庭赊月色，将船买酒白云边。"

八声甘州·大明湖①

自大明湖畔任徜徉，荷芰袅清香。正柳娜亭榭，舟行碧漾，凫隐苇塘。杳渺千佛顶②上，熠熠尚夕光。心绪犹天际，唯寄苍茫。　多少红尘列列，怅稼轩③何处，漱玉④奚方？叹人生羁旅，有欲总恓惶。误几回匆匆桑梓，憾未亲、齐鲁吾家乡。凭栏处，清风明月,无限斜阳。

注　释

① 大明湖:在山东济南市区,为小清河上源。周围有遐园、秋柳园、南丰祠、小沧浪、辛稼轩纪念馆等胜迹,湖中有历下亭。湖畔杨柳垂岸,夏季荷花竞放,呈现"四面荷花三面柳,一半山色半城湖"之景致。

② 千佛顶:指千佛山,位于济南历下,古称历山,因为古史称舜在历山耕田的缘故,又曾名舜山和舜耕山。隋开皇年间,因佛教盛行,随山势雕刻了数千佛像,故称千佛山。

③ 稼轩:指辛弃疾,号稼奸。

④ 漱玉:指李清照。

八声甘州·松花湖①

正松花湖上任凭风,帆樯杳无踪。畅凫飞葭苇,鹰翔苍宇,柳竞娉婷。睥睨群峰列列,岚霭莽然②平。宦宦③轻舟去,几处蓬瀛。　奚觅桃源世外,自心中阆苑,化境冥冥。借湖鱼盛馔,杯酒醉遥空。莫叹嗟红尘滚滚,梦萦回,万物总惜惺。犹奢望,灵山秀水,两济豪情。

注　释

① 参见前注《临江仙·松花湖》。

② 莽然:草木茂盛貌;广大貌;众多貌。

③ 宦宦:隐晦貌;幽暗貌;深邃貌。

八声甘州·冬游镜泊湖①

睨冰封千里正兹疆,穹宇莽苍苍。诧一泓碧漾,百重皑雪,无限风光。朋侣偕游殊迥,绮梦几悠长。一任红尘杳,都付清凉。　陌友②纵身一跃,叹技惊绝壁,谁埒疏狂。自潺湲九曲,岚袅总难央。幻化时时栖禅意,愿情羁、地老到天荒。人间事,缕丝莫滞,只是徜徉。

注　释

① 镜泊湖:位于黑龙江宁安境内,古称"忽汗海"。因火山喷发熔岩阻塞牡丹江上游而成,为中国最大的高山堰塞湖。

② 陌友:陌生的朋友。此处指镜泊湖冬季悬崖跳水,由于朋友的引荐,他只为我们表演。因作者第一次摄影不理想,他又重跳了一次,让我深为感动。

八声甘州·丽江

是谁疑世外有别天,玉龙①渺云间。正峦苍皑雪,霓遥碧宇,鸿逝昊天。莫谓此情独寂,万物可凭栏。心事随风杳,绮梦无边。　凝仁千年木府②,赏东巴文字③,纳西古弦④。怅穹高地迥,羽化可登仙。借丽江悠悠澄漾,浣征尘、华胥只林泉。值宵夜,共擎佳醑,遥酹清寒。

注　释

① 玉龙:指玉龙雪山。

② 木府:是丽江木氏土司衙门的俗称。位于丽江古城狮子山下,是丽江古城文化之"大观园"。整个建筑群坐西向东,是一座辉煌的建筑艺术之苑。

③ 东巴文字:指东巴文。我国纳西族曾经使用的象形表意文字。主要用于书写《东巴经》,故名。

④ 纳西古弦:指纳西古乐,是源于唐、宋、元时期中原的词牌、曲牌音乐、道教科仪音乐、洞经音乐和皇经音乐,相传为宋乐,保留下来的只有来源于词牌和洞经音乐的那部分。传闻原有汉语经文配唱,传到纳西

族民间后,逐渐变为单纯的乐曲。

八声甘州·洱海①

正踽踽湖畔旅平沙,秋意落谁家。睍苍山雪月,佛祠圣塔②,洱海风花。多少羌笛古韵,臆语话东巴。试问红尘境,几处桑麻。 有梦可期化境,怅今朝乾道,翌日仙葩。任吾侪行迹,踽踽到天涯。何觅蓬瀛桃源地,自凝情、心海棹浮槎。携佳侣,穹高宇阔,欹倚烟霞。

注 释

① 洱海:参阅前注《南乡子·大理》。
② 圣塔:指大理三塔。

八声甘州·雪乡

喜今朝重作北国人,皑雪净俗魂。正百峦竞素,千川息漾,万壑栖氲。恰值松苍柏翠,疑是点勘春。漠漠红尘杳,此处泉林。 挽犬犁橇陟顶,自人生跌宕,驾雾腾云。纵江湖遥渺,羁旅莫逡巡。任琼瑶①天遗多少,借神工、万象缤纷。携佳侣,尘间天上,共沐夕曛。

注 释

① 琼瑶:此指冰雪。

八声甘州·兄弟

幸红尘漠漠两相逢,缘凤到三生。愿丝欣同庆,豪灾共担,是旅携行。钟鼎泉林莫滞,都付与清风。凭天高宇阔,偕践鸥盟。　　奚辨途坦路迥,正风云际会,协赴遥程。祈滴滴缱绻,你我两惺惺。海角天涯皆行遍,纵睽离、梦里几回萦。人间事,自然道法,只弟唯兄。

【望海潮】

望海潮·昭君墓[①]

茕茕荒冢,寥寥朔漠,昭君魂魄迷离。落雁[②]奚方,琵琶何处,唯余芳草萋萋。心祭最相宜。铁马金戈寂,悉渺幡旗。野旷苍苍,自倾聆,杳杳羌笛。　　时欣丽貌清奇,诧世情未晓,毛画[③]难期。孤女徙赊,奉婚三任[④],千年谁不唏嘘。国泰赖结缡[⑤]。华夏犹一统,讵汉难夷。莫计风尘去,睥睨只虹霓。

注　释

① 昭君墓:参阅前注《浪淘沙·昭君》。

② 落雁:指王昭君。

③ 毛画:指毛延寿的画像。汉元帝后宫女子既多,不得常见,乃使画工图像,按图召幸之。

④ 奉婚三任:指昭君嫁父与二子三任单于事。

⑤ 结缡:古代嫁女的一种仪式。女子临嫁,母亲给她结上佩巾,并加教诲。

望海潮·成吉思汗陵[①]

萋萋芳草,茫茫叠巘,千年孤冢天涯。几人凭吊,唯钦鸿雁,悄偕落寞黄沙。独倚自烟霞。风尘犹列列,何处桑麻。宇阔天高,莫恓惶,讵忝物华。　　天骄[②]一代殊嘉,怅铁骑廿万,纵横欧亚。雄骨奚方,英身何处,长思魂魄还家。每臆总逼拶。一睨葳蕤地,猎猎奇葩。缘倩心中胜境,盈胸只清姱。

注　释

① 成吉思汗陵：为蒙古帝国第一代大汗成吉思汗的衣冠冢,位于内蒙古鄂尔多斯市伊金霍洛旗草原上。

② 天骄：比喻其强盛,好似天所骄纵。

望海潮·崂山^①

毗邻^②黄海,势凌苍宇,孟秋再陟崂山。天朗气清,栎枫霜染,嫣红姹紫无边。万物俱倏间。睥睨蓬瀛际,几处凭栏。渐宵喧阗,寂红尘、绮梦联翩。　　千峦百巘留连,正松龄^③道士,蒲氏狐仙^④。寺袅梵音,僧悠偈颂^⑤,禅佛道法林泉。最钦是洞天。遥望崦嵫处,渺渺归帆。且将心中化镜,都付与倏然。

注　释

① 崂山：参阅前注《南乡子·崂山》。

② 毗邻：指边界接壤;多指陆地相接。

③ 松龄：指蒲松龄,其小说《聊斋志异》中有《崂山道士》篇。

④ 蒲氏：指蒲松龄。狐仙：旧时传说狐狸能修炼成仙,化为人形、与人类来往,古称。

⑤ 偈颂：中国僧人所念或写蕴含佛法的诗;佛经中的唱词。

望海潮·青岛出海

茫茫碧宇,苍苍冥海,轻桡一叶扁舟。踏遍澄波,行穷绮浪,何期海市蜃楼。唯往蓬瀛洲。心渺犹穹际,只寄白鸥。不计奚方,任潆洄、天地遨游。　　人生莫愧风流,自神朋仙友,爱侣情俦。雨笠烟蓑,一介渔叟,同欣粪土王侯。阆苑可凭舟。有梦无须滞,总是雄赳。纵尔红尘列列,冬夏迓春秋。

望海潮·刘公岛①

　　孟秋威海,刘公岛上,携伊小径回萦。心绪未平,风光依旧,百年甲午②羁情。洒泪祭英灵。不尽沧浪水,几处涛声。列列凭风,怅今怀,可与谁同。　　船坚炮利峥嵘,任扶桑蕞尔③,华夏纵横。致远④沉沙,世昌折戟⑤,神州一片哀鸿⑥。孱弱讵惜惺。千载炎黄种,谁圬豪雄。悄对崦嵫好景,归醉弄歌笙。

注　释

　　① 刘公岛:位于山东半岛威海湾湾口,为威海市的天然屏障,素有"东隅屏藩"之称。

　　② 甲午:指 1894 年的中日甲午战争。

　　③ 扶桑:神话传说中的东方海中古国名;借指日本。蕞尔:很小的样子;多指形容比较小的地区。

　　④ 致远:指北洋水师致远号战舰。

　　⑤ 世昌:指致远舰管带邓世昌。折戟:折断了的戟沉没在泥沙里;形容失败惨重。

　　⑥ 哀鸿:悲鸣的鸿雁;比喻哀伤苦痛、流廓失所的人。

望海潮·涠洲岛①

　　南溟漾碧,椰林竞列,何疑世外仙踪。墟隐杨荫,门栖槐影,时闻醒寐鸡声。涠岛最怡情。对酒值宵夜,细数廖星。万物悉平,道佛心,奚处征蓬。　　教堂袅袅钟鸣,正芭蕉累果,木槿繁英。海畔拾贝,清波荡桨,采归几抹霓虹。绮梦总千重。同觅桃源地,五柳偕风。携侣高歌一曲,醺醉酹遥空。

注　释

　　① 涠洲岛:位于广西北海北部湾海域中部,北临北海,东望雷州半岛,

【望海潮】

东南与斜阳岛毗邻,南与海南岛隔海相望,西面向越南。

望海潮·腾冲^①

孤峰列列,无头十九,殊奇谁圬腾冲。地裂天崩,千年倏过,人间万物悉平。奚力辟鸿蒙。吊脚^②堪归宿,绮梦回萦。羁旅惜悭,只携君,万里征蓬。　山间漾沸何曾,自倦身汤浴,讵愧华清^③。霞蔚云蒸^④,幽冥无限,浮生只寄空蒙。心滞总霓虹。是处悉缱绻,沧浪濯缨。今日携将胜景,都付有无中。

注　释

① 腾冲:参阅前注《浪淘沙·腾冲》。
② 吊脚:指吊脚楼。
③ 华清:指华清池。
④ 霞蔚云蒸:即云蒸霞蔚。像云霞升腾聚集起来;形容景物灿烂绚丽。

望海潮·罗平^①

畦花竞放,孤峰错列,罗平四月风光。翩舞蜂蝶,呢喃燕子,黄鹂频啭春旸^②。漫野俱清香。满目悉胜境,是处徜徉。浣洗征尘,携佳俦,信马由缰。　莫羁绮梦悠长,自流连瀑布,嬉戏荷塘。一缕白云,几丝飞絮,轻轻尽入行囊^③。天地总难央。不为红尘累,讵减疏狂。心坦皆堪世外,情寄只苍茫。

注　释

① 罗平:云南曲靖下辖县,位于滇、桂、黔三省结合处,为全国旅游百强县。
② 旸:指旭日初升;引申义为晴天。
③ 行囊:出行时所带的背包。

望海潮·普者黑^①

孤峰骈峙,畦荷盈野,孟秋依旧蓁蓁。棹漾青天,楫皴山影,风光谁竞迷离。无限只涟漪。鸡鸣犹犬吠,今日何夕。杳杳红尘,梦桃源,总是情羁。　　人间多少清奇^②,愿冥冥海角,吹彻羌笛。扁舟一叶,心堪世外,载归几抹虹霓。三世可须臾^③。偕醉值宵夜,尚待晨曦。万里江天睥睨,唯有两心依。

注 释

① 普者黑:位于云南文山丘北境内,属于滇东南岩溶区,是发育典型的喀斯特岩溶地貌,以"水上田园、湖泊峰林、彝家水乡、岩溶湿地、荷花世界、候鸟天堂"六大景观而著称。

② 清奇:清秀而不俗;清新奇特。

③ 须臾:形容极短的时间。

望海潮·和顺古镇^①

云南边塞,百年寂寂,戍边^②始有兹城。楼错丘壑,亭依溪漾,田塍旖旎回萦。往事越明清。古祠栖贤圣,杳渺钟声。何计天涯,只期冀,无限幽冥。　　桃源吾辈独钟,自细甄乡味,醮对新朋。几缕闲愁,一丝妄念,人生多少惺悀。是处总携行。犹借箫鼓^③醉,莫罢歌笙。今日携将胜景,归梦红尘中。

注 释

① 和顺古镇:位于云南腾冲市西南郊。自明代以来,中原文化、西洋文化、南诏文化与边地文化在此碰撞交融,形成独特的侨乡文化和马帮文化,是云南省四个典型生态文化村之一。

② 戍边:戍守边疆。

③ 箫鼓:箫与鼓;泛指乐奏。

【扬州慢】

扬州慢·黄山云①

众壑岚萦,群峰雾翳,江天万里空蒙。正波谲②崖际,云诡③戏蛟龙。心犹怅,清风冽冽,红尘杳杳,穹宇冥冥。总逡巡,无限晨晞,几抹霓虹。　　石猴④无觅,鸟空啼、失侣悉惊。纵梦笔生花⑤,飞来⑥凝伫,难付深情。凭任乾坤浩渺,唯思寄,方丈蓬瀛。借山高地迥,携伊是处平生。

注　释

① 黄山云:参阅前写黄山诸篇,下同。

② 波谲:像水波那样,形态不可捉摸。原形容房屋构造就像波浪一样千姿百态。后多形容事物变幻莫测。谲:怪异,变化。

③ 云诡:好像云彩那样,形态不可捉摸。原形容房屋构造就像云彩一样千姿百态。后多形容事物变幻莫测。诡:怪异,变化。

④ 石猴:指石猴观海景观。

⑤ 梦笔生花:指妙笔生花景观。

⑥ 飞来:指飞来石。

扬州慢·黄山松

偃卧①危岩,欹凌绝顶,千年冽冽风寒。自春秋饮露,冬夏济云闲。睨黑虎②,团结柯绕,连理③干抱,迎客④拳拳。总欣钦,华盖亭亭,是载婵娟。　　雨霜雪霰,任轮回,不改苍颜。纵雍沐清风,澹依朗月,只为涅槃。携侣凭栏高处,心弗滞、万里江天。念

285

夕阳渐杳,青松犹傲尘寰。

注　释

① 偃卧:仰卧,睡卧。

② 黑虎:指黑虎松,黄山十大名松之一,被列入世界遗产名录,位于白鹅岭索道站下坡至始信峰岔路口海拔 1 650 米处狮子林。

③ 连理:指连理松,为黄山十大名松之一,列入世界遗产名录。位于自"黑虎松"去"始信峰"途中左侧。树高 20 多米,在离地 2 米处树分两干,并蒂齐肩,其粗细、高低几乎一模一样。

④ 迎客:指迎客松,在黄山玉屏楼右侧、文殊洞之上,倚青狮石破石而生,高 10 米,胸径 0.64 米,地径 75 厘米,枝下高 2.5 米,树龄至少已有 1 300 年,黄山"四绝"之一。

扬州慢·黄山温泉

空谷朦胧,山林落寂,时值秋杪夕曛。正清泉漾沸,朗月照氤氲。心犹畅,桂香袅袅,夜莺哳哳,渐杳俗魂。冀平生,长憩桃源,做个闲人。　　悠悠曲水,倩潺湲、浣洗征尘。纵缕缕嫣红,丝丝妩紫,都付情深。人生羁旅何患,情依处,万法唯心。自倦身浴罢,今宵绮梦重温。

扬州慢·黄山石

百嶙峥嵘,千峰错列,神州谁垮奇清。纵轮回四季,沐雨任凭风。值秋杪,石猴观海,金靴倒挂①,梦笔花生。倚飞来②,不滞嶙峋,唯伫鸿蒙。　　欻釜③俊赏,自舒眸,化境独钟。诧峦嶂幽姿,溪云倩态,讵负多情。陟顶与君长啸,江天寂,几处回声。怅桃源遥渺,苍梧此际回萦。

注　释

① 倒挂:指黄山倒挂松。在莲花峰道中,旧志所列十大名松之八。

② 飞来：即飞来石。

③ 嵚崟(qīnyín)：形容山高大，险峻。

扬州慢·龙胜梯田[①]

雾绕云蟠，逾顶越巅，千年垒垒梯田。自壮家苗寨，丘壑袅炊烟。正秧莳，乡音俚曲，牛耕犁耱，绿女红男[②]。怅今朝，秦晋难寻，总是桃源。　藉高望远，竟舒眸，万里江天。纵钟鼎犹羁，林泉未舍，讵负婵娟。五柳心中常在，栖阛阓，夐滞喧阗。任人生何处，吾侪只是凭栏。

注　释

① 龙胜梯田：在广西桂林龙胜县境内。梯田一般分布在海拔 300—1 100 多米的山坡上，一层层从山脚盘绕至山顶，错落有致，蔚为壮观。

扬州慢·世外桃源

天幕六合[①]，青峰四翳，春逢世外桃源。正红尘杳渺，是处燕莺喧。阡陌际，鸡鸣犬吠，男耕女耱，漠漠桑田。绕村墟，碧漾悠悠，曲尽潺湲。　屡添家醑，与俦朋，对盏倾欢。羡翁弈槐荫，媪织杨影，童咏塾[②]间。泉林钟鼎悉滞，何其幸，今日心闲。念桥边五柳，婀娜已越千年。

注　释

① 六合：上下和四方；泛指天地或宇宙。

② 塾：旧时私人设立的教学的地方。此指学校。

扬州慢·岳麓书院[①]

岳麓[②]逢秋，榭亭依旧，千年文脉悠悠。正嫣红枫渥，姹紫栎枝头。心犹美,释疑朱子③,辨析张栻④,谁可匹俦。自逡巡,往圣何遗,今贤奚留。　　鸿蒙初辟,倩谁人,堪破迷丘。叹惟楚有材,于斯为盛⑤,槐市⑥王侯。朗月清风杳渺,情倾处,无限神州。纵天高宇阔,回萦绮梦西楼。

注　释

① 岳麓书院:原址在湖南长岳麓山。宋开宝年间潭州太守朱洞创建,有讲堂、斋舍、藏书楼。张栻、朱熹曾在此讲学,为宋初四大书院之一。今在湖南大学内,并建有书院博物馆。

② 岳麓:即岳麓山,因南北朝刘宋时《南岳记》"南岳周围八百里,回雁为首,岳麓为足"而得名。岳麓山位于长沙湘江西岸,是融儒、释、道为一体的中国文化名山。

③ 朱子:指朱熹。

④ 张栻(1133—1180):南宋理学家。字敬夫,一字钦夫,又字乐斋,号南轩,学者称南轩先生,谥宣,后世又称张宣公。汉州绵竹(今属四川)人,右相张浚之子。

⑤ 惟楚有才,于斯为盛:岳麓书院门前的一副对联。出自清杨绿绶《创建阳春书院记》。

⑥ 槐市:汉代长安读书人聚会、贸易之市;因其地多槐而得名,后借指学宫,学舍。

扬州慢·朱家角①

碧漾清波,虬街曲巷,携伊漫溯寥秋。任扁舟一叶,棹尽水天幽。自凝伫,圆津禅院②,城隍神庙,疏澹闲愁。课植园③,何寂文卿④,奚杳王侯。　　放生桥⑤上,共徜徉,岁月轮休。纵第一茶楼⑥,青角薄稻⑦,千载天酬。漠漠吴中七子⑧,殊勋业⑨,讵悉风流。念涟漪无限,水乡萦绕心头。

注　释

① 参阅前注《柳梢青·朱家角秋游》《浪淘沙·游朱家角古镇》。

② 圆津禅院：建于元至正年间，坐落于漕港河边，为著名古刹，寺内塑有辰州圣母像，故又名"娘娘庙"。禅院是明清时期文人聚会之所，董其昌、徐乾学等诸多名人均到禅院游览、题词，现已成为佛教文化圣地。

③ 课植园：位于朱家角北首西井街，是镇上最大的庄园式园林建筑，原园主马文卿，故俗称"马家花园"。园名定为"课植"乃寓"课读之余，不忘耕植"之意，故园内既建有书城，又辟有稻香村，以符园名。

④ 文卿：指马文卿，原课植园主人。

⑤ 放生桥：跨于漕港上，明隆庆五年（1571 年），由慈门寺僧性潮募建。清嘉庆十七年（1812 年）重建。放生桥为五孔石拱桥，是上海地区最长、最大、最高的五孔联拱大桥，称为"沪上第一桥"。全长 70.8 米，宽 5.8 米，结构精巧，形状美观。放生桥长如带，形如虹，"井带长虹"为朱家角十景之一。

⑥ 第一茶楼：创建于清末，距今已有百年历史，全部采用木结构，有"百口衙门"的俗称。

⑦ 青角薄稻：青角（青浦、朱家角）薄稻米是青浦县优质粳米的通称，早为贡米。薄稻品种甚多，有飞来凤、铁粳青、老来青、白芒短种等数种，其中以白芒短种历史最悠久，老来青种植最广。薄稻米黏性适中，吃口糯、软、松、香，用薄稻米蒸饭尤佳。

⑧ 吴中七子：是清代七位著名诗人、文学家钱大昕、曹仁虎、王昶、赵文哲、王鸣盛、吴泰来、黄文莲的统称。他们都是嘉定、青浦一带人，且以文学词章齐名，被沈德潜推为"吴中七子"。

⑨ 勋业：功业。

扬州慢·竹吟

摇曳青筠，婆娑翠篝，总羁嶂魄峦魂。纵轮回千载，勘点四时春。心奚美，值风颔首①，凌霜节劲，傲雪苍身。自平生，终老山林，不减虚心。 湘竹泪斑，迄而今，绮梦仍频。自苏轼谐文②，板桥③楮墨，难赋情深。莫论栖身何处，松梅友、共济氤氲。任天高宇阔，疏离唯只红尘。

注　释

① 颔首：点头以表恭敬，或点头表示答应。

② 苏轼谐文：指苏轼《于潜僧绿筠轩》："宁可食无肉，不可居无竹。无肉令人瘦，无竹令人俗。人瘦尚可肥，士俗不可医。傍人笑此言，似高还似痴。"

③ 板桥：指郑板桥。

扬州慢·庚子中秋

飒飒泠风，寥寥朗月，正偕分袂离愁。自寒蛩凄唳①，莺啭几难休。凭栏处，桂香袅袅，圆蟾澹澹，天地悠悠。怅平生，半百倏忽，屡忝鸿猷。　姮娥寂寞，悔何曾，有负佳俦。纵茕守广寒，独拥玉兔，只是浮沤。犹倩清辉万里，奚睽违，共熠中秋。任迢迢银汉，吾侪携济仙舟。

注　释

① 凄唳：声音凄切悲哀；亦作"凄戾"。

【水调歌头】

水调歌头·千岛湖①

千岛犹棋布,浩宇落繁星。汲取春江碧漾,把注到东溟。渊薮严陵②高韵,聚涌子胥③潮浪,都付与清风。一睨红尘事,意绪总难平。　网鱼蟹,荡舟棹,悦虫鸣。心羁大化④,人生有梦即千重。寂寂山间云霭,渺渺村墟烟嶂,是境总空蒙。万物悉弗滞,天地有无中。

注　释

① 参阅前注《临江仙·千岛湖》《南乡子·千岛湖》。

② 严陵:指严子陵。

③ 子胥:指伍子胥。

④ 大化:谓化育万物;佛教语,指佛的教化。

水调歌头·瘦西湖①

莫道西湖瘦,千载总风流。炀帝②依依垂柳,犹掩白苹洲。杜牧③当年明月,玉人④昔日箫管,吹落尚西楼。何谓江天寂,今迨几曾休。　五亭桥,白佛塔,天地悠。年年迢递,情怀多少古扬州。荡起谪仙⑤兰棹,擎立史君⑥长剑,笑傲只王侯。杯酒期奚寄,唯在网渔舟。

注　释

① 参阅前注《唐多令·瘦西湖》。

② 炀帝：隋炀帝。

③ 杜牧（803—852 年）：文学家。唐京兆万年（今陕西西安）人，字牧之。杜佑之孙。大和进士。历任监察御史，宣、黄、池、睦等州刺史。晚年长居樊川别业，世称杜樊川。

④ 玉人：出自唐杜牧《寄扬州韩绰判官》："青山隐隐水迢迢，秋尽江南草未凋。二十四桥明月夜，玉人何处教吹箫。"

⑤ 谪仙：指李白。

⑥ 史君：指史可法（1602—1645），字宪之，号道邻。河南祥符（今开封）人。明末抗清名将、民族英雄。

水调歌头·西塘①

一栧②轻舟去，漫溯古西塘。由任红尘多少，都付与苍茫。黛瓦白墙深巷，曲水小桥亭榭，几滞旧流光。谁谓明清杳，燕子犹巢梁。　媪茗甘，叟醪冽，莼鲈③香。人生羁旅何患，无欲讵彷徨。身宿宋朝者舍，心澹唐时明月，只蕴梓和桑。奚觅桃源地，此处最吾邦。

注 释

① 西塘：中国首批历史文化名镇，古代吴越文化的发祥地之一。位于浙江嘉兴嘉善县，地处江浙沪三省市交界处。

② 栧（yì）：船舷；短桨。

③ 莼鲈：喻思乡之情，常作"莼鲈之思"。参见前注。

水调歌头·绍兴东湖①

一棹红尘杳，漫溯水潺湲。漠漠千年往事，吴越几重天。铭壁右军墨迹，悬榭放翁诗赋，熠熠总卓然②。犹叹昔勾践，尝胆卧薪眠。　花雕酒，缁毡帽，乌篷船。逡巡蹊径，何时吾辈铸新篇。

紧握树人③椽笔,抽倚瑾侠④宝剑,诛斩几冥顽⑤。破浪乘风去,采抹虹霓还。

注　释

① 参阅前注《南乡子·绍兴东湖》。

② 卓然:高超出众貌。

③ 树人:指鲁迅(1881—1936年),原名周樟寿,后改名周树人,字豫山,后改字豫才,浙江绍兴人。著名文学家、思想家、革命家、教育家、民主战士,新文化运动的重要参与者,中国现代文学的奠基人之一。

④ 瑾侠:秋瑾,浙江山阴(今绍兴)人。初名闺瑾,乳名玉姑,字璿卿,号旦吾。东渡后改名瑾,字竞雄,自号"鉴湖女侠",笔名秋千,曾用笔名白萍。

⑤ 冥顽:昏庸顽钝;愚钝无知。

水调歌头·虎丘①

犹谓丘如虎,一塔立千秋。未晓吴王宝剑,何故落渠沟。馆蛙宫②中歌舞,响屧廊③边履迹,都付与风流。不叹红尘杳,最美五湖舟。　　人间事,悉往复,总恬悠。时钦勾践尝胆,马圉④几包羞。妙略⑤范蠡千古,忠烈子胥无咎⑥,奚客可匹俦。载载犹华夏,挥斥正方道⑦。

注　释

① 参阅前注《南乡子·虎丘》。

② 馆娃宫:坐落于苏州的灵岩山上,为春秋时期,吴王夫差为宠幸西施而兴建。现今园内尚存的吴王遗迹和古迹有吴王井、梳妆台、玩花池、玩月池、智积井、长寿亭、迎晖车亭等。

③ 响屧廊:春秋时吴王宫中的廊名;遗址在今江苏省苏州市西灵岩山。

④ 马圉:养马的人。

⑤ 妙略:高明出奇的方略、谋划。

⑥ 无咎：没有过失。咎：过失，罪过；责，处分；凶。

⑦ 挥斥：指摘，斥责；(意气)奔放。方遒：热情奔放，劲头正足。

水调歌头·钟山①

携侣频登陟，千里一凭栏。隐隐六朝阛阓，扬子②渺无边。何处秦淮歌舞，奚际玄湖③亭榭，落寞尚城垣。燕子犹王谢，注目只江天。　览殊胜，寻往迹，怅今颜。踯躅明孝④，徘徊礼谒自逸仙⑤。灵谷寺⑥中钟鼓，栖霞山⑦间落日，是载总依然。雨打风吹去，情寄只钟山。

注　释

① 参阅前注《江城子·登钟山有怀》。

② 扬子：指长江。

③ 玄湖：指玄武湖。

④ 明孝：指明孝陵。

⑤ 逸仙：指孙中山。

⑥ 灵谷寺：位于南京玄武紫金山东南坡下，中山陵以东约 1.5 千米处，始建于南梁天监十四年(515 年)，是南朝梁武帝为纪念著名僧人宝志禅师而兴建的"开善精舍"，初名开善寺。明朝时朱元璋亲自赐名"灵谷禅寺"，并封其为"天下第一禅林"，为明代佛教三大寺院之一。《金陵梵刹志》将其与大报恩寺、天界寺并列为大刹。

⑦ 栖霞山：位于南京栖霞区，古称摄山，被誉为"金陵第一明秀山"，南朝时山中建有"栖霞精舍"，因此得名。是中国四大赏枫胜地之一。

水调歌头·三清①夜宿

夜宿三清顶，杯酒酹遥空。浩宇迢迢银汉，只手可摘星。巨蟒出山羽化，岩笋朝天②揖拜，女神③自情钟。葛洪炼丹地，道法几幽冥。　一月寂，千峰静，万籁轻。吾生何幸，伊朋相伴阅蓬瀛。露洗身间尘垢,霭遁胸中妄念,肺腑俱澄明④。是境唯心造,有梦即千重。

注　释

① 三清:参阅前写三清山诸篇。

② 岩笏朝天:指万笏朝天。是一组花岗岩石奇峰,高约两百余米,如墙并排而立,为典型的指状花岗岩峰墙景观。

③ 女神:指女神司春。位于南清园东北部,海拔1 314 米,通高86 米。整座山体造型就像一位秀发披肩的少女,天地造化,鬼斧神工。

④ 澄明:清澈明法。

水调歌头·华清池①

　华清犹汤碧,未悉几潺湲。不计氤氲多少,袅袅逝流年。何殿贵妃赐浴,奚榭玄宗调柱,十载只缠绵。是日皆缱绻,唯憾夜渠阑。　天比翼,地连理,自鹣鹣。开元之治难继,社稷诓梨园②。马嵬坡上冤魄,巴蜀途中流帝,业爱两难全。今忆红尘事,情憾尚骊山。

注　释

① 参阅前注《雨霖铃·华清池》。

② 梨园:古代对戏曲班子的别称。

水调歌头·端午节①

　观竟龙舟渡,再将五丝缠。不尽汨罗江水,含恨几千年。徒叹世人皆醉,枉谓怀王②不醒,无奈祈苍天。载载犹食粽,凭吊只屈原。　少《橘颂》③,老《离骚》,彻宇寰。英魂袅袅,逡巡华夏总婵娟。海寂山寥小觑,冬去春来睟晼,万事俱俶然。凭任沧浪逝,只待濯缨还。

注 释

① 端午节:参阅前写端午节与屈原诸篇。

② 怀王:指楚怀王。

③《橘颂》:指《九章·橘颂》,是战国时期楚国大诗人屈原的作品;这是一首托物言志的咏物诗,表面上歌颂橘树,实际是诗人对自己理想和人格的表白。

水调歌头·饮嘉荫①大醉

海饮农家酒,一醉梓桑天。久违乡人质朴②,市侩几羞颜。珍啖山间豚鹿,饕餮③河中蟹蚌,竟夜只狂欢。谁谓世情淡,吾意讵阑珊。 屡盈樽,频罄盏,斗十千④。世风冽冽,浮生知己倩机缘。共吐畴昔块垒,同聚今朝豪气,高趣⑤渺云闲。不为红尘累,随处可桃源。

注 释

① 嘉荫:参阅前注《满庭芳·嘉荫行》。

② 质朴:一种自然状态;形容一个人的天真自然,心无旁骛。

③ 饕餮:神话传说中的一种凶恶贪食的怪兽。青铜器上多刻其头部作纹饰。比喻贪吃者或性情贪婪的人。

④ 斗十千:一斗值十千钱(即万钱),形容酒美价高。出自李白《行路难》:"金樽清酒斗十千,玉盘珍馐值万钱。"

⑤ 高趣:高雅的志趣。

其 他

本 真 恒 远

人生常企盼,融入大自然。风起云浪漫,波涌水生烟。

大漠苍山远,长河托日圆。独爱天涯暖,久慕易水寒。

濯足柳溪畔,满脸小童颜。信步草木间,对鸟和鸣弦。

闲观夕阳晚,寂寞衔远山。伫立高山巅,得道欲成仙。

美景应尽观,陶冶得永年。碧海和蓝天,注定一生缘。

知易行则难,人文历史观。品茗夜倾谈,斗酒诗百篇。

渔火不思眠,花灯夜阑珊。月夜杨柳岸,晓风送秋千。

跃马指江天,放歌到江南。魏武早挥鞭,逐鹿在中原。

流连已忘返,罗马遗迹边。破浪正扬帆,复活岛①外船。

浮生何其短,得意须尽欢。淡定且平凡,本真恒久远。

注 释

① 复活岛:即复活节岛。位于南太平洋东部,向东距离智利大陆本土约 3 600 千米,南纬 27 度,西经 109 度。荷兰航海家罗赫芬于 1722 年 4 月 5 日复活节这天发现并登上该岛,该岛因此而得名。当地人则称之为拉帕努伊岛。这个岛在地理上属于波利尼西亚群岛,位于群岛东端。

人 生 八 雅

琴,巧木丝弦诉古今;浅吟低唱,天涯几知音。

棋,遣将调兵征战急;兵不血刃,胜负犹可期。

书,沉醉东风月下读;犬吠柴门,客来知有无。
画,纤手松风染素纱①;雾笼山峦,茅舍两三家。
诗,春来喜鹊踏芳枝②;落花有情,流水意未迟。
酒,醉里乾坤日月休;杯醑溪云,天地人共久。
茶,漫啜清香惜嫩芽;荡气回肠,不忝只芳华。
石,默默无言汝最痴;心灵相契,大化两相知。

注 释

① 素纱：白色绉纱。
② 芳枝：开满花朵的枝条。

澳新触景生情

凭栏远望,水色山光;一湖碧水,微波荡漾;
野花遍地,迎春绽放;兔儿蹦跳,偶卧树旁;
野鸭戏水,左摆右晃;鸭鸥同群,奇景共赏;
海鸥迎风,低翱高翔;豚随船行,结队成帮;
鲸鱼摆尾,翻波腾浪;企鹅守时,夜夜来访;
果狸公害,防难胜防;考拉昏睡,昼夜梦乡;
袋鼠母爱,子入行囊;国鸟①形异,嘴尖毛长;
蝙蝠倒悬,白天树上;鹦鹉觅食,喙耕土壤;
门徒十二②,膜拜上苍;大千世界,万般模样。

天色微亮,鸟唤起床;舒展双臂,拥抱朝阳;
门前鲜花,屋后柳杨;左边小溪,右侧扶桑;
处处草场,地地牛羊;丘连沟壑,云卧山岗;
风卷云舒,千帆竞航;涛岸和声,曲美音畅;
蓝天碧海,一去无疆;此等美景,天下无双;

常常遐想,游走四方;信马由缰,美景遍赏;

田园放歌,天地同唱;酒香茶热,曲水流觞;

沁心润肺,荡气回肠;行云流水,地老天荒;

五湖四海,他乡故乡;物我两忘,地久天长。

注 释

① 国鸟:新西兰国鸟几维鸟(学名:Apteryx),又译为鹬鸵,是无翼鸟科 3 种鸟类的共同名称。因其尖锐的叫声"keee-weee"而得名。几维鸟的身材小而粗短,嘴长而尖,腿部强壮,羽毛细如丝发,由于翅膀退化,因此无法飞行。几维鸟很容易受到惊吓,大部分的活动都在夜间进行,觅食时用尖嘴灵活地刺探,长嘴末端的鼻孔可嗅出虫的位置,进而捕食。

② 门徒十二:即十二使徒岩(The Twelve Apostles),位于澳大利亚维多利亚州大洋路边的坎贝尔港国家公园之中,屹立在海岸旁已有两千万年历史了。因为它们的数量及形态恰巧酷似耶稣的十二使徒,人们就以圣经故事里的十二使徒为之命名。

夫妻唱和(一)

妻 侠

几日无诗难眠,疾风骤雨阑珊。

寂夜时常梦扰,独酌顾影自怜。

忱郎近况安好? 吾心时时挂牵。

伴君荣作下侍,白头愿付等闲。

手拓宅园百米,神驰拉美三千。

心系夫女老小,身羁世外桃源。

爱犬膝前争宠,臆想玛雅狂欢。

铁汉柔情万种,风雅不逊当年。

夫 恒

有妻牵心作伴,囚絷权作涅槃。

为伊甘愿涂脑,祈君惟冀平安。

每日卧撑百起,是夕绕穴千圈。

粗茶淡饭三顿,虾兵蟹将一连。

寄情诗词歌赋,何滞怨恨屈冤。

痴弟傻姐良缘,一生碧海蓝天。

纵使今朝梦魇,不妨身轻体健。

本就志存高远,吾辈岂非等闲!

夫妻唱和(二)

妻 侠

夜风急,忽来雨骤;残枝损,叶满园楼;

续罗衾,恐冷呕叟;怜痴女,宠有尽头;

待君归,描眉弄首;字如面,感同身受;

心驰往,身须空守;为事累,情有缘由;

问吾心,是喜是忧?

夫 恒

时时遐想,君在身旁;小鸟依人,仪态万方;

双眉含笑,气定神祥;秋波暗送,荡气回肠;

酒热茶香,曲水流觞;田园牧歌,你我同唱;

游穷地老,踏遍天荒;心中有路,何处迷茫;

君之所期,吾之所想;君之所在,余之梓桑;

千言百诺,地久天长!

夫　恒

句句妙言,暖我心田。君劳君惠,家业俱安。
小事莫烦,大厄共担。倾心尽力,何求周全?
助夫护女,堪称模范。因缘挚爱,何惧苦甘。
明月清风,伴汝入眠。柔肠百转,唯系桃源。
高歌一曲,爱海情天。

合　赋

举杯邀月,共渺云间;胸中无尘,心能自宽;
通幽曲径,隐隐浪漫;流水小桥,寂寂田园;
谷水潺潺,落木翩翩;溪流空澈,碧水微澜;
云可赠人,不负流年;诗能下酒,豪情毕现;
痴男怨女,几多圣贤;抚古追今,情何以堪!
百想千思,唯系桃源;清风明月,伴我入眠;
身系斗室,瞩目海天;足涉天涯,情寄高山;
此情此景,与君百年。

夫妻唱和(三)

妻　侠

晨醒君去何处? 庭院运石铺路。
修枝剪草挥锄,汗滴如雨润物。
速起打扫庭厨,勤劳不做懒妇。
夫唱妇随真好,相伴一生共舞!

夫　恒

无汝不知归处? 何计运石铺路。

纵然剪草挥锄，只为汗滴润物。

何须速扫庭厨，劭劳岂是懒妇。

妇唱夫随吾冀，是日与君共舞。

旅青岛夫妻唱和

妻　侠

日行万里路，坦途？醒比鸡鸣早，思夫！

辗转暖褥衾，淡苦。隔乡寄心语，别诉。

夫　恒

早醒同思君，不苦！娇娘伴心行，坦途。

和风兼细雨，晨雾。霓霞偕落日，夕暮。

人生暂睽违，别诉。百载皆同舟，共渡！

后　　记

　　20世纪八十年代初上大学时,因慕化学泰斗唐敖庆之名选择了吉林大学化学系,朦胧诗给我紧张单调的学习生活平添了许多的乐趣。工作后,先在大学负责科研,后担任上市公司领导,繁忙的工作难掩心中的创作冲动,先后出版了三部行摄诗作品《本真恒远》、《承载本恒》和《诗翰影织》。

　　2015年,人生发生重大变故,自此开始了真正意义上的诗词之旅,从《诗经》《楚辞》的研读始,几乎涉猎了先秦至明清的所有诗词歌赋,同时研习儒释道经典,这些文化精粹的入心入魂是我诗词创作的最大动因。感谢诗词,使我告别了"为赋新词强说愁"的青葱岁月,伴我度过了人生的至暗时刻,"诗穷而后工",修身养性,凤凰涅槃。

　　诗词创作,就境界而言,陶渊明、禅宗对我的影响最大;依技法和水平看,敬佩陶渊明、李白、王维、杜牧、李商隐、李煜、苏轼、辛弃疾、柳永、秦观、李清照、纳兰性德、黄仲则,尤以李白、李商隐、苏轼为最。

　　《恒言词薮》计收词570余首、37个词牌。以欣赏的眼光观察世界,以敬畏的心态探究生活之本相、生命之本真;在诗词咏叹中反映一份人生的积淀、一份历史的承载。词内容包括对历史人物、名胜古迹和历史典故的尊崇和感悟;对曾游历的祖国大好河山的眷恋和欣赏。也涵盖对古镇、乡野、家园和朋友聚会的情景描绘与共鸣;对春夏秋冬、传统节日、特定气候和地域特色的体验与感怀。也涉及佛教圣地拜谒、佛教经典研习的体会和感悟。也有对爱情、亲情、友情、工作和生活的记录、咏叹和倾吐。

感谢妻子郑侠和女儿郭梦精神和物质上的双重支持;感谢朋友傅敏、吴志刚和龚明,感谢中西书局编辑唐少波,正是你们的支持、帮助和辛勤工作,才使拙作得以面世。书中有关景物的情况介绍有些依据和参考百度百科,在此一并表示感谢。

作　者

2024 年 7 月于沪上